雨花忠魂

雨花英烈系列纪实文学

世纪守望

徐楚光烈士传

李洁冰 著

江苏凤凰文艺出版社

图书在版编目（CIP）数据

世纪守望：徐楚光烈士传 / 李洁冰著. — 南京：江苏凤凰文艺出版社，2017.7
（雨花忠魂：雨花英烈系列纪实文学）
ISBN 978-7-5399-9647-9

Ⅰ.①世… Ⅱ.①李… Ⅲ.①纪实文学－中国－当代 Ⅳ.①I25

中国版本图书馆 CIP 数据核字(2016)第 325253 号

书　　　名	世纪守望：徐楚光烈士传
著　　　者	李洁冰
责 任 编 辑	黄孝阳　聂　斌
出 版 发 行	江苏凤凰文艺出版社
出版社地址	南京市中央路 165 号，邮编：210009
出版社网址	http://www.jswenyi.com
印　　　刷	江苏凤凰通达印刷有限公司
开　　　本	880×1230 毫米 1/32
印　　　张	6.5
字　　　数	170 千字
版　　　次	2017 年 7 月第 1 版　2017 年 7 月第 1 次印刷
标 准 书 号	ISBN 978-7-5399-9647-9
定　　　价	30.00 元

（江苏文艺版图书凡印刷、装订错误可随时向承印厂调换）

"雨花忠魂·雨花英烈系列纪实文学"丛书编委会名单

王燕文　徐　宁　张亚青
万建清　范小青　韩松林
汪　政　张红军　闫海燕

信念之光　民族脊梁

中共江苏省委书记　李　强

南京雨花台，是一处历史名迹，更是一个革命圣地。它风光秀丽，历代文人墨客在此留下吟哦诗篇；它壮怀激烈，众多先贤志士在此演绎壮丽人生；它记忆殷红，无数革命先烈、共产党人在此献出宝贵生命。近现代以来，在雨花台英勇就义的革命烈士中留下姓名的烈士就有1519名，他们的事迹展示了中国共产党人的崇高理想信念、高尚道德情操、为民牺牲的大无畏精神。

习近平总书记在中国文联十大、中国作协九大开幕式上指出："祖国是人民最坚实的依靠，英雄是民族最闪亮的坐标。歌唱祖国、礼赞英雄从来都是文艺创作的永恒主题，也是最动人的篇章。"江苏省委宣传部、省作家协会组织编写的"雨花忠魂·雨花英烈系列纪实文学"丛书，以真实的人物故事，生动诠释了雨花英烈信仰至上、慨然担当、舍身为民、矢志兴邦的革命精神和英雄壮举。恽代英、邓中夏、何宝珍、施滉、徐楚光、陈原道等，这一个个英烈，是不灭的火种、不朽的丰碑，闪耀着革命信念的光芒，挺起了民族不屈的脊梁。"雨花忠魂"丛书，是深沉的革命历史见证，是深厚的红色文化传承，是深刻的思想教育启迪，展现了江苏作家对革命历史的正确认识、对雨花英烈的景仰之情、对弘扬社会主义核心价值观的自觉追求。

现在，江苏发展已经站在新的起点。全省上下正在深入学习贯彻习近平总书记系列重要讲话精神和治国理政新理念新思想新战略，按照省第十三次党代会提出的战略部署，积极投身"聚力创新，聚焦富民，高水平全面建成小康社会"的崭新实践，加快建设经济强、百姓富、环境美、社会文明程度高的新江苏。伟大的事业需要伟大的精神。我们缅怀雨花英烈，就是要学习他们的高尚品质和不朽精神，从中汲取养分与力量，砥砺全省人民朝气蓬勃地迈向未来；我们弘扬雨花英烈精神，就是要在高扬爱国主义主旋律、践行社会主义核心价值观的实践中，引导人们坚定对中国特色社会主义的道路自信、理论自信、制度自信、文化自信，努力创造出无愧于时代的崭新业绩，以此告慰那些为民族解放、国家富强和人民幸福而英勇献身的革命先辈们。

目　录

- 001　引子：一封六十七年后发出的信

上部·忠魂祭

- 002　1. 武昌被捕
- 008　2. 铁窗生涯
- 016　3. 极限刑讯
- 022　4. 智破连环
- 028　5. 午夜梦回
- 033　6. 无视利诱
- 036　7. 拂晓破竹
- 042　8. 待看红日
- 047　采访手记 1. 青山处处埋忠骨

中部·剑胆篇

- 053　1. 洪门来客
- 061　2. 明修栈道
- 071　3. 侠肝义胆
- 077　4. 巧取秘笈
- 084　5. 尖峰行动
- 102　6. 青年良师
- 110　7. 双雄联袂
- 120　采访手记 2. 天涯何处觅芳踪

下部·守望曲

- 127　1. 生死遥隔
- 135　2. 风雨自承
- 141　3. 身世揭密
- 147　4. 楚地寻根
- 155　5. 两代苦觅
- 162　6. 篱下人生
- 168　7. 世纪团圆
- 173　采访手记 3. 云淡风轻话当年

- 193　**参考书目**

引子
一封六十七年
后发出的信

公元 2015 年 3 月,乍暖还寒。初春的鄂东大地,莺飞草长,油菜花一片金黄。这天,位于大别山南麓的湖北省黄冈清泉镇新华正街 10 号,迎来了一群身份特殊的客人。抬着祭奠的花篮,一路拾级而上,走进由古木苍郁,由一座两千多年历史的文庙改建的浠水县博物馆。走在最前面的,是一位白发苍苍的耄耋老人。她布衣素衫,神情庄重。在众人的搀扶下,走进浠水县革命史陈列厅。众人肃立,哀乐在大厅低回。老人站在那里,久久凝视着前方。对面墙上的英烈谱中，有半个多世纪以前引领她走上革命道路的良师，至亲的爱人和战友。 他依然是那么俊朗、儒雅，双目炯炯，鼻直口方，眉宇间散发着灼人的英武之气。 阴阳两隔半个多世纪，如今纵有万千心语，却只能无言相望了。 老人克制了一下自己的情绪，从口袋里掏出一封信。 少顷，肃穆的大厅里，一个深情而浊重的声音，缓缓在人们耳边回响起来。

老徐，你离开我们已经 67 年了，今天，我带着你的儿孙到家乡来悼念你，并用写书信的方式来悼念你，感谢黄冈市、浠水县的各级领导多年来对你及你的家属多方面的关怀，听说还要为你建立烈士纪念碑，作为先烈家属，我们在此表示衷心的感谢!

你是在革命低潮，蒋介石大肆屠杀共产党人的 1927 年参加革命和加入中国共产党的。从此，你肩负党的重托，长期在隐蔽战线与形形色色的魔鬼战斗了二十年。正当国家即将解放的 1948 年 10 月，你却被蒋介石杀害在南京雨花台，遗骨无存，终年只有 39 岁啊!

我永远不会忘记，你在南京战斗的日日夜夜，你用毕生精力和智慧搜集日伪政治、军事情报，策反汪伪警卫三师及高级军政将领弃暗投明参加革命，与你并肩战斗在各条战线上；你想方设法建立从敌占区到解放区秘密交通线，打破敌人经济封锁等等。你为革命所做的贡献是巨大的，为此解放后，你被请进了南京雨花台革命烈士纪念馆，浠水县博物馆，每年都有成千上万人民前往瞻仰与悼念你。

与此同时，你为革命所作的牺牲是巨大的。你不仅牺牲了年青宝贵的生命，还为革命造成了你家庭的家破人亡，妻离子散。但你却用自己光辉的一生，谱写了一首壮丽的诗篇，为家乡树立了一座英雄的丰碑。

老徐，你永远是我们尊敬和学习的榜样，我和你的子孙将会永远继承你的遗志，为实现祖国繁荣昌盛，人民和谐幸福的梦而努力奋斗。老徐，请您安息吧。

老人念得很慢，却口齿清晰，气韵沉郁。 将绵长的思念化作一句句吟诵。这使大厅里的每个人，都情随声动，句句入心。随着老人的话音落地，一只硕大的花篮被送上来，在场的人纷纷向烈士行三鞠躬。人群中，开始出现隐约的啜泣声。

这是一封六十七年后发出的书信。信不长，只有短短五百余字。但笔墨工整，娟秀里透着劲道。很难看出是出自一位九十一岁老人之手。它背后所隐藏的信息量，却折射出横跨半个多世纪的沧桑风云，令在场所有的人为之动容。

文中被唤作老徐的人，是舍身打入敌营十八年，智勇双全的红色特工徐楚光。在黎明即将到来的一九四八年，于雨花台慷慨就义。写信的人，则是他的第三任妻子，同为革命者的朱健平。现更名为朱晖。当天到场的十几人，都是徐楚光烈士的后人，在时隔六十余年后的首度团聚。现场济济一堂。人群里，既有白发丛生，脸上布满岁月沟壑的老人，亦有身值壮年的事业中坚，青春焕发的青年学子，更有满脸稚气的学龄儿童。四代同堂，老幼搀扶。遗憾的是，徐楚光的二儿子徐恩铭，早在六年前，就在无锡病逝了，与这次跨世纪的团聚失之交臂。家人言及，不甚唏嘘。激动，感喟，欣慰……在现场，朱晖老人代表家人，向陪同而来的地方领导及诸多媒体表达内心的谢意。她眉宇疏朗，交谈时思路清晰、敏捷，完全看不出古稀老人的样貌。

"徐楚光曾经多次说过，家乡山清水秀，有机会要带我到那里走一走，看看故乡的山山水水。没想到，这个承诺耽于时世，竟然拖了整整六十七年……"朱晖老人说着，声音不禁哽咽起来。

是啊！当年的徐楚光，机智沉稳，英气逼人，日夜奔波在隐蔽的战线上，于乐观自信的谈笑间，已经在勾勒胜利后的美好图景了。那时候的朱晖，豆蔻年华，明眸皓齿，在心上人的陪伴下，对未来的新中国同样充满了憧憬。两位年轻人都不会想到，此后不久，竟然是生死两茫茫，天地遥隔……

车子出了浠水县城，在路上不停地颠簸着。很快驶上新修的高速公路，然后向着城西方向的团陂镇一路开去。窗外的景色渐渐繁复起来。时值早春,远山,近景错落有致,已经被大片的浓绿所覆盖。沿途中,不时看到盛开着油菜花的田畴,从绿色中不断跳脱出来,金黄耀眼,呈现出一种夺目的璀灿。

接下来的行程,是去徐楚光烈士的老家,团陂镇妈妈桥村白鹤塆。

这是朱晖老人一个多年未竟的心愿。时空流转,转瞬已是耄耋之年。生于1925年的朱晖,眼下已年逾九十了。特别是近几年,逐渐感觉到行动上的迟缓和吃力。而徐楚光生前的那句话,却时常从睡梦中浮上来,一次次在她耳边萦绕着。不能再等了。老人不只一次对自己说,再等就是终身遗憾了。这时候的朱晖,已经从供职的中央民族大学离休多年。笑看世事,云淡风轻。人生的列车即将驶向终点;而半个世纪前的桑田沧海,尽皆化作一缕云霓。惟有对先人的牵挂,对废人故土的眷恋,却与日俱增。这种情愫,有尊崇,有思念,有愧怍……长女定生却不免担忧。母亲的体能,毕竟一天不如一天了。由于膝关节老化,早已失去户外行走的能力。远去湖北黄冈,那个叫白鹤塆的地方,需要跋涉数千里路,老人能支撑这么漫长的旅程吗?

"必须去啊,腿不能走路,就是坐轮椅,也要去的。"

有一次母女俩聊起来,老人执拗地撂出一句话。然后拿起小木凳,独自走到阳台上坐着。一句话,倒是提醒了女儿。这时候的徐定生,也从供职的总后勤部退休多年了。此前,由于整日忙于社会事务,加上母亲的身体状况,使得革命老区黄冈之行,一再推迟。但对那个叫白鹤塆的地方,她却早已耳熟能详,浸润到生命的肌理。是的,那里是她生命的源头,根脉之所在。那个给她生命的人,她的生身之父,就是在那片山水出生和长大的。白鹤塆的山川草木,日月星辰,无不滋养过自己幼年的父亲。这种关联,在母子两代人的心里,已经形成同体共振的默契。母亲心心念念的牵绊,同样属于自己的魂魄所系啊!这种东西,割不断,理还乱,是心结,也是命里的定数。还有什么,比帮助老迈的母亲圆一个梦更重要的事情呢!

车过团陂镇，前面的路渐渐崎岖起来。山林小径在眼前一径蜿蜒着。路越来越窄，也越来越陡峭。山坡上，偶尔可见几簇蘑菇似的小村庄，粉墙白瓦，镶嵌在半山腰里。一树云絮似的梨花在崖头上怒放着，在天宇下显得格外醒目。

又绕过几块山洼包裹的田畴，白鹤垮终于到了。

徐家的祖坟倚山而立，被大片的竹海环绕着。周边松柏环立，云霾低垂，一阵风过，竹海瑟瑟涌动着，似在迎接迟到的后人。坟茔前面，是一方简朴的青石碑座。鲜花，纸烛，糕饼供奉。一行祭拜的人，无声地伫立着，静听着朱晖老人的声音，在山林周边回荡着。

祖先们：

不孝儿孙媳今天来看望你们了，请你们原谅我迟到之罪。

祖先们：徐家培养了一个好后生，就是你们的儿孙徐楚光，他用自己的毕生精力为国家与人民做了许多好事，被国家定为革命烈士，在南京雨花台革命烈士纪念馆，浠水县博物馆都为他建立了悼念平台，每年都有成千上万人民前往悼念他。他的后代也代代兴旺，现在都在为革命出力，请老祖宗放心吧，衷心祝愿你们含笑九泉，永远安息！

为先人三鞠躬。

……

朱晖老人，最终是被轮椅推过去的。山路陡峭，即便拄着拐杖亦无法行走。老人坐在轮椅上，被晚辈们簇拥着，一点点推向祖墓的方向。一路上，大家都在默默地跟着，生怕惊扰了老人的思绪。那一刻，朱晖老人心静如水，终遂宿愿。万千心事，尽皆化为释然了。

祭奠仪式结束后，朱晖与长子徐建，女儿定生，特地在徐家的祖坟前拍了一张照片。弹指一挥间，距当年母子三人的第一次合影，竟然相隔六十余年！在那张泛黄的黑白照片上，女孩剪着童花头，模样娇嗔可爱，一双圆圆的小眼睛透着机灵；少年容貌纯朴、刚毅，模样酷似父亲。将两个孩子揽在怀中的母亲，则娴雅秀丽，剪着短发齐耳，目光中透着不可言说的坚定。

照片的背面,是年轻的母亲当年亲手写下的一行字:

一九四八年即将离武昌去鄂豫军区时与云彬,定生合影留念。

时代的车轮碾过半个多世纪,照片上的字迹,却仍旧一目了然,清晰得惊人。

那段时间,正是孩子的生身父亲——徐楚光身陷囹圄的日子。

……

上部
忠魂祭

1947年6月30日,刘邓大军率晋冀鲁豫野战军四个纵队十二万余人,在鲁西南地区强渡黄河,向大别山进军,揭开全国性大进攻的序幕。

前进,前进,向着大别山前进!不顾疲劳向前进!日夜不停向前进,在火热的太阳下向前进,在漆黑的雨夜里向前进,越过陇海路,一直向前进!

在广大的平原上前进,在苦难的黄泛区前进,向着大别山前进!速度就是胜利,英雄们大步向前进!仇恨燃烧着我们的心,冲破一切阻拦向前进!

......

  这首《千里跃进大别山》,是著名军旅作曲家时乐濛早期的作品。细心的人不难发现,其中使用频率最高的一个词,就是"前进"! 它运用了卡农的复调手法,从四个声部次递进入,在咏唱时造成一种争先恐后、此起彼伏的热烈气氛,使人们仿佛看到当年刘邓大军南下的壮观场面。 今天听来,依旧震聋发聩,犹如身临其境。

  刘邓大军突破黄河天险,从鲁西南一路向南推进,越过陇海线,跨过黄泛区,渡过淮河,历经三个月艰苦卓绝的苦战,终于开辟了大别山根据地。 宛若在国民党统治的心脏插进一把利刃。

  1847 年 4 月,为配合刘邓大军开辟敌后根据地,徐楚光以中共华东局、华东军区特派员的身份,率领联络部"三工委"的成员继续奔波在湘鄂赣的大地上,组织湘鄂民主联军;筹建湘鄂赣民主联军及鄂豫边区人民武装,准备开展游击战争。 与此同时,危险也在悄悄向他逼近……

1. 武昌被捕

  1947 年 8 月 30 日午夜。

  沉睡中的武昌城,依旧被酷暑笼罩着。 热,裹天搅地的热,空气憋闷得近乎窒息。 在这样的时候,连苍蝇和蚊子似乎都进入了睡眠,周围呈现出死一般的沉寂。 夜幕中,只有几盏昏暗的路灯不停地闪烁着,气息奄奄,宛如荒郊中的磷火,令人毛骨悚然。 偶有风过,几片梧桐叶零星地飘落在路面上,萧萧瑟瑟,很快又变得沉寂了。 鸽子笼般拥堵的楼群在暗夜中伫立着。 不知谁家的窗台上,一盆野菊却悄然怒放,在暗夜里弥散着不可遏止的芳香。

  突然,一阵急促的砸门声在深夜里响起来! 咚咚! 啪啪啪! 其间夹杂着大声的吆喝,凌乱、杂沓的脚步声,以及相互推搡的动静,还有用枪托擂门的声音,"起来,快起来,查房了!"

东城区,一幢旧式楼房的三层宿舍里。一位三十开外的中年人在睡梦中倏然惊醒。他一跃而起,匆匆披衣起床,撩开窗帘朝外面看去。寒星在天,酷热依旧。但楼房附近的拐角处,鬼影幢幢的灯光底下,却多了许多黑影子,正在街面上不停地游弋着。更远的地方,几辆黑黢黢的车辆,阴沉地停在那里。而十几束亮得晃眼的光柱交错着,不断发出刺目的光焰。那是搜查者正拿着手电筒,在四下里逡巡着,急速地寻找着猎取的目标。

中年人迅速将窗帘掩上。然后镇定自若地拉开抽屉,又去柜角,橱底,将能找到的依然留有墨迹的纸笺,信札还有头几天开会的备忘录,有条不紊地归拢到盆里,然后嚓地划起一根火柴。少顷,那堆纸片渐渐化为灰烬。中年人拧开水龙头,望着眼前的东西,随着哗啦哗啦的水声,在瞬间消失了。

这位中年男子就是中共高级特工徐楚光,此时的真实身份是中共中央华东局、华东军区特派员,对外的掩护身份是长沙裕民煤栈老板、上海《申报》记者,化名席剑余、习正。

"楚光,究竟发生了什么事?对方好像来者不善啊……"

随着楼梯咯吱咯吱一阵疾响,一对中年男女神色张惶着,气喘嘘嘘地走上来。

徐楚光眉宇紧锁,压低声音道,"现在一切还不清楚。这拨人来得蹊跷,情况应该不同寻常。"

徐楚光的姑姑徐敏文,姑夫熊泽滋,俩人皆以教书为生。一直在武汉过着贫寒而朴素的生活。他们的家,早已被发展为党的地下联络站。徐楚光晚上刚住到这里,准备第二天清晨经鄂东转赴大别山,向刘邓大军首长汇报工作的。

"你快点走吧,赶紧找地方躲起来,等过了这阵风头,也许就好了。"有孕在身的姑姑颤抖着声音说。这样的场景,她此前也经历过几次。每次都是有惊无险。这回不知为什么,心里却怦怦跳得急促。

"对啊,赶紧走吧,这里有我们俩顶着,这个鬼世道,真的没有片刻让人安宁……"姑夫熊泽滋也一脸焦急地站在那里,催着徐楚光赶紧离开。在他看来,离开这个是非之地,方为上策。

这些前来搜查的是什么人?他们因何而来?究竟是常规性搜查还是有实际目标?离这不远的地方,正是战友张冰在泥瓦匠徐师傅家的栖身之地,还有附近秘密担任策应任务的李蔺田同志……徐楚光在大脑里急速地思考着,沉吟道,"逃走并不难,但是,如果暴露了组织活动目标,后果就不堪设想了。"

"天哪,这可如何是好,那帮黑狗子可是心狠手辣,六亲不认呐!"

姑姑张着两只手,六神无主地站着。额头上已经急得冒汗了。

"大家都别紧张,在没弄清楚情况之前,我不会离开这里的。天塌下来我自己顶着。"徐楚光摆了摆手,再次加重了语气。

"看今晚这阵势……怕是凶多吉少,还是设法撤离吧!"徐敏文的表弟,刚赶过来的胡佛言也在旁边劝道。他是徐敏文夫妇俩利用亲戚关系发展的地下党外围工作关系,眼下的身份是国民党武汉警备司令部少校政训参谋。原打算次日凌晨护送徐楚光一起奔赴大别山的。

徐楚光用肯定的语气说,"无需再争论了……一切按我说的做吧。记住,我是上海《申报》记者习正,到姑妈家走亲戚,表叔也是来办事的。如果我们都被捕了,只承认凑巧碰到一起,决没有任何政治关系。倘带走我一个人,你们就赶紧去找徐剑风。让保姆菊妹子送信给张冰。请国民党的元老浠水同乡孔庚出面营救……但愿今晚,又是一场虚惊呢!"说完,他故作轻松地笑了笑,让大家各自回房间休息。

仿佛进入了片刻的静场。刚才嘈乱的动静突然消失了。一切都像没有发生过一样。暑热依旧在房间里弥漫着,由于门窗紧闭,沉重的窒息感浓浓地漫上来,布满了房间的每个角落。

突然,一阵诡异的砸门声,再次彻响起来。由于是在午夜,那动静听上去声声刺耳,惊心动魄。这回,是"哐哐",用枪托擂门的声音，加上用脚猛踹的喧嚷。

"开门，还挺尸呐！赶紧起来给老子把门打开！"

房主人走过去，刚将门启开一道缝，就听哐啷一阵大响，几位端着家伙的黑衣人破门而入。很快，屋子里到处都站满荷枪实弹的特务。徐楚光披着衣服，一边打着呵欠，一边从房间里慢慢走出来。"怎么回事？这么晚了还跑来私闯民宅，搅得邻舍不安。有检查证吗？"

武昌警察局刑警队长朱龙云，将手枪挑在指头上倏地转了几下，讪笑道："姓徐的，我想你比谁都清楚今晚将要发生什么，就别装蒜了！"话音落地，脑袋一歪，身后的几个黑衣人迅速逼过来。

"慢着，得先把话说清楚。我是上海《申报》的记者。这是里普通居民区，你们到处打砸，搅得四邻不安，眼下又要随便抓人，有些后果怕是承担不起吧！"徐楚光说。朱龙云尴尬地咳嗽了几声，一时无从应答。

徐楚光接着问，"现在是民国多少年了？如此兴师动众地抓一位手无寸铁的记者，这算哪家的王法？倘明天媒体上给捅出去，恐怕连你们的上司都收不了场呢！"

朱龙云一时语塞。半晌，突然恼羞成怒地吼道，"少啰嗦！老子只是奉上司的命令，现在想抓谁就抓谁，给我带走！"顷刻间，屋子里被搜得乱七八糟。特务们在四下里搜寻着，连桌腿都卸下来，撬开，细细地敲击过。弄得到处一片狼籍。在毫无收获之后，来人一拥而上，将徐楚光包围在中间。同时扭住了徐敏文夫妇俩和胡佛言。

"对不起，你们三位也到警察局里走一趟！有些话到那里再说吧。"刑警队长朱龙云悻悻地说。

徐楚光厉声斥责着。他声震寰宇，不断跟推搡的特务论争论。那声音在夜空里听上去，传得很远。周围有人探出脑袋朝这边张望着，又迅速将窗户关上了。

路上，徐楚光坐在漆黑不见五指的车子里。神色渐渐严峻起来。他隐约感觉到，现实可能比自己想象的要复杂得多，也棘手得多。眼前的这拨人，看来应该是蓄谋已久，直奔目标而来。刚才吵闹的动静，实则是想给住在近处的联络站其他人传递信息的，亦不知对方听到没有。问题是何时出现的？究竟出在什么环节？接下来受牵连的还会有哪些人？

黑云压城，血雨腥风。红色特工每天行走在刀锋浪尖上。与魔鬼打交道的人，深谙你中有我，我中有你，盘根交错，人鬼缠斗的职场生态。现在，徐楚光将指关节捏得咔巴咔巴响，脑子里急速思考着，将那些面容模糊的人，形迹可疑的人，动静有异的人，一一从记忆里拎出水面。

1947年8月，徐楚光曾在上海会晤过一个叫刘蕴章的人，并委任他为第三工作委员会驻京镇特派员。孰料，刘蕴章此前已经被捕叛变，投靠保密局了。回南京后，刘很快将所探得的情况，向特务机关告了密。后又借故留在上海，继续监视徐楚光等人的活动。三个月后，由于徐楚光前期策反的南京情报站长周镐在宁被捕，引起他对刘蕴章的高度警觉。遂及时割断了与刘的联系。而此时，保密局已经铺设了长线计划，开始对"三工委"立案侦防了。时值1947年，国共和谈正式破裂。国内形势渐趋明朗。徐楚光不避危险，由京沪转到湘鄂赣地区继续开展一系列活动，引起敌人的极大警觉。保密局遂决定由侦防转为侦破，并密令京沪杭和湘鄂赣等地的特务组织以及军警部门协同参加侦破工作。强调以武汉为重点，追捕徐楚光等"三工委"工作组成员……

夜，漆黑如墨。车子在坑洼不平的路上一径狂奔着。徐楚光依旧沉浸在紧张的思考中。少顷，脑袋轰然一震，又想起一个人。

华灯初上的武昌城街头，熙来攘往。街上到处挤满乘凉的人。

近半年来，徐楚光和战友们辗转在湘鄂赣、京沪等地区，就像一列驶上快车道的列车，始终处在高速运转中，连吃饭、睡觉、走路都在思考问题。几个月前，他正在街上匆匆走着，拐弯的时候，被人不经意地碰了一下。当时没在意,耳边有个声音却响起来。"嗨,徐大队长,不记得老乡了? 我是浠水县的夏班长啊。"

徐楚光定睛打量对方,发现那人形容猥琐,衣着皱巴巴的,掮个鼓鼓囊囊的包裹,仿佛赶了很远的路。 他环顾了一下四周,赶紧将对方拉到一边,低声问,"你怎么在这里,你到这里来干什么?"

这个叫夏伯诚的人,原来是徐楚光在浠水县自卫军大队任中队长时的一名班长。 腿脚子勤快,脑子活络,早年受徐楚光影响,曾经做过一些类似发传单,参与联系组织学生游行等进步活动。 一晃多年不见,眼下碰到,自然得盘个底细。

"我吗? 啥子都干过哟,搬砖摞瓦,摆地摊,还帮人追过债,弄几个小商小贩管着,勉强混口饭吃吧。"夏伯诚急切地倒着苦水,看上去,随时准备抓住身边任何一根救命的稻草。

"这些年,我一直在到处找你。 越活越觉得没劲,还想跟着兄长做番大事业。"

徐楚光盯着他,若有所思地问,"你住哪里?"

夏伯诚面露愧色,嗫嚅道,"惭愧,兄弟混得居无定所,上无片瓦,下无立锥之地! 有时候真想一人一马一杆枪,杀个……"

徐楚用目光制止道,"别乱讲。 我正忙着,要不有空再联系吧。"

夏伯诚拍着胸脯子说,"哎,徐队长别忙着走,今天我请客! 咱哥俩到馆子里好好吃一顿。"说完,将手伸到兜里摸索着,掏出半包酱鸭脖。

徐楚光摸不清底细,婉拒道,"谢谢,你的好意我心领了,改天再聊吧。"

夏伯诚问,"敢问兄长住哪里,何时有空登门去拜访一下?"

徐楚光摇了摇头,然后拱拱手,大步流星地走开了。 直到拐弯处,他用眼睛的余光朝侧后扫去,发现那人依旧站在路边上,目光直直地朝这边张望着。

……

现在，徐楚光脑子里疾速过着电影。夏伯诚，穷苦人出身，属于革命尚可争取的力量。由于多年后相遇，一时很难识别真伪。后来，他陆续跟对方又接触过几次，觉得其进步倾向明显，地方风土人情又很熟络。工作联络上一时缺人手，便试着让他做了几件传递口信等外围的事情。对方均一一照办，如期完成。两天前，也就是徐楚光赶赴大别山汇报工作前夕，因有些事情需要面谈，没有太多的时间周转，徐楚光曾让他到汉口路地下联络站去过一趟。并征求他的意见，是否愿意一起去鄂东。夏欣然同意。

那天晚上，夏伯诚离开的时候，脚后跟在门槛上磕了一下。他看上去有点失措，回头尴尬地笑了下。就这么一个不经意的动作，让徐楚光有所察觉。多年出生入死的的特工生涯，使他在直觉上养成近乎敏锐的鉴别力。夏的步履凌乱，不能不让他心生疑窦。

2. 铁窗生涯

武昌警察分局里外一片肃杀之气。局长陈炳焕，端坐在审讯室里。全副武装的披挂，与脸上的表情相匹配，看上去信心满满，随时打一场有预谋之仗。两边则站满了荷枪实弹的人，似乎顷刻即刀剑出鞘，执行来自任何方向的指令，整个氛围压抑得让人透不过气来。

首先带进来的，是徐敏文和熊泽滋夫妇。短短一夜的工夫，二人形容憔悴，苍老了十几岁。熊泽滋的头发几乎全白了。

"知道到这里意味着什么？昨晚受了些小惊吓，想必一夜没睡好吧。"陈炳焕不慌不忙，笑嘻嘻地问道。夫妇俩相互搀扶着，一动不动地站在那里。默默地，毫无反应。仿佛都立在那里，定格了。

"那个叫习正的，跟你们究竟是什么关系？他从哪儿来，到哪儿去，为什么要住在你家？是你们合伙串通好，准备蒙过去的吧，这点伎俩，未免有点小儿科了。"一上来，陈炳焕便连珠炮似的发问道。以这位警察局长固有的经验，但凡跟共党组织沾上边的，无不成了茅厕里的石头，又臭又硬。他不想给对方任何喘息的机会。这种方法，在过往审讯中,屡试不爽,很快就会打乱被审讯者的思绪。

"我们只是穷教书匠,对政治一窍不通,也不感兴趣,你问的那些我们一概不知,也听不懂。"熊泽滋慢吞吞地答道。

陈炳焕眼珠子一转,目光又落在徐敏文身上,半响,才把眼睛挪开去。"习正真是你族侄吗? 一个女人家不呆在厨房里,洗洗涮涮,照顾好公婆孩子,非挽和外面的事做什么? 听人说,你已经身怀六甲了……"

徐敏文的身躯看上去有些臃肿。 由于通宵未眠,肚子正隐约疼痛着。 她艰难地挪动了一下浮肿的腿踝,刚想开口,突然一阵眩晕,晃了几下。 丈夫在旁边赶紧迎上去,挽住自己的妻子。"是啊,看来你们是知道的……你们都有自己的母亲和姐妹,大概知道这样折腾意味着什么吧!"

旁边哗哗响了几下,似乎是拉枪栓的声音。 循着那声音,陈炳焕站了起来。"真的吃不消了?"他故作关切地问道,"这我们事先倒没想到,这样吧,只要你们讲出那个叫习正的根底,就立马送你们回家。"

夫妻俩再度陷入沉默。 既不作答,亦不辩驳。 任由对面飘来的那个声音,单调、机械地在房间里回响着。 少顷,陈局长无奈地挥了挥手,说,"带下去吧。 让这对没见过世面的家伙尝尝滋味,到时话就吐得顺溜了。"

第二个带上来的是胡佛言。

这时候的警察局长陈炳焕,比刚才显然放松多了。 他跷起二郎腿,随手打开抽屉。 拿了一盒烟冲对面扔过去,说,"坐吧,自家人,坐着聊。"胡佛言姿势笔挺地站着,紧张地搜索着对面抛过的每一句话。 在他听来,那些话,看似体恤,实则凶险。 每句话的背后都暗藏着玄机。 他这次大别山之行,除了护送任务,对其他事宜所知并不多。 遂按照徐交待的口径,一条一款地回答着。 标准、程式化,将对方话里话外的用心,都滴水不漏地挡了回去。

半场过后,审讯一无所获。 陈炳焕不免焦虑起来。 在他看来,前面两拨只是热身,接下去才是正场戏。 开局不顺,现在,他需要拿出全力以赴的精力,来对付这次行动的主要目标。 这条大鱼,他们早已张网多日,只待收口了。

徐楚光是被箍着手铐带进来的。 这样的礼遇,在没有确证身份之前,的确有点"隆重"了。"这是搞什么名堂? 失敬了,失敬了,来人! 快给徐先生打开!"陈炳焕看到人被带进来,故作夸张地叫道。 随着唏里哗啦一通乱响,手铐拧开了。 徐楚光站在那里,冷冷地朝前方看去。 厅堂之上,审讯者眼睛里布满了血丝。 暴戾的气势背后,隐约流露出某种掩抑不住的疲态。

徐楚光微微一笑,静等对方发话。

"你当中队长以后,这些年去哪了?"陈炳焕按照事先准备好的程式,先抛出第一个问题。 不知为什么,自从对方走进来以后,他隐隐感到后背发虚,额头沁汗。 这种感觉不知从何而来。 被审者的目光,如炬,如剑,外表平静,内里坚韧,是他多年审讯犯人未曾遇见过的。 他知道自己碰上强硬的对手了。 但他还得撑着,把这出戏唱下去。

"打鬼子,求学,作为记者到前线采访去了。"徐楚光的嘴角微翘着。 几分揶揄,几分从容,惟独没有畏惧二字。"徐敏文是你的姑妈,你应该姓徐才对,为什么这证件上写的是习君实? 你到底是谁?"陈炳焕突然转了话头。 他想按照自己的套路出牌。 不想一上来就被对方的气场罩住。"证件上用的是笔名嘛,这是业界惯常的做法,连小学生都明白,还有劳局长大人再问吗?"

"你一个上海《申报》的记者,跑到武汉做什么! 这里面肯定有什么不言自明的动机吧。"陈炳焕又顺势抛出一句。"记者的职业特点,决定于哪儿有新闻他们就出现在哪里,上海的记者,未必只能在原地呆着。"

徐楚光的嘴角再度浮上一丝讥讽的微笑。

这时候,陈炳焕感到自己的问话,句句撞到棉花墙上,然后被飞快地弹回来。 这种回击,看似不温不火,实则无懈可击,找不出分毫破绽。 随着审讯向纵深推进,他发现自己渐落下风,力不从心的感觉越来越重。 某个瞬间,甚至成了被质询者。 而对方站在那里,则从容不迫,有问必答,一度让他无从应对,甚感窝火。

耗过几轮,陈炳焕自知不是对手,只好宣布暂停。

徐楚光说,"慢着,如果你们对我这位远方来客不放过尚可理解,他们三位,两位穷教书匠,手无寸铁,每天只知传道授业解惑……还有胡警官,本来就是你们自家人。 这些人何罪之有,都得在这里陪着?"

"这是我们警察局的事,你们管不着! 这里由老子说了算!"陈炳焕突然站起来,风度尽失地咆哮道。 话音落地,额头上早已冷汗涔涔。

"退堂吧,快! 退堂!"旁边立时应声四起。

"徐先生,"陈炳焕拱手道,"既然老兄不肯开口,只有得罪了!"稍后,无力地吐出几个字,"来人,送刑讯室……"

旁边立刻拥上几个人,不由分说,将徐楚光架走了。

云霾低垂的夜晚,冷月如钩,时有隐现。 几颗廖落的残星挂在槐树梢上。

汉口华商街。 这天晚上,一栋黑黢黢的楼群门前那扇沉重的大铁门,吱呀一声启开了。 随着急速的刹车声,从押解车上跳下十几位端着武器的黑衣人,迅速分列在大门两边。 然后,伴着一阵杂沓、凌乱的脚步声,有几位衣衫不整、蒙着眼罩的人被带下来。 大铁门咿呀作响,又哐啷一声关上了。

车轮滚动,少顷远去。 一切复归沉寂。

武汉行辕三处秘密监狱,是一座用仓库临时改建的牢房。 灰赭色的外墙,从表面看上去,跟普通楼房并无不同。 只是水泥高墙上被荆棘遮蔽的铁丝网,还有那两扇终日紧闭的大门,却给人带来某种阴森、恐怖、神秘莫测的感觉。

第二天早晨，天还没亮，徐楚光就被身上剧烈的疼痛感惊醒了。

他艰难地翻身坐起来，吃力地朝周边看去。斗室，硬板床，一把破椅子。铁门上方一孔巴掌大的透气窗。此外再无其他。靠窗户边缘的缝隙处，有几丝微弱的亮光照进来。

这里是什么地方？张冰他们都转移了吗？还有妻子跟孩子，他们眼下在哪里……徐楚光站起身来，刚想挪步，又跌倒在那里。接下去，就看到自己的手臂上鞭痕交错，而后背剧烈的灼烧感，则让他痛彻心扉，坐卧难抑。那天，从刑讯室醒来后，他影影绰绰的，觉得身边站了个人。来人面容模糊，似曾相识，正伏在他耳边小声喊着，"徐大哥，徐大哥，醒醒，快醒醒！"

徐楚光倏地一惊！陡然惊醒过来。

那天，陈炳焕见徐楚光仍不肯招，只好施出了最后的"杀手锏"。

夏伯诚的出现，让徐楚光始料不及！不过，他虽然当场指认，却说不出对方这些年从事地下工作的任何具体情况。徐楚光遂临危不乱，继续机智地与其周旋着。由于缺少确凿的证据链，陈炳焕竟一时无计可施。

"徐队长，你看你这是……何苦呢？"现在，夏伯诚战战兢兢，复上前劝道。

徐楚光吃力地睁开了眼睛。他知道，正是由于这个叫夏伯诚的告密，导致他们四人的被捕。此人曾在陈炳焕的手下当过差。眼下，他十分惧怕再见到对方。但特务们百般威逼，令他不敢不从。

"你这个为虎作伥、出卖同乡的无耻败类，得了他们多少赏钱？还有脸来见我？给我滚出去！"徐楚光怒火中烧，大声叱道。他越说越心痛，遂举起手中的铁铐。就听哗啦一阵乱响。刑讯室里顿时冲进几个人，将夏伯诚拽了出去。

"上刑！上重刑，他奶奶的，老子不信撬不开他的嘴！"一个气急败坏的声音，突然在房间里彻响起来。

……

现在，徐楚光吃力地挪到门口，透过窗口的余光朝外面张望着。天已经大亮了。他看到空荡荡的院子里，有几位穿着旧军衣的人，正在那里慢慢踱着。他们的步态有些怪异，时疾时缓，赳赳有力，间或咿呀比划一番。嘴巴里吐出一串叽哩咕噜的声音。徐楚光吃了一惊！他听出那些人口中交谈的，竟然是日语。这就是说，刚才那几个人，是日本人？

中午，狱卒过来送饭的时候，徐楚光始知这座用仓库改建的牢房，分为上下两层，上面住政治犯，下面关日本战犯。日本人有放风待遇，政治犯竟然没有！一直以来，难友们早就怒火中烧，苦于没有有号召力的人策应。得知这些情况后，徐楚光久未成眠。看守所长姓陈，五短身材，干瘦。腰里经常别着警棍在院子里转悠。加上性格暴虐，不喜喧闹。稍有不慎，就会有犯人在他手里吃苦头。一般人敢怒而不敢言。一座秘密监狱，被他管成了活的坟场。偶有雨过天晴的时候，阳光明艳的时候，只看到几个日本战犯在院子里晃悠，却少有逾矩擅言，敢于抱怨的。徐楚光数夜辗转，决定还是带人抗争。

几天后的中午，陈看守长腰挂警棍，照例四下里巡视着。每抵放风，心情格外大好。区区几个日本俘虏，显然比那些政治犯好管理多了。眼下号子间的氛围，就像被割草机割过的草坪一般，井然有序。他对眼前的一切现状都很满意。

"请问这是什么地方？这里还是中国的土地吧？"半空里，突然响起一阵炸雷。

陈看守长一愣，迅速抄起警棍，冲着声音发出的方向急吼吼地赶了过去。

"喊什么喊什么，格老子哪个敢闹事，看不剥了你们的……"陈看守长拎着警棍，正欲发威，又一个沉实而宏亮的声音响起来：

"所长大人，我们这些所谓的政治犯，绝大部分都是抗日救国的英雄，却连个放风的待遇都没有，这像话吗？传出去让人们怎么看你们？作为一名记者，对于你们这种做法，是否有质疑的权利？"

"不放风，太不像话，太不像话了！"周围一呼百应，难友们都附和着喊起来。 陈所长先是恼怒，既而悻悻。 随后收起警棍，扭头朝屋子里走去。 他的身后，则是一片山呼海啸的怒吼声。

很自然地，陈看守长使出刑罚犯人的老套路。 说也奇怪，鞭子的呼啸，毒日头，体罚，站桩，敲山震虎……这些招数统统不灵了。 呼喊声依旧此起彼伏。 办公室的电话铃不分昼夜地尖叫起来，一次次在半空刺耳地划过。 陈看守长眼看方寸渐失，数度被上司骂得狗血淋头。

如此僵持了一段时间，再到放风的时候，院子里的人陆续多了起来。 不再是几个日本人在那里转悠了，而是号子里的其他犯人，也开始陆续走到天空底下。 接着，又有送吃喝衣物的。 甚至个别生病的人，也被送去救治了。

这天放风时间又到了。 徐楚光在院子里正走着，远远看到徐敏文夫妇和胡佛言也在人群里。 徐敏文脸色腊黄，头发凌乱地披在肩上，被自己的丈夫搀扶着，随时有倒下去的迹象。 擦肩而过的时候，徐楚光悄声对他们说，"我没有暴露身份，更没有出卖你们，你们三人不要向敌人低头，一定要坚强些，再坚强些。"

"刘蕴章叛变了，要割断同他的一切关系……敌人对你们并无确切把柄，再坚持一阵子，争取里应外合，先把你们几个嫌疑犯保释出去。"

徐敏文泪水涟涟地说，"我不足惜，只是腹中的孩子怕是也经不起折腾了……"正欲再说点什么，陈看守长凶着面孔走过来，一边大声吆喝，一边粗暴地推搡着。 徐楚光冲着无奈走开的夫妇俩，用力攥了攥拳头。 远远地，看到胡佛言那边也会意地朝他点了点头。

行辕三处秘密监狱的陈看守长，近来发现狱里的秩序不大好管理了。 先是闹出了放风事件，接着绝食纠纷又开始了。 那些以往硌牙的米饭，发霉的馒头，泔水味的菜汤一次次送上来，又一次次地被抬走。直闹到狱方答应改善伙食,方才消停。陈看守长气得跳脚、骂娘,嘴巴上很快蹿起火溜子。他知道谁是始作俑者。可对方是保密局的大鱼,只是托他代管,随时有可能转走。尽管怒火中烧,也只能暂时忍耐。可摁倒葫芦,瓢又起了。

隔日早晨,陈看守长正站在镜子前面刮胡子,忽然发现号子里扯起一条横幅,白底黑墨,上书几个大字,释放政治嫌疑犯!老天爷,这是要老子脑袋搬家哇!陈看守长手一哆嗦,差点失手在脸上划道血口子。他忍着疼痛,将半边腮上的皂沫子揩净,当即去摸墙上的警棍和配枪。这时候,办公桌上的电话叮铃铃响起来。果然是下属向他告急来了。陈看守长当即拍了桌子。奶奶的,这帮犯人要暴动还是咋的?笔墨纸砚都是怎么带进来的?光天化日,就在自己的眼皮底下弄出一连串的动静,这分明是要砸饭碗啊。陈看守长越想越窝火,拎起警棍,不分青红皂白,冲到扯横幅的号子门口,从里头拽出几个人,指挥着一干喽罗抡起棍棒……不许打人!空中忽然响起一声怒吼,不许打人!一瞬间,仿佛所有的铁门都被捶击着,发出经年未有的、惊天动地的动静。那声音,由于压抑,更由于顿挫,裹挟着从众多喉咙里发出的咆哮,拍击着铁幕般的黑夜。

"抗日无罪,尽快释放无辜!"这天,呼喊声再次响起来。

这次,不是一声,而是无数声。此起彼伏,伴着拳脚撞击铁门的声音,铁链子哗哗响动的声音,呼之欲出,仿佛瞬间将要冲破牢笼的堤坝,荡涤着人世间的一切不平。陈看守长目瞪口呆地站在那里。正午的阳光打在他的脑门上,炽热,毒辣,让他感到从未有过的燥热。他突然发现,原本固若金汤的营垒被撕开一道缝。而这道缝隙,则是那个姓徐的共党要犯被送进来后出现的。眼下,铁板上的缝隙越裂越大,越裂越宽了。直到訇然大开,将监狱里的一切龌龊都暴露在明晃晃的日头底下。此后数日,号子里的喊声始终在继续着。陈看守长眼看自己要被愤怒的声浪吞没了。反衬得他像头笼中困兽,团团转过几圈。只好无力地垂下脑袋,摆了摆手,说回去,好商量。一切都好商量。

原来，监狱里早已经人满为患，不堪重负。在蒋介石宁可错杀一千，不能漏掉一个的旨意下，监狱里每天都有大批犯人被送进来。这里面，多的是形迹可疑的，模棱两可的，喊过几句口号的，撒过传单的，却鲜有证据确凿的。弄得原本还算有序的监狱，时常像走马灯般的嚷闹。在犯人管理上，本想严加管控，由于牢饭供应的搀假造疵，时常弄得怨声载道，再加上托关系的，批条子的，找门子的……原有的那套招数越来越不灵了。双方就这样对峙着。欲进无据，欲罢不能，直弄得陈看守长心力交瘁。遂顺坡下驴，趁机给上面打了报告。

不久，果然释放了一批嫌疑犯。徐敏文夫妇、胡佛言均在其中。

走出牢门，大家便按照徐楚光的秘密指示，火速通知湘鄂地区的几十名地下人员立即疏散，有的连夜赶赴解放区。

3. 极限刑讯

转眼到了年底。凛冽的寒风尖厉地啸叫着。街面上的行人步履匆匆，大都奔向归家的路。

这天晚上，就听铁门哗啦一响，狱卒拎着大铁桶走进号子间。哐啷将桶扔到地上。瞬间升腾的热气，顿时弥漫了整个屋子。洗洗吧，狱卒说着，将肩头的破毛巾抽下来，顺手搭到桶沿上。徐楚光慢慢坐起来，心想怎么回事，莫不是到了跟亲人和组织上说告别的时候了？他吃力地站起来，拧了把热毛巾，刚往身上一搭，疼痛感顿时浸遍了全身。满身的血痂，在一次次拷打中剥落，结痂，再剥落。从未清洗和痊愈过。如今，陡沾热水，那种痛，扯着心，拽着肺，牵一发而动全身。无法用语言形容！徐楚光忍着全身的剧痛，一下下擦洗着。他喜欢清洁。平素但凡有时间，都要擦洗身体。

但自从入监，遑论洗澡，连换件衣服都成为奢望了。现在，他清理着，觉得活力又一点点回到身上。洗完了，打开狱卒带来的另一包东西，是药棉和纱布，还有消炎药水。他慢慢地弄着，将伤口消炎，又用纱布裹起来。不好包扎，只好用牙齿帮忙，一道道裹着，几次弄疼了自己。这时候，他想起在扬州住院的日子。那个前来照顾自己的美丽姑娘。后来成为自己妻子的健平，她还好吗？还有自己的小女儿，定生。那个脑门圆圆的孩子。童花头下，是一双对父亲充满依恋的眼睛。临别那天早晨，他抱着女儿亲了又亲。没想到此一别，或成永诀……

夜里，徐楚光正迷迷糊糊地躺在床上。又听哐啷一阵大响。门开了。几个人端着枪走了进来。难道这就永别了？还没顾得上跟家人说句话呢，昨天晚上，他真的梦见他们了。小定生摇摇晃晃的，冲他跑过来，伸出瘦弱的小手让爸爸抱抱，长子徐建，则在旁边腼腆地笑着。这个半大小子，个子蹿得太快了，裤角永远吊在脚踝上。妻子呢，他至亲至爱的妻子，结婚三年，两人在一起住的时间，满打满算加起来，不到两年……歉疚，自责，突然重重地攫住了徐楚光。直到这个时候，他才恨自己没能好好照顾家人。妻子的手，由于冬天总是泡在冰水里洗衣服，都变得粗砺了，印象中，它们曾是那样白皙。他现在多想把它们拽过来，放在怀里焐一下啊！再也没有弥补的机会了！朝夕相处的同事们，手足般的搭档张冰，更多的战友们……多想再看一眼天空，看一眼脚下的土地，看看遥远得仅剩记忆残片的故乡浠水。在那里，他度过了自己艰难的童年，少年；那里曾经是那样蛮荒，眼下记忆复活，一草一木竟变得如此清晰，熟稔，让他的内心顿时揪痛起来！他就要倒下了，冰冷厚重的水泥地面，就要将他与大地隔开了。就这样倒在远离故土的异乡，也许即将尸骨无存，灵魂飘浮……他狠狠地咬了下自己的舌头。不是梦，一切都是真的。他被扯拽着，押上一辆闷罐子车，轰隆隆又一阵大响。坐在黑暗里，徐楚光的心情再度变得冷静。他静静地坐着，凭着一种直觉上的本能判断着车子行进的方向。说也奇怪，走着，走着，他突然觉得车子越开越快，几近风驰电掣了。这却不是去刑场的节奏。他们又在搞什么名堂？徐楚光急速思考着。正犹疑着，身边有人说，到了。就下了车。忽觉身边一阵沁凉。寒星在天，风动过耳，仿佛置身于一片巨大的空地上。耳边间或有此起彼伏的轰鸣声，在耳边不停地交错着。他猛然意识到，自己正站在飞机场上。

徐楚光通身打个寒战，感到血液迅速加快了流速，大脑也变得极度清醒起来。然后攥紧拳头，将手中的铐子捏得哗啦哗啦直响。

他知道，生命并未走向终点。新的战斗又开始了。下一站，无论去哪里，他都将坚守信仰，义无反顾。

南京宁海路19号，曾经是国民党国防部保密局看守所所在地。

从有关史料图片看上去，这是一栋外表极为普通的灰色小楼。拱顶，外面是高高的围墙，上下三层。据说每层楼有二十多个房间，外带一个地下室。水牢就在地下室里。当年，从战场上俘虏来的共产党"高级战犯"和秘密情报工作者多关押在此。解放后，一度成为南京市公安局宁海路看守所。1998年，在一片推土机的巨大轰鸣声中，这座曾经肩负特殊使命的魔窟被瞬间夷为平地，后来建成了居民公寓。19号的门牌因为臭名昭著，被更改为23号。如今，南京颐和路十二片区，作为硕果仅存的民国建筑区，周边已经被林立的高楼包围了。而当年，宁海路19号神秘诡魅，令路人无不避之远行。

宁海路19号的主人，就是保密局局长毛人凤。

毛人凤，浙江省江山县人。早年毕业于上海沪江大学，后考入黄埔军校第四期，是军统的重要人物，在戴笠死后继任局长。此人在军统系统中，与李士群、徐恩曾、戴笠并称为四大特务。据说，他平时给人的印象忠厚老成，而且逢人带笑，是个有名的笑面虎。亦有人说，他是菩萨心肠，不是大丈夫，不能成大器。但江湖水深，画龙画龙，尤难画骨。毛人凤的权力颠峰时期，特务遍地，嗜血成性，尤其是对大批进步人士痛下杀手，是不争的事实。他这些年苦心营造的，实则是一座自己制下气势阴森的魔窟。但凡被带到那里的犯人，无不身陷绝境，极少生还。

宁海路 19 号，正是这样一座南京国防部二厅转交保密局审判要犯的秘密监狱。

毛人凤亲自出马，耗时年余，发动湘鄂沪杭等地的特工站联手行动，终于逮住了一位共产党的高级特工，自恃有了论功请赏的机会。但对方是何等人物？凭他多年跟共产党打交道的直觉，自是不敢小觑。在他看来，对付徐楚光这样的硬骨头，仅凭动粗恐怕很难奏效，只能多管齐下，相机行事。毛人凤一夜辗转，次日刚到办公室，便摁响办公桌上的按铃。保密局二处正副处长叶翔之、黄逸公应声而至。

"徐楚光的案子，由你们两位去办，软硬兼施，先给他点厉害瞧瞧吧。"

宁海路 19 号刑讯室。

冰冷的水泥地上，四面阴森。一扇洞开的铁门里，火光熊熊，映射出巨大的阴森可怖的投影。一根皮鞭子在空中挥舞着，发出阵阵夺命的呼啸。被殴者不停地翻滚着，声声凄厉，声声惨烈。钢刺鞭，老虎凳，辣椒水，电烙铁，竹签，骑木马……一幕幕地狱活剧在人间生生上演着。施暴者目眦尽裂，形容夸张。在各种刑具的不断变换中，津津乐道地品味着，狞笑着，尽展人间鄙陋。四壁皆黑，只有炭火炉子里发射出毒热、瘆人的烈焰，不断炙烤着，舔噬着。变换着诡异的投影，让胆怯者心魂俱丧，让坚定者心如磐石……

徐楚光被押解进来，亲历眼前的一切。耳闻目睹，惨叫声不绝于耳。这里面，既有革命同志，亦有未名所以的嫌疑犯。不管是什么人，那可都是活着的生命啊！就是这么一具具鲜活的肉体，被扯拽进来，转瞬间气息奄奄，了无生息。鞭子的呼啸声抽打在他们身上，宛如剔骨见肉，撕裂着自己的胸腔。行刑人的暴行让他无奈，无助，更让他怒火中烧。施虐者原以为会震慑到这位尘世行走之人。哪里知道，徐楚光此前早就一一领教过。他凛凛七尺，何尝不是血肉之躯，鞭子的嘶鸣，何尝不在他身上引起剧烈的生理反应。可是为了心中的信仰，为了让普天下的劳苦大众都能在阳光下安宁、详和地生活。 这位红色特工自被捕起，便视死如归，向死而生。 看着眼前那些手执皮鞭的小丑拙劣、吃力的表演，他心里清楚，对方正在上演天亮之前最后的疯狂，人民总有一天会清算他们，将其押上历史的审判台。

伎俩用尽，徒唤奈何。 在毛人凤的授意下，刑讯者对徐楚光这位具有钢铁般意志的人使出了保密局引进的最后绝招，电刑。

稍有常识的人都知道，电刑的一个重要特点，就是可以持续进行。 它不会像有些酷刑那样，当痛苦达到极限时产生麻木的感觉。 而是对受刑人反复施用电刑时，即使疼到难以忍受的地步，也绝不会昏迷过去。 这使得电刑比其他刑罚更严酷，也更惨无人道。 几乎每一个受过电刑的人都会痛不欲生，惟求速去，了此残生。

此时，保密局已经从国外引进了某种新式的电刑设备，它可以控制电流的强弱，对不同体格的人使用不同程度的电量，即便使用很久也不至于轻易晕过去，而只会越来越难受，直至汗倾如雨，身心崩溃。 更为诡谲的地方在于，受刑人的神经系统与心脏机能即便受了重伤，表面竟然看不出半点伤痕！

无声的电流，就这样通过缠绕的环形线发力，经由徐楚光的手腕、四肢，迫近肝脾，直冲大脑，而后走到全身。 一瞬间，他发现自己通身的细胞都在燃烧，仿佛顷刻即燃成熊熊大火！ 而脉络则像被无数蚂蚁疯狂地噬咬着，向着血管、骨髓、毛发迸发……全身顿时不由自主地痉挛起来，随着电流的强弱，颠簸，震颤，眼前星矢沉坠，电闪雷鸣。 伴着电流的加速循环，这位钢铁般的汉子一次次失去知觉，又一次次从昏厥中被震醒。 被电刑数次折磨后的徐楚光，生而又死，死而复生。 两腿麻木得再也无法支撑起自己的躯体，而全身则呈现出胸闷，气短，头痛欲裂的状态，几近呕吐……都说世界上有人是特殊材料制成的。 徐楚光正是用自身的经历再次印证了这一点。 这种突破自然力囿限的意志，论极致，惊天地，泣鬼神！ 甚至用现实中的科学原理亦无法解释了。

多年以后，当我们拂去历史的尘埃，在回溯这段往事时不禁想问，面对酷刑的折磨，我们的英烈真的感受不到疼痛吗？他的大义凛然，他的笑傲敌顽，究竟必须拥有怎样强大的心理支撑？时光过去六十七年，我们已经无法获知徐楚光当时的内心感受了。惟一能体味的是，徐楚光，也和我们凡人一样，拥有着血肉之躯！那么，是什么让他身处绝境，以钢筋铁骨顶住敌人的酷刑，以致对手都不得不哀叹，甚至无技可施了呢？从一首他赠友人洪侠的诗里，我们也许能够找到些许答案。诗中这样写道：

敌强我弱感时坚，国事蜩螗莫等闲，死里求生风雨里，待看红日照人间。

好一个待看红日照人间！正是由于如此强大的信念支撑，不屈的英雄徐楚光，才秉持着慷慨赴死的信念，面对死亡的威胁纵声大笑，让魔鬼的宫殿在他的笑声中动摇。

在坚韧的意志面前，酷刑退却了。生活上的虐待却开始了。一日两餐，糙米粥，沙子饭，烂白菜帮子，咸萝卜干，少油缺盐，入口难咽。徐楚光本来还算壮硕的身躯，很快被折磨得瘦骨嶙峋，形容憔悴。徐楚光特别喜欢阳光。每抵下午放风的时候，西沉的斜阳投射过来的那点微弱的光晕，都让他欣喜不已。但更多的阳光，则被高墙的阴影挡住了。他就这样拖着沉重的镣铐，一步步沿着墙跟踟蹰着，一次次向空中举起自己的手臂，踢腿，下腰……他在凭借着生命本能进行锻炼，期盼着早点康复，希望能够重返前线，在阵地上跟敌人面对面斗争。

天低云暗，形势日趋险峻。

徐楚光在武昌被叛徒夏伯诚指认出卖后，保密局一直苦于正面无法突破。孰料，就在这个时候，前期被派往河南策反孙殿英部的地下交通员吕祥瑞，在郑州一处旅馆接头时不慎被保密局抓获了。

"自民国卅五年4月间，我即担任徐楚光的政治交通员。5月，徐楚光带我来往于苏北淮阴和京沪镇之间,秘密筹建三工委,发展工作成员。6月下旬,徐楚光潜入南京,去周镐家中秘谈,策反周镐。周镐遂派厉仁杰跟我联系,后又约周镐在玄武湖秘密会晤。不久,周镐被中共华中分局邓子恢、谭震林批准为中共特别党员……"

尽管时隔六十七年,今天看到这样的供述,我们依然感到触目惊心!

白纸黑字,昭然若揭。徐楚光的身份再也隐瞒不住了。特工生涯,必须善于跟各种不同类型的人打交道,鱼龙混杂,亦正亦邪,每天周旋于人鬼之间,行走在刀尖之上。这里面最凶险,最让人痛恨的莫过于叛徒,往往牵一发而动全身。我们无从得知,徐楚光当时是怎样的心境。被原本属于自身营垒的人从背后捅了刀子,这种痛楚,鲜血淋漓,痛彻骨髓。从此只能公开身份,和敌人进行面对面地斗争了。

"是的,我就是徐楚光!你们不是想知道我的上级领导是谁,他们现在在哪里吗?我来告诉你,我的上级领导是毛泽东,朱德,谭震林……他们都在延安,在解放区,他们正领导着华东野战军,跟你们打仗呢,你们去找吧。"

审讯者们张口结舌,只有再次加重用刑。各类刑具交错并举,徐楚光再度昏厥了过去。

堂堂七尺的汉子,很快就被折磨得皮包骨头了。狱友们看着这个重刑犯,连放风的时候都不解刑枷,脚步蹒跚在那里走着。走一会,额头上便冷汗涔涔。有的狱友看见了,不禁泪湿衣衫。徐楚光坦言道,"镣铐摧垮不了人的意志,死亡构成不了对我的威胁。坚持真理,就要有准备粉身碎骨的赴死心态。"

4. 智破连环

这天晚上,犯人们正在号子间昏睡,就听铁门咣啷一响。外面走进两个人来。

徐楚光侧身躺在床上。长久的折腾，刑讯，加上营养稀缺，将他体内的生命机能消耗殆尽。他时常清晰地感受到，精力跟行动的脱节。有时候，偌大的身躯，晃晃悠悠走几步，便无力地瘫倒在那里。眼下，躺在新换过的床垫上，感到从未有过的疲惫。眼皮不自觉地阖起来。只想百事不问，静静地睡上一觉。就听见耳边窸窸窣窣，有了动静。徐楚光不搭理，闭着眼睛自顾休息。这时候，有人向这边径直走过来，他心里一激灵，蓦地张开了眼睛。

双方打个照面，各自吃了一惊！

来者并非凡人，竟然是国民党少将、保密局南京站站长周镐！还有他的秘书厉仁杰。徐楚光正欲起身，又下意识地躺了回去。他比谁都清楚，这个房间，目前正处在高度严控之下。他们必须形同陌路。周镐心里同样是百味杂陈。他何尝不清楚，保密局如此精心安排，对他们来说意味着什么。

原来，在叛徒吕祥瑞的供词中，不仅供出了徐楚光及三工委的一些活动情况，还将周镐等人与徐楚光有牵连的事情和盘托出。案卷连夜呈到毛人凤的案头。对方看后大为震怒！好哇，共产党的触须已经延伸到保密局的鼻子底下，把自己手下的铁腕干将都赤化了，简直是奇耻大辱啊！是可忍，孰不可忍。

12月30日，毛人凤立即下达了逮捕周镐、厉仁杰的命令。

毛人凤是何等手腕。接下来，他要亲自导演一出连环计。经纬勾连，环环相扣，接榫合缝，只待收网。

现在，三人静处一室，彼此皆沉默了。

徐楚光暗暗吃惊。让他没想到的是，此前被他成功策反为共产党特别党员的周镐，会出现在同一座监狱里。初见之下，真是感慨至深！周镐也在一瞬间，发现徐楚光瘦了，瘦得几乎脱了形。整个脸颊看上去，似乎只剩下两只大眼睛。这让他既心痛，又疑惑。可万千表达，同样不能诉诸言表。两人只有目光对视，彼此告诫自己保持冷静。很显然，他们一眼洞穿了毛人凤的伎俩。不过这样的套路，可谓鲁班门前弄斧头，关公门前耍大刀了。试想，跟共产党的高级特工徐楚光和专抓中枢情报的资深特务周镐斗法，如此设局，是不是忒小儿科了？他们几个人自然知道，这个号子里的不知什么地方，早已被安上了窃听器。稍有风吹草动，便被对方尽收眼底。所以，接下来的日子里，三人心照不宣，彼此只用眼睛说话。到了刑讯对质时，皆拒不承认有任何关系。周镐的秘书厉仁杰，则大骂吕祥瑞为图财害命，构陷他人。

审讯一度陷入僵局。鉴于叛徒吕祥瑞的单方面供辞，保密局二处自然不敢对周镐这样的军统大佬悍然动粗。捱了些时日，只好将案子移交到司法六处，作为司法案件审理，以期结案。司法六处遂将案件交由该处法官王鹤皋全权处理。

法庭上，再次当面锣对面鼓地敲起来。

徐楚光、周镐、厉仁杰三人心有灵犀，配合默契，再次坚称相互间没有任何政治上的牵扯。叛徒吕祥瑞对周镐其余事项所知不多，其证词遂沦为一面之词。加上中场变节，难免心怯胆寒，形容猥琐。庭审时，既拿不出更多新的证据，言语间亦前后矛盾，左支右绌，让法官王鹤皋颇为难堪和失望。渐渐地，庭审几乎成了徐楚光和周镐的主场。气场完全倒向了他们这一边。吕祥瑞站在那里，不时左右抹着额头上的冷汗，始知自己作茧自缚了。事既至此，只有像疯狗似的下意识地乱咬着。一场审理下来，徐楚光对形势走向已经相当明晰。由于他们之间的巧妙配合，敌人暂时无法给周镐等人定罪。加上外围的活动，相信他很快就会被保释出狱的。但叛徒的接连出现，自己的隐蔽身份已经暴露，恐怕是凶多吉少了。他已随时抱定为革命赴死的准备。

昂首走出法庭的那一刻，徐楚光的内心波翻浪涌。

他在为战友们即将成功脱险而欣慰，更为他们在法庭上的并肩斗智而自豪。但这种复杂的内心感触，囿于残酷的现实环境，却无法有任何情感上的流露。四目交注，心有千言。面无表情。

1948年3月，叛徒吕祥瑞因失去利用价值，被毛人凤以"诈降罪"的名义，予以处决。

　　与此同时，全国的政治形势日趋明朗。3月中旬，陈谢部队和陈粟大军一部攻克秦晋豫要冲洛阳，歼敌1.9万余人。洛阳战役的胜利，形成了中原三军大会合。此后继续南进，转战江淮河汉，建立了强大的中原解放区。下旬，东北野战军胜利结束冬季攻势，解放了东北97%的土地。

　　至此，国共双方的军事力量对比发生了戏剧般的变化。毛泽东亲率中共中央、人民解放军总部离开陕北，东渡黄河，前往河北平山西柏坡。

　　在狱中，徐楚光继续和难友们进行艰苦卓绝的斗争。时而山重水复，时而柳暗花明。犹如过山车般一波三折，跌宕升沉。但徐楚光的信仰，从未有过片刻的起伏或动摇。他对明天充满信心。莫洛亚说过，人类毕生都在与时间抗争。他坚信中国的未来，将如春天般的光明。那时候，全中国红旗插遍，那时候，人民将摆脱深重的苦难，展开从未有过的欢颜……

　　孰料几天后，风云骤变，平地再掀惊天巨澜！

　　1948年4月，江汉军区派出的地下交通员，到武昌秘密联络处与三工委的秘书罗纳联系时，引起了汉口刑警队武昌分队的怀疑。一番狼奔豕突之后，终于将其抓获。酷刑之下，那位交通员供出了接头暗号和一些具体联络方式。刑警队与湖北绥靖总队大喜过望，遂联手出击，一举将罗纳等地下人员和策反对象余坤山等十八人悉数逮捕，并迅速送往湖北保密局关押审讯。当晚，那个叫罗纳的人就叛变了。他为了保住自己的性命，向保密局一口气供出了包括周镐在内的地下党及策反对象三十多人，并交出地下活动经费十余两黄金，以及一批藏在夹缝里的秘密文件，致使徐楚光领导下的"三工委"和湘鄂民主联军地下组织遭到一连串的破坏，损失之巨，无法尽数！

那几日，保密局湖北站站长余克剑就像打了一针吗啡，瞪着两只布满血丝的眼球团团乱转，昼夜不歇。此后，火速将抓捕罗纳等人的战果向前来武昌公干的保密局二处副处长黄逸公等人作了汇报。黄逸公坐在那里，看着余克剑喋喋不休地讲述着，嘴巴两角很快聚起白沫子，其兴奋、邀功之情溢于言表。一言听罢，血液流速噌地加快了。事关重大，当晚提审了罗纳。让黄逸公大为惊讶的是，罗讷的口中，竟然再次蹦出一个石破天惊的名字，周镐！

黄逸公脑袋嗡的一响，以为听错了。可当他展开卷宗材料，细细察看的时候，白底黑字，赫然在列，情不自禁地倒吸一口冷气！他跟周镐私交甚深，这让他像吞了块烫喉的山芋。欲咽不能，欲吐不得，一时陷入左右为难的境地。

当天晚上，黄逸公让余克剑带着所有的材料，还有叛徒罗纳一起奔赴南京本部，对潜伏在宁沪地区的中共地下人员进行逐一侦查并指认。自己却星夜兼程，火速赶回了南京。

"周镐兄，有个叫罗纳的在武汉落网，他供出的名单里竟然有你的名字，这究竟是怎么一回事？湖北站正在整理材料，不日即上报局本部，到时候，还是你亲自去向毛局长说清楚吧！"黄逸公将周镐叫到办公室，支开左右，用极为小心而谨慎的语气，道出了上述原委。周镐顿时大惊失色！他目光定定地看着对方，一时无话。心里却滚过一波又一波的巨澜。黄逸公头疼似的掐住自己的额角，用力揉了几个来回。自言自语地说了一句。"事已至此，怕是无论如何，也解释不通了。"周镐心领神会。当晚，带着妻子赶到厉仁杰家中，共商应对的办法。三十六计，走为上策。遂连夜撤离南京，直奔解放区……

南京，西华门三条巷。过了几天，周边突然有车辆和荷枪实弹的便衣在街面上逡巡起来。风声鹤唳，剑拔弩张。

数日后，叛徒罗纳粉墨登场了。他现在的身份，是"特种政治问题研究小组"第二组中校成员。此行的目的，是在黄逸公副处长的授意下，对徐楚光进行劝降和审讯。罗纳当夜失了眠。思前虑后，自知不是对手，几次找上司请辞，都被斥退了。"养兵千日，用在一时，你这时不上场，还等什么时候？"黄逸公说。 内心里，他其实压根就瞧不起罗纳这样的变节之人。 知道此人上场，恐怕也是出乖露丑罢。但毛局长等着看好戏，再也顾不得许多了。 罗纳只好硬着头皮，回去琢磨半夜应对之策。 以免第二天上场的时候，口中拌蒜。

当天，毛人凤亲自坐在旁边督阵。 高潮戏即将上演，他饶有兴致地观赏着。

"徐先生，这个人是你们'三工委'的秘书，想必你不会不认识吧？"

罗纳被推到前面，面对徐楚光的目光逼视，突然心悸，气短，两股战战。 膝盖不由自主地弯了下去。"徐主任，情况他们都知道了，我也是迫不得已，你还是多配合吧，不然……"话没说完，突然喉头发颤，再也说不下去了。

徐楚光盯着眼前的这个人，仿佛有一股彻骨的寒意从脚底下浮上来，一瞬间漫过了整个头顶。 这个人，曾经跟着他南下北上，辗转湘鄂沪的许多地方。 他的变节，对"三工委"简直堪称灭顶之灾哇！ 至此，他知道所有跟敌人的周旋都付之东流了！ 案件的严重性再度升级。 自己的身份暴露尚不足惧，让他甚为担忧的，是这么多年苦心经营的情报系统，还有那些朝夕共处的战友们，眼下在哪里，他们都还安全吗？ 想到这里，他心如刀割，甚至能够听到牙齿在自己口中交错的声音。 那声音，有焦虑，有痛楚，更多是无力回天的遗憾和无奈！他两眼喷火，用目光死死地罩定对方，恨不得将其一把薅过来，在那张苍白失血的脸上猛掴几下，以缓解内心的愤怒。

"徐先生，你的这位罗同仁，主动要求跟我们去上海戴罪立功，你这么年轻，又有才干，只要你效忠党国，同样也是前途无量啊！"毛人凤成竹在胸，耐心地劝道。

徐楚光挪了下两腿，凛然道，"前途，睁开眼睛看看吧，你们还有前途吗？ 我个人的命运是跟国家和民族连在一起的，祖国的前途，人民的前途才是我的前途！跟我谈这些，你们不觉得吃力吗？"

"人生在世，草木一秋，徐主任，我真是在为你着想，识时务者为俊杰呀！毕竟过去……"罗纳憋了半响，才啜嚅着，冒出一句。

"无耻叛徒！你有何颜面站在这里跟我说话？主子对你的那点赏赐，是你踩着多少人的鲜血换来的吧，无论走到哪里，你都不会得到宽恕！"

罗纳额头上的汗珠子大颗大颗地滚落下来。惶愧、心虚，加上对未来无法预料的恐惧，使他根本无法正面过招。遂恼羞成怒，"徐主任，你既然不把我放在眼里，就别怪兄弟绝情了。"他捋了一把脑门的冷汗，失声喊道，"我来给你兜个底吧，你打入南京感化院，对抓来的新四军假审真保，放走许多在押的政治犯；你窃取党国高层大量情报；建立水陆交通线，支援新四军的给养，你策动三师起义，将三千人马拉到六合解放区，你组建湘鄂民主联军……罪莫大焉！现在，党国既往不咎，只要你……"徐楚光稳稳地站在那里听着。坦然一笑："够了吗？你讲的这些事，都是我为抗日救国、人民解放应该做的事，我做得还远远不够。倒是你开口党国，闭口党国，你何时成了党国豢养的一条癞皮狗？"

罗纳大张着嘴巴，再也吐不出半个完整的句子。只好扭过头去，四下里寻找救兵。前后看了个遍，根本无人搭理。

黄逸公像尊瘟神似的坐在那里，将转椅在屁股底下碾得吱呀乱响。

毛人凤脸上挂不住了，左右使个眼色，匆匆退阵。

5. 午夜梦回

这是在哪里？夜阑，徐楚光疼醒了，酷刑在身上留下的诸多伤痕，痛彻心肺。原来夜里睡得太沉，滚到水泥地上了。抬头望天，没有月亮，更没有星星，这才意识到，自己身陷囹圄已经多日了。可刚才，分明是风清气朗，大地一片澄澈。一家人正围坐在长沙的天星阁看月亮呢。

1947年4月。全国解放战争的烈火，彼时正在华夏大地上燃遍四野。徐楚光奉中共华东局、华东军区之命，到湘鄂赣负责组建"地下革命军"，风尘仆仆，来到长沙。

天星阁五号。这天车马萧萧，拖家带口，一家新的住户搬来了。男主人身着栽绒绸缎长袍，头戴藏青色礼帽，脚下一双绛色皮鞋。风度翩翩，气质潇洒，据说身份是煤炭商人。女主人温柔娴静，一副相夫教子的贤慧模样。像所有的普通家庭一样，这家人每天都在过着忙碌庸常的日子。户籍登记册上，写着户主席君实，夫人朱剑平，长子席云彬，一岁半的小女儿名叫席云生。籍贯都是"江西瑞昌"。名唤云彬的男孩，当时十四岁，是刚从老家浠水接到身边的，眼下正在小学里念书。这家人搬来后，男主人举止谦和，女主人待人接物礼数周全。一双儿女既懂事，又可人。很快跟左邻右舍和睦相处。推车的，挑担的，引车卖浆的，都不避远近，时常过来聊天。湘鄂赣地区的民间，都有称呼江西人为老表的传统习惯。"大老表""小老表"顺口喊来，毫不生分，甚为自然。

时间过得很快，转眼半年多了。席老板每天行色匆匆，皆有车马迎送。有时候，家中宾客盈门，笑语声喧。看样子，煤炭生意日渐兴隆。其时，徐楚光的地下活动正开展得轰轰烈烈。他与早先派到这里工作的成铁侠取得联系，策动了湖南保安大队、保安团、盐铁中队和武汉绥靖大队等四个半团的兵力，组成了湘鄂民主联军。司令成铁侠，徐楚光任政委。副司令员汪以南、张弩，参谋长叶晃。同时，徐楚光还依托自己大革命时的老关系，策动浠水、罗田、英山等县的自卫大队组建了人民武装。

与此同时，刘邓大军千里跃进大别山，正以摧枯拉朽之势，所向披靡，在敌人的心脏腹地揭开了人民解放战争战略进攻的序幕。

"我们的家乡浠水不久就要解放了！从确凿的情报得知，刘邓大军正在向鄂东挺进啦！"这天，徐楚光兴奋异常，喜滋滋地对妻子说。

朱健平这些年跟着丈夫南下北上，辗转在湘鄂沪等地区，居无定所，时常担惊受怕，过着清贫且简朴的日子。知道男人每天都在忙大事，至于这大事是什么，即便枕席之间，徐楚光亦少有提及。但她心里清楚，对方忙的事情，是好事，是为国家和老百姓做的功德之事。这使得她在相夫教子的同时，从不抱怨，反倒对丈夫更多出些牵挂。

月亮渐渐圆了，很快到了中秋节。

这天上午，有位姓杨的地下交通员送来一封密信。上面写着：要事相商，速来武汉。谢，李。徐楚光知道，这是谢威和李蔺田两位同志的来信。所言要事，即建立湘鄂特委和把湘鄂民主联军拉上大别山，配合刘邓大军建立敌后根据地。

曙光在前。无数个奔走日夜的劳碌和付出，很快就要显出实效了。徐楚光内心的兴奋，无法用语言形容。他眼前甚至已经浮现出人民迎接解放大军进城时山呼海啸的场景了。那时候，到处都是一片欢腾的海洋……"明天一早，我就要去武汉了，可能要个把月才能回来。今天是中秋节，晚上全家人一起吃月饼赏月好吧。"徐楚光难得细心地说，朱健平心里一热。自从嫁给徐楚光，这些年全家人聚少离多，几乎从未在一起过个完整的年节。现在丈夫主动提出来，让她顿觉温馨，又不免涌上些许的酸楚。眼睛不由自主地湿润了。"看你，这么多愁善感，这不是马上要解放了嘛！到时候，全家人就能每天待在一起了，周日去草坪上晒晒太阳，湖里划划船……"徐楚光说着，将妻子拢到怀里，轻轻地揩去她眼角的泪花。"我要吃月饼，我要看月亮，我还要摘天上许许多多的星星……"小定生笑着，跳着，蹦到爸爸的怀里撒起娇来。懂事的哥哥拉着妹妹的小手说，"定生，我们快去摆月饼和水果吧，今天的月亮又大又圆，让爸妈在一起多说会话好不好。"看着两个可爱的孩子手牵着手走开了，朱健平破涕为笑。连说，"是呀，除了吃月饼，还要给你饮酒饯行呢！""还是夫人细心，想得这么周到。我已经很久没沾酒杯了。"徐楚光说着，用力搂了下妻子的肩膀，又去她额头吻了下。

朱健平很快家里家外地忙活开了。跟着徐楚光长年走南闯北，粗茶淡饭的日子过惯了。徐楚光在生活上自律甚严，平时经费全都用在工作上，极少顾及自身的家庭。健平只好出去赚点微薄的薪水养家，平素饭桌子上鲜有荤腥，带累得两个孩子时常跟着亏欠。这回丈夫既然发了话，便特地破例买回了酱干、辣椒牛肉、卤鸭脖，还有瓜果菜蔬和"船山"牌月饼。满满当当，摆了一桌子。两个孩子开心异常。特别是小定生，跑里跑外，伸出小指头，东戳戳，西摸摸，然后放在嘴巴里吮着，眼珠子都快急绿了。

月华如水，大地泻银。天星阁五号旁边的草坪上，摆起了小圆桌。全家人就这样团团围定。小定生在妈妈怀里坐着，徐楚光酒兴甚浓，自斟自饮。因为职业的特质，他平时少有饮酒，除非需要，从来不摸酒盏。今天情况有些特别，算是破例了。酒过数巡，话就格外的稠密起来。

"你们知道今天过什么节啊？"他转脸考起大儿子。

徐云彬，原名徐建。性格内敛，口讷少言。平素在家里帮着母亲照顾妹妹，还要上学念书。跟忙碌的父亲很少有谈心的机会。现在一经问起，连忙应道，"摆了这么多的月饼和苹果，当然是八月十五嘛。"

"浠水老家那边是怎么过节的，能说来听听吗？"父亲又问。

"自然是吃月饼喽，"徐建的回忆被爸爸勾起来，兴致勃勃地说，"看天上的月亮和兔子，老家那边的风俗，每到节气，就要我们这些细伢儿提锣背鼓，到山头上闹腾，不让天狗吃月亮，要一直敲到天明呢！""呵呵，我童年印象里也是这样过的。大别山的农村，多数都有这样的习俗。"徐楚光笑了，他细心地为妻子夹着菜，又亲手将月饼掰开，分给两个孩子。大家品尝着月饼，都不约而同地沉默了。月亮在天，一阵微风轻轻掠过。耳边，只有咀嚼月饼的声音，还有附近传过的秋虫低低的鸣叫声。

"船山月饼，跟浠水的千层饼一样，都是地域饮食文化的符号。

船山先生爱吃月饼,东坡先生爱吃千层饼,风格迥异,又各有千秋,这里面都蕴含着丰富的地方传统文化呢。"徐楚光沉吟着,又慢慢说道。"苏东坡,指的是那个宋代的大诗人苏轼吗?"徐云彬好奇地问。

"是啊,苏东坡谪贬黄州刺史的时候,多次到过浠水,有一次游清泉寺,见门前河水是向西流的,当即吟出《浣溪沙》"末了几句,'谁道人生无再少,门前流水尚能西,休将白发唱黄鸡'……"

朱健平见丈夫诗兴甚浓,便顺手给他将茶斟上。 说,"别喝多了,饮点茶吧。 整天在外面奔波,以后要多注意自己的身体呢。"徐楚光看着自己的妻子,目光变得少有的温柔。 这样的注视,在朱健平的记忆里,只有早年荡舟湖上的时候才有过。 这些年,跟着丈夫风雨兼程,男人的目光,变得越来越犀利和坚毅。 想到这里,内心柔软的感觉不免再次涌上来。 听到丈夫继续说道,"我二十三岁离家,到现在已经有十五年了,未知家乡怎样,父老乡亲的日子可好? 他们赏月的时候,或许正在迎接刘邓大军进村吧……"

酒至半酣,徐楚光打着节拍,随口吟唱起来。"小小竹子节节空,劈开篾子编灯笼。 正月十五发的亮,照得一年四季红。"孩子们在旁边歪着脑袋,都静静地听着。 爸爸的声音很好听,中音偏低,很有磁性的那种。

"歌在万山陡石崖,新打镰刀安上把,一砍蒿子二砍柴,砍条大路歌就来。"徐建和着父亲的节拍,也小声哼唱起来。 一家人就这样喝着,聊着,直聊得树影摇曳,月色西沉,直聊得女主人泪眼朦胧。 小女儿酣然睡去。"楚光,我陪你喝一杯吧。"从不喝酒的朱健平,忽然倒了一杯酒,端到丈夫面前,轻声说,"知道你想家了……祝这次出征顺利,将来全国解放了,我一定会陪你到故乡去走一走。"然后举起酒杯,跟丈夫的杯子轻轻碰了一下,一饮而尽。 徐楚光回忆起他们最初相识的日子。 话到动情处,以至眼角都有些湿润。 妻子知道丈夫有些醉了。 他以前很少这般流露心迹。 也许是乡思把他内心沉眠的很多东西都勾起来了。

"恩驱义气即风雷,谁说南方乏武才,天下起兵诛董卓,长沙子弟最先来。"

这是唐代大诗人吕温的《釜山题壁》。徐楚光低声吟哦着,最后又给长子徐建讲起东汉末年,孙坚亲率长沙子弟三千入关的故事。月色里,徐建懵懵懂懂地听着,看着父亲的眼睛里,发出一种奇异的光焰。诗以言志,父亲是在以此抒发胜利即将到来的心情吗?

夜色沁凉。回到家里,徐楚光和两个孩子很快沉沉睡去。朱健平仍在手脚不停地忙碌着。洗罢碗筷酒杯,又去打理简单的行囊。在装行李箱的时候,她特地塞进一件绒衣和毛背心。天冷了,丈夫的胃始终不好,需要抵御风寒……

第二天早晨临行前,徐楚光抱起女儿小定生,吻了又吻。然后登车离开了。车子远去的时候,他几次强忍着,没有再回头。因为他知道,妻子也许远远地站在那里,正耸动着肩头,泪流满面……

……

6. 无视利诱

1948年春天,仿佛来得特别迟。往年这个时候,金陵古城的梅花早已竞相绽放,色彩纷繁了。如今走在街面上,放眼看去,到处依旧灰蒙蒙一片,树干上赭色的芽尖才刚露头。路上的行人来去匆匆,裹着厚重的棉衣,都在急惶惶地奔向归家的方向。

3月末,一封特殊的信笺飞到湖北籍国民党要员徐复观的案头。

徐楚光被关押在南京后,组织上多次试图寻找,并展开营救行动。此时,大亚山正义堂帮主朱亚雄从保密局一个洪帮兄弟来信中得知消息,遂通过洪帮兄弟找到徐楚光的旧友金龙章商量营救之策。金龙章亲赴南京,找到在国民政府参政会任参政的孔庚,孔庚沉吟半晌,摇了摇头说,"徐楚光是共产党,怕是难以营救……"金龙章转而又去找在国民党司法院任院长的居正。居正在厅堂里踱了半天步子,叹了口气说,"我现在南京,讲什么话都不灵了,实在是爱莫能助啊!"两位湖北籍政要婉拒的原因,不言自明。 徐楚光是共产党要犯,既已定性,甚是棘手,恐是无力回天了。 金龙章仍在南京到处活动。 这时候,徐楚光被捕的消息,已经在南京的湖北人中迅速传播开来了。 湖北同乡会情急之下,找到一个叫徐复观的人。

国民党要员徐复观,亦名佛观。 1903年出生于湖北浠水县团陂镇,毕业于湖北省立第一师范,湖北省国学馆。 1928年东渡日本留学,考入日本陆军士官学校。 九一八事变后,因从事抗日活动被遣送回国,先后在国民党军队任团长,军参谋长,师管区司令。 七七事变后,参与指挥湖北阳新半壁山、山西娘子关等战斗。 后进入国民党中统局,专门从事对八路军、新四军方面的情报工作。 1943年受命任驻延安高级联络参谋,后返重庆任蒋介石侍从室机要密书。 被授少将军衔,在中统内堪称元老。

徐复观与徐楚光同为团陂镇徐氏大祠堂族人,论辈分,还是徐楚光的族叔。 对于这位早年毕业于黄埔军校的族侄,徐复观早有耳闻。 他十分欣赏徐楚光的才干,一直想拢到门下,却未能如愿。 这次徐楚光被捕,出于多方面的主客观因素,徐复观答应出面保释。 得知消息后,很快面晤毛人凤,力保徐楚光出狱。 毛人凤其时正焦头烂额,苦于一时找不到突破口。 正好徐复观找上门来,又不好拂了面子。 遂顺水推舟,让徐去做劝说工作。

南京鸡鹅巷53号。 几天后,来了一位特殊的客人。

他面容清癯,形体枯瘦,一件灰布长袍穿在身上,明显过于肥大。 引人注目的是他那双眼睛,炯炯有神,闪耀着坚定、从容的光芒。 他挂着拐杖,慢慢走着,似是大病初愈的样子。 令人奇怪的是,旁边陪伴的,既非家眷,也非佣人。 而是一位年轻的便衣。 客人就这样在招待所住了下来。 日子久了,附近的人很快看出端倪,客人足不出户,一日三餐,均由便衣送抵。 有时候,房间的主人会走到院子里,坐在那里晒晒太阳,看看花草,或浏览一下报纸。 然后久久地仰望着天空,陷入深思。

慢慢的，登门拜访的人陆续多了。这里面，既有政客名流，军界的同仁；也有亲朋好友，贩夫走卒。屋子里，不时响起爽朗的笑声。随着时间的推移，徐楚光的气色开始好转，身体也渐渐硬朗起来。

院墙瓦楞上的小草，又悄然冒出新的芽尖。开始只是稚嫩的两三片，阳光一打，很快就挺直身姿长起来。眼看着，就是绿茵茵的一片了。

这日，一辆黑色的轿车开过来，从车上走下一位温文尔雅、学者气质的中年人。身着考究的中山装，鼻梁上架着眼镜。他操着浓重的湖北方言，大声跟房间的主人打着招呼，然后二人很快聊起家常来。

"瘦了，瘦了，何以变得如此瘦弱哇！都是那帮不人道的畜孽……"徐复观进了门，盯着自己的族侄，口中连连叫道。

徐楚光见族叔来访，自是十分高兴。连忙倒茶，让座。同为湖北浠水人的叔侄俩坐在那里，各揣心事地展开了话题。

国民党要员徐复观，此番造访族侄徐楚光，自有一番深谙于心的要事。族侄黄埔毕业，志在报国，又机敏睿智，堪称文武双全。徐复观学识渊博，对这位同族晚辈一直很关注。二人遂由家常聊起，既而聊国学，聊亲情。话至稠处，难免勾起思乡情怀，几欲动容，甚为投缘。数次交往后，气氛慢慢融洽起来。但聊归聊，涉及到问题的核心，双方很快显现出了差异。所谓道不同，不相与谋。对于学识渊博的长辈族叔，徐楚光尊崇有加，礼数到位，但牵扯到信仰，却毫厘不让。几次论辩中，险让族叔下不来台。"误入歧途，造孽哇！"徐复观摇了摇头，再次叹息道，"可惜一身本领，屈才了……"徐楚光执拗地坐在那里，一言不发。从世俗的角度，他完全理解族叔的苦心。可自从宣誓那天起，他就认准了自己的道路。这条路，是引领千千万万劳苦大众走向光明的必由之路，为此献身，他感到无上的光荣，纵是刀山火海亦毫不避让。

话既到此，两人都知道，彼此是两股道上的车，不可能同行了。

最后一次到访，族叔徐复观还告知，保密局拟允以"特种政治问题研究小组"少将组长的头衔以及厚禄。在一番对时局的分析后，他力劝族侄三思，以免遭到更大的危害。特别是对于保密局的杀人如麻，这位国民党大员早有耳闻，他担心倘族侄如此执迷不悟，一条路走到底的话，怕是凶多吉少了。

徐楚光没有任何犹豫，当场回绝了。

"头可断，血可流，共产党员的信念不可丢。"面对利诱，徐楚光一字一顿，说出了上述这番话。之后，又坦言道："好儿女怎吃两家茶。"

徐复观只好起身告辞了。步履显得从未有过的沉重。族侄这样的选择，在他看来，可理解，但无法接受。以他在官场行走多年的直觉，徐楚光既然心如磐石，怕是只有为信仰赴死一条路了。对此，他既痛惜，又爱莫能助。惟余一声长叹。

7. 拂晓破竹

1947年10月，徐楚光的内兄朱鸿年接到一封来信。瞬间如五雷轰顶。

这是一张薄薄的纸片，上面写着"因病住院，经医生用X光机检查，病因仍不明。"它是从一个皱巴巴的信封里掏出来的。仿佛跨越了千山万水，躲过了无数关卡的搜查，又经过几度岁月的辗转，才送到收信人的手里。

短短一行字，却透露出一个十分紧急的重大信息。

信上的笔迹，显然是徐楚光亲自写下的。可他人在哪里，为什么写这样一句话，让人百思不得其解，朱鸿年犹坠五里云中。自5月份妹夫离开上海到武汉以后，一直杳无信讯。眼下，突然接到这样一张小纸片，朱鸿年心下暗忖，怕是遇到大麻烦事了。可是，信上字迹模糊，既无抬头，亦无落款，更没有具体地址，如何跟写信人取得联系呢？

朱鸿年一家，自此陷入深深的焦虑中。

妹夫出了事，他自然在第一时间，想到自己的妹妹朱健平。 她眼下在哪里，孩子又在哪里……他们一家人不是待在一起的吗？ 世事纷纭，如何跟妹妹取得联系呢？ 夜，漆黑如墨。 偶而从街面上传过刺耳的警笛声，还有邻舍被粗暴砸门的声音，那是保密局又在抓人了。 朱鸿年夜不成寐，只有在惶急中焦急地等待着。

次年春，再度接到妹夫从南京寄出的第二封信。 这次，朱鸿年急切地寻找着，终于发现信封的落款处，写着太平路邮局224号信箱。 信，是用国防部第二厅的信纸写成的。"我已来南京，问题不久将解决，希告知健平近况。"从字面分析上去，语气比上封信似有缓解。 朱鸿年便试探着回了信。 没敢多说什么，只是讲，妹妹方面并无音讯，大家都在思念中，云云。 过了数日，收到内弟的第三封信："不日即将开始工作，希来京一趟。"并附列了详细地址。 朱鸿年赶紧搭周末的火车，星夜兼程，赶赴金陵。

南京太平路附近的一幢小洋楼。

按照信封上写的地址，朱鸿年七拐八绕，又问过好几位路人，才终于找到这里。 大铁门闭得紧紧的。 周围树影婆娑，一片寂静。 朱鸿年站在门前，抑住自己强烈的心跳，伸手摁了门铃。 响过很久，才有人出来开门。 一看不认识。 待详细说明来意，并出示了信件后。 那位守门人上下打量了来客一番，然后才说，稍等。 就进去通报了。 不一会，徐楚光从里面走出来。 初见之下，朱鸿年吃了一惊！ 妹夫瘦成了竹竿模样，一袭长衫穿在身上，显得空空荡荡。 脸色腊黄，只有那双大眼睛，依然是目光灼人。 看到妹夫来了，徐楚光很高兴。 赶紧招呼他到楼上的一间办公室里去坐。 房间不大，室内放了一张空空的会议桌，窗口摆放着小写字台，屋角有一张长的旧沙发。 此外再无其他。 徐楚光示意朱鸿年坐到沙发上，他自己则倚在会议桌旁边坐了下来。

朱鸿年心里怦怦跳动着。 自从他走到这个院子里起，就觉得这里的气氛有点异样。至于哪里不对劲,又一时间说不清楚。现在,他坐在屋子里,面对着昔日的妹夫。忽然就有了一种恍如隔世的感觉。从前的徐楚光,儒雅俊朗,谈锋甚健,每日奔走在生死线上,却精力充沛,从无倦意。眼下,对比屋子里这个形容消瘦的男人,却仿佛是两个世界的人了。心里顿感一阵难受。徐楚光朝周围示意了一下。然后压低声音,对他耳语道,"我是在武昌被捕的,起初,并没有暴露身份。来南京后见到'三工委'成员,有个叫罗纳的叛徒,才知道身份无法隐瞒了。现在,他们要我归顺,开出的条件和待遇都很优厚。被我拒绝了,目前仍在多方拖延中……"

朱鸿年听得目瞪口呆,晃眼看到妹夫的脚和手上都有镣铐勒的伤痕,心里又酸了。听徐楚光继续说,"我到这里来,主要是他们觉得,光动硬的不行,得来软的。加上族叔徐复观的说情。前途主要取决于大局进展,我要利用一切有利的时机跟他们进行斗争。"接下来,徐楚光详细地问起妻子、徐建和小定生。朱鸿年摇了摇头,神情迷惘地说,一切都不知下落……徐楚光的眼神掠过一丝阴霾,看上去有些担忧。"要尽快设法找到他们,让她跟我联络,倘能来信,也是抵制美人计的好借口。"

原来,保密局为了寻找突破口,百法用尽。他们甚至不惜使出"美人计",都被徐楚光先后识破了。

两人谈到上午九点左右。由于昨晚乘火车一夜没顾得上休息,朱鸿年的瞌睡不断涌上来。徐楚光看他实在支撑不住,就让他在沙发上暂时躺一会。孰料这一躺下,竟然几个钟头过去了,醒来已近晌午。"下去吃饭吧。"徐楚光轻声招呼着,将朱鸿年叫起来。楼下的饭厅里,八仙桌上摆着四菜一汤。团团围坐了八个人。都是陌生的面孔,大家绷着脸,互不搭话,只是闷着脑袋吃饭。朱鸿年始知妹夫的处境,并没有他在信中说的那么好。心里沉重的感觉又浮上来。饭很快吃完了。两人又回到楼上。休息了半个多小时。因为下午准备乘火车赶回上海。朱鸿年便起身告辞了。徐楚光说稍等下,然后出门左右看了一会，回来说，"走吧，我来送你。"

路上，兄弟俩沿着马路并排走着，边走边低声交谈。 同行还有一位黑衣人，不离不即，一言不发，就在身边晃悠。 途中，徐楚光见那人离得稍远，低声对妹夫说，"马上通知三工委副主任郭润身离开上海！"

朱鸿年点点头，用眼睛的余光朝后扫了一下，发现那人正好掉了几步。 心内不由佩服妹夫的机警和睿智，也体验到搞地下工作的不容易。

太平路上热闹异常。 很多公共汽车都路过这里，两人又沿着去东站的方向走着。 经过一家电影院门口，恰好离放映还差几分钟。 徐楚光看了下表，发现时间还来得及，便买了三张票，连同那个伴随左右的黑衣人，一起进了放映室。 就这样在耳目的监督下看了场电影。 散场后，因为急着赶火车，朱鸿年匆匆跟妹夫告辞了。 当他踏上公共汽车，回头再看的时候，发现徐楚光站在那里，正依依不舍地望着他，内心似有千言万语，目光却依旧坚定灼人。 车子越来越远，徐楚光的影子，就这样慢慢变成一个小黑点，最终在视线里消失了。

几天后，门外又传过一阵笃笃的敲门声。
门开了，客人阔步而入。 西装，寸头，气宇轩昂。 见了面，未曾开口，忽然给徐楚光一个大大的拥抱。

一见之下，徐楚光大喜过望！ 竟然是周镐！

原来，随着叛徒吕祥瑞被处决，徐楚光转为软禁。 在狱中的周镐觉得解脱的时机已经来临。 就带出口信让妻子吴雪亚通过关系抓紧活动。 不久，周镐和厉仁杰都被保释出狱了。 现在，两人紧紧地拥抱在一起，彼此感受着对方的心跳。 隐蔽战线上的并肩战斗，让这对生死兄弟殊途同归，越走越近。 同样的目标和方向，又让他们的心每时每刻都在和着同样的脉搏在跳动。 徐楚光打量着周镐，重重地在他胸膛上擂了几拳。 对周镐来说，这样的力气，已经大不如过往了。 从前，兄弟俩掰过手腕，周镐曾经几次败给对方，一想到这些，再铁硬的汉子，亦心有感伤。对徐楚光的处境难免焦虑。

徐楚光依旧兴致勃勃地交谈着，不时爆出朗声大笑，很快把周镐的情绪感染了。两人交流着分别后的情况，谈天说地，谈时局，偶有闲余，也会像当年一样摆起龙门阵。

……

周镐平安后，多次以同乡加同学的身份，到保密局招待所看望徐楚光。两位有着生死之交的革命者进行了最后一次交心谈话。徐楚光说，"老家托办之事，仁兄还当努力办好，我现在是爱莫能助，只能静听你的佳音了！"暗示周镐继续完成策反孙良诚部队的任务。

周镐听出对方的弦外之音。亦用暗语说道，"老家之恩，弟当永远铭记在心，至死不渝。请徐兄放心，我定不负重托，全力报效。"

然后，两人不约而同地沉默了。时间在屋内静静地流逝着。屋外玄机四伏，暗流涌动。相处的时间弥足珍贵，无需赘言。生死场上处下割头不换的情谊，彼此看一眼便能心领神会。

临别的时候，两人四目交注，双手紧握。彼此间都有些动容。英雄同途，惺惺相惜。只可惜，暂时不能并肩同行了。他们并不知道，此一别，竟是永诀。

1948年下半年，中国人民解放军全面转入战略进攻阶段。

9月到11月，林彪、罗荣桓率东北野战军进行辽沈战役，歼灭国民党军47万余人，解放东北全境。在山海关受到群众热烈欢迎。至此，解放军的总兵力增加到310万人，国民党军队的总兵力下降到290万人。中国人民革命的军事形势达到一个新的转折点。

9月中下旬，华东野战军进行济南战役，全歼守敌10万余人，解放济南。解放大军势如破竹。

11月6日至翌年1月10日。淮海战役全面打响。由刘伯承、陈毅、邓小平、粟裕、谭震林组成，以邓小平为书记的总前敌委员会，率华东野战军和中原野战军，歼灭国民党军55.5万人。长江中下游以北广大地区宣告解放。

11月29日至翌年1月31日。林彪、罗荣桓、聂荣臻等率东北野战军和华北军区第二、三兵团以及华北、东北军区地方部队进行平津战役，歼灭和改编国民党军52万余人，华北全境基本解放。

辽沈、淮海、平津三大战役，是解放军与国民党军主力进行的战略决战，共歼敌154万余人。至此，蒋介石赖以维护统治的主要军事力量被基本消灭，解放军进抵长江。国民党兵败如山倒。全国处于革命胜利的前夜。

12月30日，毛泽东为新华社撰写了《将革命进行到底》的新年献词。

"四万万人争解放，铲除封建建神州。"朱德总司令的《寄南征诸将》，更是充分表达了胜利者乐观自信的心态。

一个腐败的王朝行将远逝，一个新生的国家即将出现在世界的东方。"民仇国耻藏心底，不捉蒋匪誓不还""红豆千村思猛士，白云万里盼春明"，"搬开封建千钧石，救出饥寒万户贫""残山剩水川军乱，末日寒门蜀犬惊"，这些从心底发出的吟唱，和舞着红绸的锣鼓秧歌一般，反映了时代的情绪、人心的向背，成为解放大军千舟竞发、挥师挺进的恢弘交响。

在举国捷报频传的时候，人们口耳相传，使用频率最多的一个词是解放。"解放"，一个多么伟大神奇的词！它就像飓风一般掠过神州大地，调动了千军万马，唤起了亿万群众。它意味着砸碎铁锁链，翻身做主人；意味着对旧制度的颠覆，奴隶获得自由；意味着对中国社会和古老的东方民族精神的重新书写。

与此同时，国民党反动派摇摇欲坠。金融秩序陷入空前混乱，国统区物价继续狂涨，重庆米价飞涨，市民被迫铤而走险，抢掠全市米铺；上海连续发生抢米事件，至10日已近百起，参加人数在2万以上；上海金价每两高达3亿元！流亡北平的东北学生结队请愿，遭军警武力镇压，伤亡惨重。 7月，昆明军警枪击学生，致150余人伤亡……国民党节节败退，兵败如山倒。 世相纷纭，人心涣散，执政者的颓势越来越明显了。

10月初，徐楚光看到国民党报刊登的"济南失陷"的消息，高兴得哈哈大笑! 他看到自己一生奋斗的理想事业就要实现了。

这是胜利者的笑，这是一个有着坚定信仰的共产主义战士面对即将到来的成功发出的纵声大笑；这是对未来的新中国充满向往的笑。 这笑声，犹如鹤鸣九皋，声震屋瓦，冲破牢笼，穿越重重铁幕，在天空之上纷纷扬扬，让审讯者心虚，让统治者胆寒，让大地为之震颤，万物竞长，并为之开出眩目的花！

8. 待看红日

血在沸，心在烧，
在这恐怖的夜里，他死了，
他死了，
在这白色恐怖的夜里，
我们的小同志，是被枪杀的。
子弹丢进他的胸膛，躺下了——
一个小小的石子，
草地上，流着一片鲜红的血
……

这是著名诗人柔石在他的作品《血在沸》里写的句子，记念一位在南京被屠杀的湖南小革命者。 读来可谓声声泣血，句句锥心。

1948年10月，红色特工徐楚光和千千万万镣铐加身的革命志士一起，倒在了新中国诞生的前夜。 现存的文牍资料里，对这一段过程，鲜有记述。 只说明他是在当年10月份，被国民党杀害于南京的。 至于埋骨何处，迄今无从考证。

九十岁的铁路工人孙罗礼，作为徐楚光生前狱中惟一的幸存难友和见证者，每次提起当年这段历史，都忍不住老泪纵横。

夜阑，阴风怒吼，云霾低垂。徐楚光正在号子间休息，突然听见铁门哐啷一响，两个特务拖着一个满身伤痕的人走进来，噗通扔在地上。然后丢下一床破旧的铺盖卷，扬长而去。

这是8月末的一天，徐楚光已经从软禁他的招待所搬了回来。保密局在逼供不成，诱降遭拒后，恼羞成怒。始觉这人软硬不吃，遂取消他的会客权利，将徐楚光再次打入牢笼。重新收监后，自然是酷刑加剧，饮食更趋恶劣。徐楚光心如磐石，继续跟敌顽作着殊死的斗争。

现在，徐楚光警惕地打量着来人。只见那人穿着油腻的旧工装，气息微弱，吃力地躺在地上蠕动着，几次试图挣扎着坐起来。少顷，又瘫在冰冷的水泥地上。徐楚光心里打个激灵，难道又是苦肉计？凭他多年特工生涯的直觉，这人似乎不像是敌人派进来的奸细。而且，保密局在百方用尽后，早已深谙他们面对的是怎样的对手，似乎无需再作任何徒劳的努力了。于是，他挪到那人旁边，伸手将被子帮他盖到身上。夜，很漫长。中间那人几次辗转，呻吟着。看上去很痛苦。徐楚光不免担忧，盼着天快些亮起来。不知熬过多久，透气窗里隐约射进一丝亮光。那人终于苏醒过来，见自己躺在牢房里，身上覆盖着被子，有些诧异地坐起来。吃力地打量着四周。这时候，徐楚光也醒了。两人蓦地发现，彼此都有些眼熟。

"你是徐先生吧？"对方盯着他看了半天，用微弱的声音问道。

"请问你是……"徐楚光试探地问道，同时也在脑子里急速地搜索着。

"徐老师，我是南京铁路机务段的孙罗礼呀。"

徐楚光去对方血渍斑斑的头面上仔细辨认着，挺直的鼻翼，似曾相识的眉眼，这人究竟在哪里见过呢？闻听此言，适才回忆起来。

1943年，徐楚光打入南京时住在鼓楼兴皋旅馆。由于时常外出参加一些场面上的交际，还有在当时供职的汪伪军校开展活动，需要长期雇佣一辆人力车。拉车的车夫，就是孙罗礼的父亲。老人质朴勤勉，给徐楚光留下很深的印象。那时候，年轻的孙罗礼刚从南京铁路技工学校毕业，正在铁路机务段工作。有时跟工友碰上父亲的人力车，会顺路搭一程。碰巧有几次，在旅馆门前遇到徐楚光。对方丰富的学识，风趣的谈吐，对这位年轻人产生了很强的吸引力。不忙的时候，徐楚光也会时常邀请他和另外几位工友到住所里聊天。碰到晚上加班，会熬点米粥，或带点宵夜回来，喊上孙罗礼一起吃。并顺口了解一些工人和日伪军警在铁路上的情况。穷苦的出身背景，使青年孙罗礼对徐楚光有种天然的亲近感。对方谈古论今，纵论人生，聊未来中国的光明前景，又让他感到自己的思想插上翅膀，变得从未有过的充实。

随着时间推移，徐楚光的工作区域发生了变动，后来，他们便渐渐失去了联络。但徐楚光并不清楚，孙罗礼后来在南京市地下党领导的铁路工运组织影响下，也加入了南京地下党组织，成为一名年轻的地下党员。只是两人并不属于同一地下工作系统，自然也不知道彼此的真实身份。

经过短暂的交谈，徐楚光甚感欣慰。想当年，孙罗礼还只是一个毛头小伙，转眼间，也走上革命道路了，真是殊途同归啊！孙罗礼更是激动万分，对方堪称自己的思想启蒙老师，引领他后来走上了革命道路。如今，在牢狱中不期而遇，真让人慨叹世事多艰！眼下，两人皆为保密局所逮捕，又凑巧关在9号监房。经过一番试探性的交谈后，同时感到对方是值得信任的人……

这天，又到了传唤的日子。

孙罗礼看到两个凶神恶煞的狱卒走进来，心轰隆一下提到嗓子眼上。望着徐楚光瘦弱的身体，走路蹒跚的样子。他就像看着自己亲人受苦般的担忧，又深感无能为力。孙罗礼并不清楚，对于徐楚光这样的政治要犯，平素不会擅动。一旦动刑，酷烈程度绝非常人。他就这样提着心，一直候在门口观望着。稍有风吹草动，心里便扑扑跳个不停。直到临近晌午，就听铁门哐啷又一响，徐楚光才被送回来。孙罗礼赶紧从地上爬起来，急切地迎了上去。

"他们又审你了，没有给你用刑吧？"孙罗礼小心翼翼地搀着徐楚光，生怕一不留神弄痛了对方。

"今天是法审，估计我的问题也快解决了。"徐楚光平静地说。

"那你估计会是什么结果？"孙罗礼心里隐隐约约的，有种不祥的感觉。

"吕祥瑞当庭指证了我的身份，敌人必然会做出相应的结论，估计我很快会离开这里的。"徐楚光望着铁窗外面的天空，继续说。

"这是真的吗？"孙罗礼感到有些突然，他极不希望出现这样的结果。

徐楚光转身看了看年轻的难友，坦然道，"不管最后结果是什么，作为一名真正的革命者，一个真正的共产党人，自他在党旗下举起右手宣誓的那一刻，就应该有为党和人民作出牺牲的准备。革命总会有牺牲的。小孙，如果你有走出魔窟的那天，我有一件事托付你。希望你能把我在狱中的真实情况告诉党组织，我徐楚光在敌人和酷刑面前，经受住了考验。没有做有负组织上的事情！我永远是不屈的战士！"孙罗礼的心里颤了一下，眼眶瞬间湿润了。他用力点了点头。一把攥住徐楚光的手，连连说，"不，徐老师，我们还会一起并肩战斗，争取一道走出去！"徐楚光拍了拍孙罗礼的肩膀，说，"好啊，小伙子，那我们就说好，一起，共同迎接全中国解放那天……"

孙罗礼定定地看着，这位昔日的引路人，立在铁窗跟前坚定的身影。他手握镣铐，从容地仰望着天空。眼睛里闪烁着遏制不住的光芒。那里有对敌人的怒火，有对新生活的向往，更有打碎一切禁锢人身自由的枷锁，冲出炼狱，跟亲人早日团聚的渴望！这个身影，给他留下终生难忘的印记。以至此后多年，无数次将他从梦魇中惊醒，包括在人生最艰难的日子里，给了他活下去的力量……

牢内，依然是铁窗、高墙、凌空呼啸的皮鞭。上演着天亮以前最后的疯狂。院墙外，周边大军隆隆的炮声近了，更近了。国统区，解放区的各种媒体冲破重重阻拦，雪花似的飘送着各类战况和捷报。钟山风雨起苍黄，百万雄师过大江。云叠浪涌，惊涛拍岸，古老的中国正面临着一场天翻地覆的大变革。

红霞扯开了半边天空……南征！南征！霞光和人民解放军啊，看谁的旗帜更红！

1948年，中共中央公布的"五一"口号，其中最响亮的是一句："为着打倒蒋介石，建立新中国而奋斗！"

江水唱得如此嘹亮……渡江！渡江！江水和光荣的解放军啊，看谁的歌声更响！

诗人邵燕祥在他的作品《红霞》《长江》里，就是这样用激情澎湃的调子，挥毫歌咏着如火山喷发般的大革命狂飙。而他的另一首诗作，则如此契合，并表达了革命志士徐楚光彼时彼地的心境：

——我是犀利的匕首，插在敌人的胸上，我将使敌人流血而死，除非我被拔掉！

随着军事上的不断失败，政治危机日深，在军事、政治、经济上已濒于全面崩溃的国民党当局，加紧镇压的步伐，迫害事件层出不穷。

10月，保密局开始南逃，对共产党员和革命者加紧了无辜杀戮。

身陷牢笼的徐楚光，被酷刑、诱骗、折磨激怒的徐楚光，此时斗争愈加勇猛。他抱定以死相拼的决心，高举手铐，将一个混在要犯中窃听情报的特务打得七孔流血。毛人凤恼羞成怒，视徐楚光为不堪教诲的顽共，遂呈报蒋介石，并密令保密局二处叶翔之尽快处置。

1948年，徐楚光被秘密杀害于南京。时年仅三十九岁。

我们的英雄就这样倒下了。倒在黎明前的黑暗中。

而此时，沉重如铁幕一般的黑夜，正行将被千万道箭镞般的霞光洞穿。一轮朝日，转瞬即从东方地平线上喷薄而出。从南到北，到处都在摧枯拉朽，插上迎风飘扬的旗帜。9月，济南打开城门迎接解放大军；10月，中原古城郑州一片欢呼；11月，沈阳的天空绽开了五彩缤纷的礼花……但，我们的英雄却倒下了。我们无从得知，他究竟倒在什么地方，是河流、山坡，还是海洋……那颗罪恶的子弹，究竟在何处穿过，并在英雄的躯体上呼啸而过，刹那间催开千万朵寒梅。他倒下了，倒在了祖国的大地上。热血从他的体内喷涌而出，汹涌着，迅速朝周边漫延开去……那是他深沉挚爱的土地，冰封雪盖的土地！它曾经如此的贫瘠和荒芜。但一切都挡不住春天的来临。在英雄血浸润过的大地上，四季轮回，万物竞长。无数额头光洁的少年男女，正在阳光下的草坪上尽情地奔跑，明朗、壮硕，笑靥如花……

采访手记1

青山处处埋忠骨

2016年2月23日。春寒料峭。我背起行囊，匆匆踏上旅途。此番出行，是准备南下北上，寻访一位叫徐楚光的红色英烈的踪迹。南京雨花台是第一站。此前，我对这个叫徐楚光的人一无所知。只知道他曾经卧底敌营十八年，是智勇双全的共产党高级特工。卧底，这两个字，引起了我强烈的好奇心。是戴墨镜，执双枪，时而飞檐走壁，时而纵马驰骋；还是周旋于灯红酒绿，觥筹交错之中，谈笑间樯橹灰飞烟灭……视野所见的资料里，很多地方都用屡建奇功来形容他几大载入史册的功绩，比如打入蒋汪中上层军政机构，摄取大量敌特中枢情报；建立水陆地下交通线，打破敌军对抗日根据地的封锁；策反装备精良的汪伪御林军——警备三师；策反保密局少将，现代版"余则成"周镐……不胜枚举，堪称生死线上的策反之王。还有他三段颇具传奇色彩的婚姻，他散落在全国各地，天各一方，横跨两个世纪适才团聚的后人。这些，都将在我采访结束后，诉诸于笔端。形成红色经典系列丛书之一《世纪守望》。

途中，抬眼朝窗外看去。早春的土地开始苏醒，沿途随处可见泛绿的田畴，还有早开的油菜花。车子在白杨树掩映的马路上穿梭着。我静静地坐在那里，思绪也随着滚动的车轮飞向远方。

车到雨花台，太阳已过正午。一轮暖阳高挂。由于不是节假日，只有三三两两的游客在园子里徜徉。孩子们在广场上奔跑，嬉戏着。一支不知名的曲子在陵园的上空飘浮着，时而旋转，时而低回，宛如重重波澜，不断撞击着人们的耳鼓。我天然地认为，它是肖邦的《安魂曲》。抚慰灵魂，告慰英烈，让这些深埋在群山的英烈们在天国沉睡，安枕，是今人最好的表达方式了。

南京雨花台烈士陵园位于南京中华门外，约1公里的地方。南去是牛首山，西隔长江。面积为153.7公顷，这里林木葱郁，苍松翠柏，整个山体都覆盖在大片起伏的绿色里。然而，就是在这个寂静多于喧闹的地方，上世纪20年代至40年代末，却是国民党屠杀革命志士的地狱。包括徐楚光在内的无数中华英烈为了人民的解放，为了新中国的诞生，都在这里魂归九霄，将自己生命的躯体送上革命的祭坛。用飞溅的鲜血写下了雨花台历史上最惊天地、泣鬼神的一页！回首平生无憾事，只恨不能亲手把新生活建造。

但在鲜血染红这片土地之前，雨花台却是六朝古都南京一处具有浓郁传奇色彩的地方。相传南朝梁代天监年间，有一位云光法师在建康城南的高岗上设坛讲经。他佛学造诣颇为深厚，口吐莲花，听者无不如痴如醉，久聚不散。有一天，竟令天神也感动得掉泪了。于是天上彩云过处，七彩花瓣，如雨而下，遍布山岗，遂唤了雨花台。在中国古老的土地上，无数类似的传说，宛如七彩花瓣，飘浮在时间的长河里。实则，从科学的角度而言，雨花台现在所处的位置，原来是古长江的河道。后来由于地壳变动，江道北移，造成砾石沉积，地质上称之为"雨花石层"。石呈卵形，质含玛瑙，纹络旖旎。加上这里的地势较高，达到海拔60米，又盛产雨花石，所以称作雨花台。历史上,这里曾经山岗起伏,林深泉幽,属于著名的景观区,只可惜,后来世相更迭,战火频仍,满目风景尽皆化作一片荒芜,既而变成阴森恐怖的刑场了。

雨花台烈士陵园,是在新中国的礼炮声中建立的。

1949年12月,南京市第一届各界人民代表会议第二次会议作出《为建设烈士陵的决议》。 次年,又建起了奠基纪念碑,并在烈士殉难处建立了纪念性标志。 上世纪80年代伊始,馆里开始向全国各地征集雨花台烈士纪念碑设计方案。 今天人们触目所及,三十多万棵树木将这里变成一片林海。 雪松静立、龙柏高耸、银杏婆娑、玉兰、海棠、桂花竞相开放,遍山红枫,和落日晚霞相映衬,宛如英雄血点染,浑然一派幽雅所在了。 历经半个多世纪的岁月轮回,眼下,已经成为供千万后人祭奠英烈的圣地。 庄重、质朴、典雅的环境,横贯中轴的纪念建筑群,与四季更替的自然和人文景观相融合,让人在静谧的徜徉中沉思,遐想。

距忠魂亭东北方向不远处,一个银白色的五线谱雕塑直指蓝天。碑座上,刻着江苏词作家胡子林、倪亚范作词,著名作曲家吕远谱写的雨花石之歌。 周边繁花环绕,绿草茵茵。

谁弄天花雨缤纷,化作人间雨花魂……你是一幅天然的画,你是一首无言的歌。你是一部古老的书,你是一个美丽的传说。

拾级而上,随处可见大片的花树次递开放。 桃红李白,梨花带雪,掩映在苍松翠柏之中,宛如一片片火烧云。 一群洁白的鸽子正在广场上咕咕觅食。 红色的指爪在广场上悠闲地踱着,间或张开翅膀,扑楞楞朝远处飞去。 一个刚会走路的孩子张开小手,摇摇晃晃地跑过来。 年轻的母亲迎上去,开心地笑着。

宁静,详和,孩子在阳光下的草坪上奔跑,母亲舒心展颜的笑,是无数英烈包括徐楚光在内的人为之付出生命,并在梦里憧憬过的日子。

……

雨花台烈士纪念馆，坐落在距纪念碑450米处的任家山上。

这是一座具有重檐屋顶的民族风格建筑。由著名建筑大师杨廷宝先生设计。远远看过去，形似一"凹"字，正中是重檐主堡，两边各有两个辅堡。门上方有标志性牌匾："日月同辉"。乳白色琉璃瓦屋顶，花岗岩贴墙，窗框为白色的大理石，加上精美的石雕、石廊、石栏、石阶，把纪念馆装点得肃穆、典雅。这里，陈列着恽代英、邓中夏、罗登贤、何葆珍等一百七十位革命烈士的生平史料，还有从全国征集来的千件珍贵的革命文物。

走进展馆，一片沁凉。

从序厅慢慢走进去。左右两侧，镶嵌着反映时代背景的大型铜版画，一路铺陈开去，将人渐渐带入情境。接下来，依次是秦淮寒夜、石城星火、神州放歌、迎接黎明四个序列展厅。将烈士个体置于某一历史背景或事件中，展示了这样一个先锋队组织舍生忘死的群体形象。有侯绍裘、孙津川、恽代英、邓中夏……

穿过古朴的中华门，在迎接黎明的展厅里。首先映入眼帘的，是一块巨大的展示牌，上面写着对潜伏英雄的定义。

解放战争时期,许多优秀共产党人潜身敌营,深入虎穴,驰骋在看不见硝烟的战场上,凭着忠诚和智慧,为人民的解放事业立下了特殊功勋。秘密战线的斗争,无论是成功还是挫折,都是惊心动魄的,为了完成特殊的使命,徐楚光,北平五烈士,卢志项等地下尖兵献出了自己宝贵的生命。

在展厅里，我终于看到徐楚光的名字。他和周镐、谢庆元、王清翰、祝元福、张冰等在南京隐蔽战线上慷慨就义的革命志士均赫然在列。

陈列台上方的展版上，简述了这位红色特工的人生履历：

徐楚光（1909—1948）名徐祖芳,湖北浠水人。1947年9月在武汉被捕。解来南京，1948年10月牺牲。1926年考入黄埔军校武汉分校第五期；1927年加入中国共产党；1929年后从事国民党的策反工作；1941年任延安抗大一分校参谋教官；1943年打入汪伪政府任军委会政治部情报局上校秘书；1946年任中共中央华中分局第三工作委员会主任。

　　墙上的徐楚光，天庭饱满，样貌俊朗，眉宇间透着革命者特有的坚毅和从容。

　　旁边陈列着几帧照片：一张是旧式报纸的局部，上书大幅标题——伪警卫第三师反正。硕大的黑体字，弥散着那个年代特有的气息。另一帧照片下面，缀着一行小字：1945年春，徐楚光参与策反汪伪专机"建国号"飞机起义。这是解放军接收的第一架飞机。1945年8月，该机完成了运送中共领导人赴重庆谈判任务。

　　短短数语，蕴含着一条极具文献价值的历史信息。

　　照片上，站在巨大的飞机前面留影的人，是伟人毛泽东。他头戴凉便帽，微笑着，风尘仆仆地站在那里，冲大家挥着手。

　　这是红色特工徐楚光谍报生涯中浓墨重彩的一笔。

　　第三张，则是徐楚光拄着拐杖，坐在瘦西湖畔的留影。他看上去身材颀长，气质儒雅，一副绅士派头。这是人们在文史资料里，引用最多的一张照片。尽管经过漫长岁月的剥蚀，照片已经变得发黄、模糊，甚至卷起毛边，但基本呈现了盛年徐楚光的风采和气质。据说，那时候，他正在扬州医院疗伤，偏瘦的身躯，隐约可现赢弱的病容……

　　墙壁右下方，附列两帧照片。一张是母子三人的合影。还有一张，是2009年10月，徐楚光诞辰一百周年，徐氏家族的后人在雨花台烈士纪念馆团聚的场面。

　　……

　　新旧两个世纪的风雨，就这样被浓缩、镶嵌在几尺见方的展板上。每一幅画，每一行字，每一张图的背后，都投射着巨大的信息含量。世事更替，沧海桑田，一本拂去历史尘烟的大书，仅只掀开了浅浅的几页。

墙壁右侧，赫红色的展板上，镌刻着这样一行字：

大事者，与国与民，有大利也，我当为国民而生，也当为国民而死。

——徐楚光

这句话，应该是解读红色特工徐楚光传奇一生的钥匙。

站在那里，我久久地沉思着。耳边烽火渐起，似乎传过隐约的炮火声。

中部
剑胆篇

1. 洪门来客

1942年某个黄昏的下午，一艘长江客轮在汽笛的鸣叫声中，缓缓驶向了南京下关的中山码头。在熙来攘往的人流中，有一位西装革履、青年学生装扮的人从舷梯上走了下来。他就是从太行山八路军前总司令部派往南京做地下工作的红色特工徐楚光。

这年3月，八路军总部情报处根据中央军委对敌后城市工作的指示，派林一和张箴两位同志，把"抗大"总校参谋教官徐楚光调出来，派往南京做情报工作。此时的徐楚光,已经有着十几年丰富的对敌斗争经验了。

"放心吧,抗日利益高于一切,我愿服从组织安排。"徐楚光语气坚定地说。

情报处负责派遣工作的林一科长紧紧握着他的手,"沦陷区情况复杂,到那边要谨慎开展工作,平日尽量多注意人身安全。"

徐楚光很快乘上平汉线列车抵达武汉,通过中共地下党员金龙章办好去南京的通行证。

客轮靠岸后,徐楚光带着简单的行囊随拥挤的人流走着。过关的时候,他看到乘客在逐一接受盘查。动作粗暴,言语多有不恭。其间推车的、挑担的更是被推来搡去,间或将行李卷打开,稀里哗拉散落一地。徐楚光无声地跟在后面看着,心想这样的日子快到头了。由于他有特别通行证,检查时,用手指捻着证件晃了晃,很快就过关了。遂叫了辆人力车,径直奔往鼓楼兴皋旅社。

六朝古都金陵,日升月落,暮鼓晨钟,按照其固有的规律运转着,不动声色地接纳着南来北往的客人。

翌日,徐楚光怀揣金龙章写的一封信,匆匆赶往南京秦淮河畔的某处深宅府邸,专程登门拜访一位身份特殊的客人。此人名唤朱亚雄,江西人。幼年即离乡去沪,曾在民立中学求学,后入南洋医科大学,毕业后去日本见习。淞沪沦陷后,辗转来到南京。出任"大亚山正义堂"堂长。与伪官员、商界及地方人士都有着密切联系,一时名噪金陵。形成相当的社会势力。

朱亚雄阅毕来信,沉吟道,"噢,原来是受朋友之托,金先生别来无恙吧。"

现任汪伪自卫军总司令金龙章,跟朱亚雄曾是上海洪帮"五圣山"的同门兄弟,同时又是其长女的干爹,其关系之深不言自明。"是啊,金先生让代问您好。我到南京落脚,是想承蒙抬爱,谋份安身立命的差事,不知朱堂长是否愿意帮忙。"徐楚光谦恭地说。

朱亚雄细观来宾,发现他气质脱俗,机敏干练,通身透着一股灵气。"老友所托，岂能不办，这点小事不足挂齿，都包在我身上了。"朱亚雄顿了下，又说，"如果徐先生愿意加入洪门大亚山正义堂，事情就更好办了。堂内的兄弟什么样的高层人物都有，交往起来会更随意些。"

这是徐楚光再次听到洪门大亚山正义堂的名字。这个名字，此前在许多人的口中出现过。曾引起他浓厚的好奇心。为此，他遍查资料，多处寻访，始知这并只是一个简单的称谓，而是一个很深的江湖。所谓大亚山也不是真有其山，而是以义气相标榜。参加者心态各异，有的是想借此与政界人物有着兄弟同门的关系向上爬；商人是想借此在商界厮杀时求得庇护；记者变得更加灵通；有青帮背景的则想另辟蹊径，杀开一条血路；也有因好奇而投身其中。由此可见，在这个江湖里，各色人等，鱼龙混杂，呼风唤雨，已成为金陵古城正在演奏的交响乐里不可或缺的音符。它的存在，直接触及到日伪的神经末梢。

"承蒙朱先生不嫌弃，我自是愿意步入洪门，甘为弟子。"徐楚光心里一喜，赶紧站起身来，向对方表达谢意。"大家都是同门兄弟，以后有福共享，有难同当吧。"朱亚雄躬身还礼，慢条斯理地谦让道。

几天后，洪门大亚山正义堂专门为徐楚光举行了高规格的入堂仪式。

朱亚雄盛装到场，身穿新做的长袍，高靴探地，丝绦缠腰，一副金丝眼镜架在鼻梁上，谦逊斯文，自有一派不怒自威的大哥风范。副帮主姓崔，人称崔师爷。五短身材，眼凹腮瘪，一手算盘打得门儿精。遇人便躬身下腰，频频颔首。小碎步不离帮主前后。平时负责打理堂内一应事项。今日亦长袍加身，青裤白袜，头戴一顶镶玉红帽盔。是人们平常所见的装扮。

徐楚光随着众人走进去。但见高堂之上，神像下面摆开一溜长长的檀木香案，上面饼烛堆砌，烟火缭绕。两侧则刀剑林立，旗牌簇拥。随着仪式的进行，众声唱和，时有起落。遂跟在引领者的后面，躬身伏地，烧香，拜祖，念誓词，喝歃血酒……逐一亲历，极尽虔诚。

入堂仪式结束后，堂长朱亚雄开言道，"今洪门为徐楚光入门开香堂，我朱某亲自做入堂介绍人。不仅因为此人系我洪门兄弟金龙章总司令的推荐，而且徐才俊毕业于黄埔军校，在国民政府军领过兵，打过仗，亦曾传道授业。可谓文武兼备，今入帮会，实乃洪门一大幸事。"

徐楚光抱拳当胸，连连向左右拱手道，"承蒙朱大哥和各位兄弟看重，今有缘加入洪门，日后还望各位仁兄多关照。"

程式过后，朱亚雄特地设宴摆酒，宴请当日到场的一众宾客。席间对前来祝贺的政商警界要员逐一介绍。隔日，偶遇黄埔军校的同学何炳贤。两人兴致勃勃地攀谈起来。徐楚光思维敏捷，谈锋甚健，让对方顿时刮目相看。当后者得知他是军事教官时，大喜过望。说，"哎呀老兄，我正缺人手呢，以后有机会，不知愿否到我们中央军官学校做教官？"

原来，汪伪政府刚刚建立起一所中央军官学校。由汪精卫兼任校长。何炳贤负责日常事务管理。他的另一重身份，是陈公博的内弟。鉴于时局的动荡与诡异，学员思想十分复杂，时常让他感到管理上的左支右绌，一地鸡毛。眼下军校急需军事教学人才，徐楚光的出现，让他眼睛一亮。觉得这样的才俊如能引入，培养成自己的左膀右臂，就能轻省多了。徐楚光遂抓住机遇，顺水推舟，打入该校任上校战术教官。

初战告捷。徐楚光就这样在南京站稳了脚跟。一边是帮会洪门，一边是伪中央军校，双轮驱动，左右开弓，很快跟社会名流、中上层人物展开了接触，为全面搜集情报拉开了序幕。

鼓楼兴皋旅社坐落在狭窄的巷子里。周边白墙青瓦，民居甚多。店铺招徕顾客的声音，沿街叫卖小贩的吆喝声，每天不绝于耳。间或有清脆的鸽哨声，从空中回旋着，一掠而过，形成金陵古城特有的市井韵律。

汪伪中央军校设在南京中山路国民党励志社。徐楚光此后每日进出，基本上遵循着三点一线：励志社、兴皋旅社、洪门大亚山正义堂。一辆黄包车，形单影只，拉进拉出。时而长袍礼帽，时而戎装加身。来去匆匆，变幻莫测。在在身份的转换上应对自如，竟毫无生硬感，有时候，连自己都觉得不可思议。到了晚上，卸去一切装束，换上布衣，回归本色。尤感肩头任务之重。往来的客人却日渐驳杂起来。这里面，有掮客，地产商，阔少，姨太太，将校军官。交际圈子基本上遍布整个金陵古城。连街巷周边的小商贩，也对这位房客熟络起来。卖汤圆的，卖芝麻糊的，卖臭干酒酿的，总喜欢去门口吆喝。有位在巷口卖赤豆粥的老太，时常在徐楚光迟归的晚上，为他送上一碗宵夜。那时候，看着买主站在那里呼噜地喝着，看样子饿得不轻了。老太会心疼地从筐子里掏出两个芝麻烧。那是她特地为他留的。就像照应自己在码头上干活，总是迟归的儿子。徐先生没有架子，对推车挑担的同样尊重。这是老人觉得他跟别的有钱人不同的地方。

有时候，从汪伪中央军校授课归来，徐楚光推开窗户，纵目远眺，古城金陵尽收眼底，难免思绪万千。偶尔独自坐在沙发上小憩，同样是表面平静，内心沉郁。日伪在六朝古都的肆意横行、为所欲为让他食不甘味，夜不能寐，时常辗转至天明。他思念抗日根据地的战友们，有时候，真想跟上级领导提出来，到正面战场上，纵马驰骋，跟敌人决死一拼。但沦陷区的工作和正面战场互为呼应，同样不可或缺。听说，汪精卫很快就要派遣大批日伪军对根据地进行"清乡"了。他必须马上有所行动。

这天晚上，徐楚光从外面匆匆赶回来，见楼道里几个人争执不休。原来有人欠了房租，店老板带着手下人正准备撵走。对方恳求宽限几天，老板就是不肯。徐楚光每天早出晚归，两人也算眼熟。遂上前帮着解围。孰料，老板并不买账，反倒呛了一句，"兵痞子见得多啦，你做好人，就帮他把房钱垫上好了！"

徐楚光思忖一下，点了点头。

房客自是十分感激，两人进屋后坐下来。徐楚光发现，对方眉眼活泛，言语利落。便问他在哪里高就。"跑单帮……"那人端着房主人给他沏的热茶，不避滚烫，大口喝着。"在布庄跑码头，做点外围的生意，勉强糊口罢了，这鬼世道，越来越没法混了。"言毕，长叹一声。

徐楚光跟他聊了一会。始知这人叫罗纳，原来是国民党第三战区的情报人员，上峰派他到南京做地下情报工作。因一时没找到切入点，断了经费来源，才落得眼前的尴尬。他心里渐渐有了底。接下去，又聊了些时局的话题。对方一语听罢，突然站起身来，抓住徐楚光的手摇了摇。

"徐先生原来是军中前辈哇！兄弟最钦佩黄埔系的，如果长官不嫌弃的话，今后有用得着的地方，卑职愿意听从调遣。"说完挺直腰杆，啪地敬了个军礼。

徐楚光摆摆手，说，"不必客气，都曾是从军之人，如今投身商海，自然要多些结交，以便日后彼此照应。"

罗纳喜出望外。此后便时常帮着地下联络人员穿针引线，做些外围的工作。每次都完成得不错。徐楚光既用其所长，罗纳便也投桃报李，益发卖力，几次提出结拜兄弟。徐楚光经过郑重考虑后，答应了。

农历5月13日，南京莲子营60号。这天，据传是关圣帝君诞生节。洪门大亚山正义堂门口，车水马龙，宾客云集。

厅堂里，香火缭绕，圣帝像高悬，牌位严整。刀剑耸立。摆满白酒的几案上，缚着一只紫冠活公鸡。正义堂帮主朱亚雄和副帮主崔师爷，分别坐在两张红木太师椅上，门徒则按内八堂、外八堂三十六个牌位两行分列。

"徐教官到了！"大堂门口迎客的吆喝声传进来。

众人齐刷刷地朝门口看去，只见一位青年男子，三十多岁，一袭长袍穿在身上，得体，飘逸，动静咸宜，宛若玉树临风。他一步步走上前来。人群顷刻闪出一条廊道。这人不是别人，就是深入龙潭的徐楚光。眼下的身份是汪伪中央军校军事教官，武官参赞公署上校参赞。

洪门大亚山洪门正义堂，此时正如日中天。入会者多达2000余人。三教九流，兼容并包。红色特工徐楚光，此刻周旋于江湖之上，行走自如，来去随风，"醉翁之意不在酒"，在于为我所用也。

眼下，徐楚光在正义堂的身份，与初进时已经完全不可同日而语了。

几个月前，日本宪兵队特高课长藤冈少佐、宪兵准尉桥本带着一队士兵来到莲子营60号。他们此行不是来闲逛的，而是负有特殊使命——给正义堂贴封条。皆因正义堂日渐红火，社会人员成分复杂，给日本人带来了管理上的压力。

碰巧，那天徐楚光来串门。见有宾客在座。从头面看上去，客人正襟危坐，目光如鹰隼，颇有赳赳之气，便礼节性地打了个招呼。背着鞘刀的少佐，见徐楚光到访，遂九十度弯腰，向对方行了日本大礼。原来，少佐跟徐楚光同在中央军校任教，对徐楚光早有耳闻，尊崇有加。"徐教官博学多才，教法灵活，又会填词赋诗，本人当顶礼膜拜……"说完，又一躬到底。朱亚雄正为封门之事焦虑，忽见他二人是同僚，又关系尚好。顿时喜出望外，遂朝徐楚光递了个眼色。

徐楚光心领神会，立刻跟藤冈少佐攀谈起来。

"课长先生，您是个效劳于'东亚共荣圈'的人，想必视野要比庸常人开阔得多。知道贵国关东军特务机关长土肥原贤二先生在天津加入中国帮会组织的事吧？听说，这个组织帮他稳定天津可是出了大力。如能效法贤二先生，通过佑护洪门大亚山，巩固金陵，岂不是两全其美，一箭双雕？更何况，朱亚雄开山立堂兴教行善，做的都是与政治无关的事呢！"藤冈少佐时而点头，时而摇头，一时不置可否。随着话题的深入，却慢慢陷入了沉思。从徐楚光的角度看上去，对方的内心显然正在激烈地掐架。 遂将话题扯开去,大侃中国的孙子兵法。 这回,少佐不再摇头,也不再点头了。 而是变得泥雕木塑一般,一动不动,呆坐在那里。 少顷,忽然摇着自己的脑袋,作出恍然大悟的样子说,"嗯,大大的有道理,我的,愚笨之至! 佩服!"他冲着徐楚光晃起大拇指,捋着八字胡笑起来。 稍后,忽然冲着桥本吼道,"起草日文公告,宪兵队署名,对大亚山正义堂多多保护!"

朱亚雄赶紧用日语表示感谢。 并吩咐左右摆酒,对少佐一行予以款待。

第二天,莲子营60号门首,很快高悬起日本公告的大镜框。

从此,徐楚光同朱亚雄的关系愈加亲密。 这天举行洪门盛宴,他自然成为第一个被邀请者。"帮主好,众兄弟好!"徐楚光走到堂前,抱拳当胸,左右作揖。

"仁兄别客气,请,请跟我来。"朱亚雄信步款行,将徐楚光引到覆着大红纸的箱子跟前。 按洪门帮会的规矩。 开堂会,洪门兄弟都得交纳"钱粮"。 数字以三、三十六,一百零八为标准数。 谓之桃园三结义,瓦岗寨三十六友,梁山泊一百单八将。 徐楚光屏住气息,从香案前拈起一炷香,朝着关圣帝拜了三拜。 然后,从腰包里掏出一札红纸包,抖出三十六块银元。 随着一阵哗哗的响声,周围一片惊叹。 朱亚雄起身撩开长袍,向徐楚光等众堂会首、"拉架子"行大礼后,又领着新入的门徒跪念誓词。 然后,神情庄重地递给徐楚光一张红纸。 四面烫金,装帧考究,上书"洪门大亚山正义堂执堂"字样。

徐楚光双手接过,跟朱亚雄对视了一下。 心里顿时一阵释然。

这意味着,他从此可以全权处理大亚山正义堂的一切日常事务了。

至1944年2月,徐楚光在汪伪机关站稳脚跟后,继续以黄埔学历,广交朋友,开展活动。 由此,在金陵古城铺开了一张经纬合缝的情报网络,风吹草动,尽揽其中。

2. 明修栈道

1943年暮秋,古城金陵过早地感受到初冬的寒意。行人走在路上,抬头朝远处看过去,马路两边的梧桐树一片枯黄,偶有风过,萧萧瑟瑟,落叶遍地。夜幕降临,马路上的灯盏在雾中闪烁着,影影绰绰,显得更加凄冷。

这天晚上阴雨绵绵。朱亚雄凭窗而坐,正在厢房里独自品茗。院墙外忽然响起一阵门铃声。原来是正义堂执堂徐楚光来访。朱亚雄赶紧出门迎接,一见对方穿着湿漉漉的雨衣,发梢上正在不断滴水。遂吩咐家人赶紧拿出干净的换洗衣服,又摆上热茶和点心,引入内院书房就座。

近半年来,朱亚雄对徐楚光的信任与日俱增。后者经常到朱家的"香堂"走动,同他家属妻女的关系都处得很融洽。特别是经过对方的牵线,避过查封之劫后,日伪对大亚山正义堂的一些事务很少过问。逢重要活动,甚至还会派宪兵到场助阵。这使得朱亚雄在金陵帮会声誉日隆,一时间风头无两。但这位帮会首领有些特别,他深谙传统文化,骨子里不乏民族情怀。所以在日伪场面上觥筹交错,推杯换盏的时候,心里难免百味杂陈。加上时局诡谲,难有定势。这使得他在表面风光之余,时常独坐小斟,郁郁寡欢,陷入迷惘和虚无的状态。

两人落座后,朱亚雄开口问道:"徐兄,好久不见,近段时间怎么不过来串门了?我的夫人和孩子都在时常念叨你呢!"

徐楚光笑了笑说,"最近是有些忙了,到芜湖那边走了一趟。""呵,又出远门了,可有什么见闻?说来听听。""见闻不少,小弟还有件重要礼物要送给大哥呢。"言毕,徐楚光从怀里掏出一个油布包,双手递了过去。朱亚雄将东西接过来。发现沉甸甸的。便满腹疑虑地问,"裹的什么?"徐楚光笑了,"兄长打开看看就知道了,保证你会喜欢的。"朱亚雄将油布包一层层揭开,到了最底层,一支锃亮的勃朗宁手枪赫然在目!"好枪!真是一把好枪!"他连声惊叹道。朱亚雄虽不是行伍出身，但对枪始终有特殊爱好。家里专门收藏有驳壳、橹子等各式手枪几十支。没事的时候，自己经常躲到内室里擦拭，比划。聊解心头之郁闷。连内政部长陈群都知道他有这个癖好，先后送过他两支左轮。

既然聊起枪的话题，朱亚雄兴致益发浓厚。遂引徐楚光去了内室，让家人将他收藏的手枪拿出来。眼睛里也出现了少有的神韵。他一支支摆弄着，对每种枪的性能都如数家珍。徐楚光拿起一支驳壳枪，熟练地在手里掂了两下，又用指头单挑着，倏地在掌心打个绕花。笑道，"好哇，朱兄，多少人做梦都想搞到一支枪，你这么多宝贝却躺在匣子里睡大觉，真是可惜了！"

朱亚雄哦了一下，打住话头。然后盯着对方的眼睛问，"……老兄莫非弦外有音？""那倒未必，"徐楚光走到窗口，看着外面的夜幕说，"金陵的夜色本来很美，可眼下到处雾霾笼罩，很难让人舒心展颜呐。"

朱亚雄沉默了，顿时失去了欣赏枪支的兴趣。他慢慢走到窗口，朝外面凝望着。这时候一阵风吹过来，随风送过一阵软绵绵的歌声。"夜来香，我为你歌唱，夜来香，我为你思量……""长夜漫漫，人间凄寒，我要你，厮守着黑夜……"，影影绰绰，又被一阵风带走了。而咿乃的桨声，伴着日本浪人跟歌女调笑的声音却刺耳地传过来。朱亚雄下意识地转过身子。这时候，徐楚光瞬间捕捉到对方眼睛里闪过一丝郁闷。"徐兄，谈点眼下的时局和沦陷后的南京吧。"

朱亚雄忽然兴味索然，失神地坐到椅子上，揉起太阳穴。

"商女不知亡国恨固然可悲，然而，更可悲的是那些苟安在日本膏药旗下的七尺男儿，他们每天都在做什么呢？"徐楚光没有作答。而是自言自语，沉吟道。朱亚雄面有赧色，"说来，我朱某实非无视国耻的麻木之辈，正义堂取此二字，亦告诫众兄弟勿做有辱民族之事，更不愿与日本人有染，谁想落个汉奸的骂名，带累得洪门兄弟跟着受冤枉呢！"

徐楚光收敛了笑容，正色道，"大哥，我们相处日久，彼此都了解对方。我想您肯定深谙在日寇的铁蹄下行走的滋味吧。据我所知，您早年东渡日本学医，回到上海行医时，参加洪门五圣山；'八一三'抗战时，你参加了抗日团体洪兴协会，做过战地救护队长，上海沦陷后，你又辗转来到南京……纵览大哥的前半生，您也是一位想为国家做事的有识之士啊！""徐兄所言极是！只是眼下日伪合谋，时局又是这样，我实在看不出哪里还有什么出路。"朱亚雄坐在那里，显出从未有过的焦虑。

"大哥，有一番话，不知当讲否？我们洪门前辈一向以复兴民族为重。光绪年，孙中山在广州学医时，曾与洪门三合会首领郑仁良结为挚友，后又在檀香山加入致公堂，被推为山主，领导国民革命。同盟会陶成章在浙江闹革命时，首先就联系洪门九龙山兄弟。辛亥年，武昌起义时，川、陕、湘、浙等地，均有洪门兄弟闯江湖，镇南关、黄花岗起义，洪门兄弟也是铁肩担道义……大亚山洪门帮会何以愿意仰人鼻息，日后落个汉奸骂名呢？更何况，一众兄弟现都在大哥的引领之下……"徐楚光话音落地，忍不住推开椅子，站起身来。

朱亚雄犹如醍醐灌顶，额头上不禁沁出细汗。

"这些年，我不是没有考虑过这些，也知道自己在混沌过日子。但更多的时候，心情都是很压抑的。自己也感到奇怪，当年的那些血性都去哪了！眼下，我身为洪门帮会之主，即便想做点事，谁还会相信我？"朱亚雄心事重重地说。

"会有人相信您的。"徐楚光走到对方身边，轻声道："苏北那边我有许多朋友，他们常托我办点事，大哥，我相信您有一颗中国人的良心，只要您愿意，有许多需要您做的事。他们都知道您在南京的盛名，我的那些苏北朋友，很希望得到帮助。"朱亚雄如梦方醒。他早就看出来，徐楚光绝非等闲之辈。他的言行举止，他对时局的分析和见解，以及他所表现出来的民族血性，都让他如此折服和钦佩。听说共产党里有很多这样的人。能跟这样有抱负、有血性的男儿一起共事，为抗日大业做些事情，何乐而不为？ 想到这里，朱亚雄站起来，字字掷地，说道，"徐兄，我已经明白你的意思了，承蒙你瞧得起大哥，有需要我的地方，尽管说！"

"今日所谈之事，不要跟任何人讲起。 这也是我们地下抗日组织的规矩。 如今时局复杂，兄长在洪门内外走动，以后需多加谨慎才是。"徐楚光目光真诚地盯着对方，再三叮嘱道。

朱亚雄即刻起身，从香案上拔了一炷香。 一折两断。

"从今往后，我与徐兄同生死，共患难，竭尽全力，以香为证。 朱某若有二心，绝无好下场！"

1944年冬，华中局和新四军军部首长指示城市工作部，要想方设法打通出入南京的车站、港口码头，并争取京沪铁路沿线，保护根据地人员与物资的安全进出。 城工部再三考虑，决定把这项任务交给徐楚光。

此时，京沪铁路沿线的情况日趋复杂。 日伪及各类地方势力纷纷介入，以期分得一杯羹。 加上地痞流氓搅局，使得沿线不堪其扰。 徐楚光得知情况后，急找帮会首领朱亚雄，商议如何突破封锁线的事情。 朱亚雄沉吟半响，说，"我有个朋友叫骆中洋，正在考虑加入帮会……"徐楚光说，"名字有点耳熟，是不是那个在南京警备司令部的情报处长？""对，正是此人，你也认识他？"朱亚雄问。"以前照过面，但我对此人还不太了解，有可能被我们争取过来，为抗日做点事情吗？"徐楚光竭力回忆着，在脑子里搜索着那个人的影子。

"应该没问题，他很有正义感。"朱亚雄肯定地说。

原来，骆中洋是广东惠州人，自幼出身贫寒。 十六岁参加国民政府军第一五六师第八三一团。 抗战爆发后，随部参加"淞沪会战"和"南京保卫战"，南京沦陷时，曾亲眼目睹南京大屠杀。 以难民身份躲进法云寺难民营，才逃过一劫。 后为谋生委事汪伪，任汪伪南京警备司令部参谋处上校处长，兼汪伪首都物资平价维纪委员会督察队总干事,是掌管汪伪南京市军、宪、警的实权人物。 但骆中洋的父亲和伯父都在老家被日寇杀害,每与朱亚雄谈起这段国恨家仇,无不流露出强烈的复仇之心。 徐楚光听后很高兴,遂认定此人一定会成为图谋抗日大业的志士。 便请朱亚雄约他到家里,两人一起做他的工作。

翌日,朱亚雄果然将人约到莲子营60号。

骆中洋长得极有特征,重眉阔面,凛凛一表,自有一番泰山压顶不弯腰的气度,看上去就是重情义的人。 几轮交谈之下,甚为投缘。当骆中洋得知徐楚光是洪门执堂时,当即请他介绍自己加入帮会。"骆兄恪守信义,我愿意做入帮介绍人。"徐楚光高兴地说.

"好,马上择吉日,开香堂,今后大家都是同门兄弟,有事如能相互关心和照顾。 我这个大哥也算没有白当了。"朱亚雄也笑道。

骆中洋和徐楚光有了同门关系,彼此联系自然多起来。 了解加深后,对骆中洋的认可度也随之增加。 遂专门与骆中洋交换兰谱,结为拜把子兄弟,引导他为抗日做实际工作。 从此,南京的车站,码头便经常出现骆中洋的身影。 凡是我方有人员和采购的物资需要进出车站、码头,徐楚光便将打通关卡、安全保卫的工作交给他。 对极为重要的保卫任务,徐楚光则以接送亲友的名义亲自出马,骆中洋陪同前往,不离左右。 他轩昂的气质,笔挺的制服,都有着不言自明的功效,几次化险为夷。 以致后来,只要手持骆中洋的名片,便能顺利通过关卡的检查盘问。 但是,风声还是一天比一天紧了。 夏天来临的时候,京沪线铁路已被日本人全盘把控。 沿线主要车站都有日军亲自把守,表面看起来接榫合缝,控制得铁桶阵一般。 推进工作进展缓慢,甚为艰难。

徐楚光和朱亚雄多次商谈,几度陷入一筹莫展的境地。

这天晚上,徐楚光到朱府串门,看到有位日本人盘腿坐在那里,正在品茗聊天。 那人寸头,微髯,腰板挺直,目光里透着职业化的机警。

"华中铁路株式会社警务课长木村先生。"朱亚雄起身介绍道。"我在东京留学时的旧相识。"转身冲着木村，又用日语说，"军委政治部情报局上校秘书徐楚光，是我的好朋友。今天大家凑巧碰到一起，好好聊聊吧。"徐楚光脑子里疾速转了一下，拱手道，"久闻木村课长大名，今日有缘得见，幸会！"木村从嘴角挤出几分笑意，用生硬的中国话说，"哦，哪里，徐先生原来是同行，你的，请坐！"朱亚雄说，"木村课长，徐先生是我的洪门执堂。能力超凡，常在江湖上走动，有事情只管托付好了。"

木村课长眼睛里掠过一丝雾霾，随即叽哩咕噜说了一番。大意是，日本人在京沪铁路沿线设立爱路区，由宪兵和汪伪军组成警备队，但仍然对付不了新四军在铁路沿线的活动，加上沿途饥民甚众，经由火车运送的布匹、棉花、钢材药物等物资，经常丢失，苦无良策，现向大亚山帮会讨主意来了。

"新四军游击队神出鬼没，我的情报多有不畅……"说完，他害牙疼似的抽了口冷气，又左右转了下脖子。真是无巧不成书！听完翻译，徐楚光和朱亚雄迅速对视了一下。然后，用目光罩定木村，态度谦恭地说，"课长先生不必过虑，依鄙人之见，只要在铁路沿线用上可靠的人，完全可以保护贵军物资运输畅行无阻呢。"木村闷了半晌，吐出一句，"不知徐先生的意思是……"徐楚光微微一笑，"洪门大哥手下有的是人……这些年，要不是洪门兄弟对皇军尽力，沿线的物资损失还会更大。不妨组织一支护路队，杂七杂八的事，都交给洪门帮你们打理好了。"木村满腹狐疑，将脑袋转向朱亚雄，"朱先生，你们洪门帮会的，可靠吗？"朱亚雄肯定地点了点头。又把孙中山靠同盟会起家，推翻帝制的来龙去脉详细说了一遍。他说得很慢，每句话的间隙，都稍微停顿一下，以便观察对方脸上的反应，作出新的语气调整。

"木村先生，洪门大亚山正义堂下有会众几千人，遍布南京及周边地区，不仅熟悉这些地区的社情，而且帮会里藏龙卧虎，从中挑一两百人护路根本不成问题，一切交给洪门帮主好了，课长只需喝喝茶，赏赏花，放心睡大觉吧。"等朱亚雄说完，徐楚光又接上话头。他在详细分析了沿线的地理形势、风土人情，游击队和巡逻队的的优劣对比后，笑眯眯地道出了上述一番话。

木村哈哈大笑。频频伸出大拇指，"你的，果然厉害！"又转过脸，对朱亚雄说，"不知朱先生意下如何？"朱亚雄故意延宕了语气说，"木村先生，事关重大啊，要不……容我们双方都慎重考虑一下再说？"

隔日，秦淮河畔的东洋酒屋。三人再度聚首。这家酒屋是日本人开办的，榻榻米的房间，纯正的日式料理，房间里飘散着日本的本土音乐。门楣上勾描着日式浮世绘。香艳肉感，浑然一派异国情调。

木村先生神态闲适，情绪大好。奇怪的是，席间只顾摆龙门阵，迟迟没有切入正题。朱亚雄几次提起，都被绕开了。三人就这样一杯接一杯，不停地喝酒。席间，徐楚光审时度势，妙语连珠，谈茶道，论易经，聊中国传统民俗，朱亚雄在旁边唱和默契，翻译得行云流水，锦上添花。直听得木村频频点头。目光越来谦恭，坐姿越来越歪斜，很快酩酊大醉。临别的时候，突然搂住朱亚雄的脖子，嗑嗑巴巴地说，"你的人，果然厉害……都交给帮会打理好了，我的，只想喝，喝酒……哈哈！"徐楚光紧上一步，挽住木村的膀子，将他用力推进车内。两人冲着绝尘而去的汽车，不约而同地长舒了一口气。

华中铁路护路总队，很快宣告成立。

这支护路队，由华中铁道株式会社警务课长木村指挥。朱亚雄任总队长，副帮主崔师爷任副队长。徐楚光为秘书主任兼督察长，负责处理护路总队一切日常事务。张冰任护路总队情报组长。管辖芜湖，南京中华门，下关，龙潭，镇江，丹阳，奔牛等站道的铁路安全工作。从此，京沪之间的铁路交通运输线成功开辟了！依靠这条新线路，苏北根据地抗战人员的军用物资，在大江南北往来自如。为抗战源源不断地输送着力量。

1944年春天，一个细雨淅沥的晚上，徐楚光捻开一张从华中局情报部捎过来的纸条，上面写满暗语。大意是，请尽快建立一条敌占区通往苏皖边区新的地下交通和运输线。

原来。日伪不断的扫荡与封锁，使得苏北抗日根据地在南京外围仪征县开辟的通往苏北的地下秘密交通运输线，遭到了严重破坏。控制之严，用当地老百姓的话说，连禽鸟都飞不过关卡。稍有动静，一枪击落。这使得敌后根据地的医药更加缺少。某种程度上，地下交通线堪称生命线。特别是对于那些坚持战斗的人员来说，一瓶小小的盘尼西林就可以挽救一条生命。为此，新四军首长指示，要求新辟路线要走直线，不走或少走弯路，以便把运行成本和不安全因素降到最低。

望着纸条在盆子里瞬间化成灰烬，徐楚光燃起一支香烟，在屋子里来回踱着，脑子里却在急速盘旋着，以至烟蒂烧到指头上都毫无察觉。

谁能作为合作者，来共同完成这项棘手的任务呢？

时隔不久，又接到地下交通员送来的第二封密信。徐楚光抽出来，忽然瞪大了眼睛，那竟然是一纸离婚书！信，是妻子时海峰写的。冰冷，简短，程式化。但上面有两个字，却深深刺痛了他的眼睛！妻子称他既作"汉奸"，道不同，不相与谋。自此分手，各走各道。徐楚光一阅之下，五雷轰顶！五年前，他在河南伊川开展地下工作时跟时海峰认识。两人情投意合，共同体验过早期投身革命的激情……再看手中的信函，揉搓至碎，不知辗转多少地方，才从根据地捎过来。被至爱的人误解，真是痛彻骨髓啊……徐楚光数日辗转，夜不能寐，嘴巴上很快烧起燎浆泡。但地下工作严苛的纪律，单线联系的隐秘和凶险性，使他一时无法解释。眼下，又处在开辟交通线的节骨眼上，只能将个人隐痛置之度外了……徐楚光从纷乱的纠结中重拾思路，在脑子里一遍遍过着筛子。将自己在南京等地发展的三十多位人选，如同过电影似的，逐一闪过。少顷，有两个人的名字浮出水面。

唐公福，无锡人，黄埔军校第六期炮兵科毕业生。原系汪伪上海极司菲尔路七十六号特工总部二厅情报科长。在华中和汪伪政权中有众多的社会关系。他的二哥唐惠民先后任汪伪江苏省建设厅厅长；与汪伪特工头子李士群同为青帮兄弟；汪伪社会部部长丁默邨，汪伪中央军校教育长刘启雄等都是他的同乡。但此人身处魔窟，深知大小汉奸为虎作伥、滥杀无辜的暴行，良知尚存，不甘沦为鹰犬。陈念祖，苏州人，比徐楚光年长十几岁，系早年黄埔军校毕业生。任职汪伪江苏省建设厅苏北船舶管理所主任。为人正直，讲义气，颇具民族正义感。

他们二人都是徐楚光亲自发展的地下工作者。

隔日晚，春雨绵绵。江南水乡沉浸在一片烟笼雾锁之中。徐楚光披上雨衣，乘京沪列车赶到苏州陈念祖家中，由陈差自己的儿子把唐公福找过来。这时候，屋外的雨下得益发稠密，转瞬织成一张朦胧的雨帘。屋内，三人将门闩起来，在卧房里开始了紧张的研究。徐楚光从战争形势、敌我动态、苏皖边新四军的给养情况、直达交通线的迫切性和利弊作了分析后，三人又将行动步骤一一进行盘点。当窗户纸发白透亮的时候，万事皆备，只欠东风。

第三天，雨停了，阳光明艳，一切按计划进行。

苏北船舶管理主任陈念祖，穿一身笔挺的呢制服，带着几个随从，大张旗鼓地到扬州视察工作来了。此时，日伪"民船公会"正在开会，旌旗飘飘，人头攒动。陈念祖一通讲话，名为鼓励，实则暗中抵制，用代发船舶执照的办法，严格控制船只在京杭运河上的准入手绪，同时秘密物色合适的地下工作者，以便船只进入解放区，装运物资和人员。接下来，唐陈二人合唱双簧计，出面向苏北"清乡"专员张北生承包猪只税务局。又请一个叫陈云鹏的到扬州当局长。这陈云鹏却不是等闲之人，他热心抗日，原任无锡猪只税务局长。陈和唐分别为总务和税务科长，实权在握。三人一台戏，正场戏紧锣密鼓地开始上演。从此，从根据地收购的生猪、咸肉、蛋、黄花菜等土特产源源不断运出来，而药材、纸张、棉纱等物资陆续运进。抗日根据地后方人员进入敌占区时亦得到暗中保护。

又过数日，一场豪华酒宴在平山堂举行。

东道主为苏北绥靖公署参谋长，陈念祖的老师曹榜。到场者有如皋县37师师长丁聚堂，泰兴县34师师长田铁夫，海安县22师师长陈再福。三人皆属国民党亲共将领李明扬的属下。此前，已借收编的机会，被委任兼3个县的猪只税务局长和船舶所主任。陈公福怀揣曹榜发的"绥靖公署参议证"，如沐春风地出现在酒宴上。席间，大家鉴于时局动荡，各揣心事，交头接耳。名为聚会，实为彼此探测口风。尤其谈到老四（新四军）时，更是顾左右而言他。陈公福在边上打着哈哈，说别的都要假的，诸位保存实力要紧，闷头发大财吧，可别跟"老四"作对，麻烦多得很呐！说得在座的人频频点头。

原来，扬州驻军为国民党25军黄伯韬部，曾几次跟新四军交手失利。这个部队的下级军官和家属，往往一谈"老四"，便闻之色变。

无锡市皮市风箱巷23号，当时住着两户人家。一户是陈念祖家，另一户是黄伯韬部的政治部主任严毅。两家一直过从甚密。严毅的妻子法慧琳，便将儿子毛毛交给陈家作为内子抚养。23号时常高朋满座，笑语声喧，一帮军官太太花枝招展，喜欢到这里来打牌。一张牌九桌，稀里哗啦，嘻嘻哈哈，是最好的笼络感情的场所。法慧琳性格开朗，擅交际。衣着脂粉自有一番开销。徐楚光便与陈唐二人商定，说服其合伙做生意。后者正在玩的兴头上，果然一口应允。苏皖边区运出的猪只、咸肉等，便以其名义加进一些资本，运回解放区的棉纱、药品、牙刷等，则由会计苏兆海带去上海结算。除运回物资外，余款部分留在上海，供那里的地下人员使用。

就这样，活跃在此条交通线上的地下人员，凭着税局、船舶管理所发放的通行证，运输证和税单，在敌伪的眼皮底下，一次次闯关越卡，畅行无阻。

有一次，徐楚光装扮成做生意的上海老板，同严毅夫妇做好工作，以政治部的名义，派副官用三部卡车接送货物，由扬州直达苏皖边。后来运棉纱到解放区被扣留时，徐楚光派张冰速去严家，让法慧琳在家中打军用电话给主官检查处的营长，后者果然喏喏连声，顺利放行。

唐公福和苏兆海有一次回解放区，被还乡团扣押，也是徐楚光做工作，由法慧琳出面，说明他俩只是运猪的职工，放行了。

从此，从扬州到苏皖边的水陆直达交通线完全建立起来。它长达三百多里，连接着铁路主动脉，络绎不绝地把人和物资运往抗日根据地。

3. 侠肝义胆

中山东路二条巷蕉园4号。

这里闹中取静，俨然六朝古都南京的一处幽僻所在。一道围墙将喧嚣的声浪挡在大门之外。院内古木苍郁，花香四溢。房主人抬头望天，往往被高大的树木遮得密不透风。可谓阴晴圆缺由天定，不知有汉，无论魏晋。住在这栋房子里的主人，却非等闲人物，而是汪伪军委会参赞武官公署的中将洪侠。

洪侠，浙江瑞安人，军人出身，抗战开始时在重庆中央政治学校任队长兼马术教官。此人脾气耿直，因卷入校内派系斗争被免职。遂回浙江瑞安老家探视老母。由于生活无着，后由其外甥女婿陈光中保荐，到南京汪伪参赞武官公署任中将参赞武官。

这天，院子里的幽静，被一阵清脆的铃声打破了。来访者是一位年轻的军官。戎装笔挺，步履果断有力，从外面大踏步地走进来。洪侠站起身来，用低沉的声音冲那人招呼道，"徐兄，好久不见，今天怎么有时间过来，是去学校上课吗？"

1943年秋天的某个上午，汪伪中央军校上校教官徐楚光，腋下夹着书本，匆匆走进二条巷蕉园4号。由于上班正好路过洪侠寓所，他此前时常到访，两人吟诗作对，谐趣相投。徐楚光思维活跃，洪侠年长他两岁,性格内敛沉郁,两人交往起来竟毫无生疏感,遂走动得越来越多,成为无话不谈的文友。

桌子上,放着洪侠刚写好的条幅。"数点梅花先帝泪,二分明月故臣心。"这是清代诗人张尔荩撰的联。 墨汁尚未干透,散发着阵阵墨香。 一支古琴曲若有若无,在书房里飘弥着,让人顿生几分清幽之感。 徐楚光围着几案看了半晌,开言道,"久闻大哥书法盛名,笔法果然是浑厚挺拔,开阔雄劲,颇具颜体之风呢。"洪侠道,"哪里,惭愧!多次听人说过你的字也写得好,今日不妨研墨挥毫,让愚兄也见识一二……"徐楚光连连摆手道,"前辈过誉了,小弟久未伏案,怕是手生。 只是从前闲来无事,偶尔抽空练练手指头。 兄长功底如此深厚,岂敢献丑。"洪侠说,"诗文互赏,不亦乐乎。 本无高下之分,只不过是用来休养身心罢了。"

徐楚光见推辞不过,便将墨重新研了,提起管中之笔。 说,"大哥录的是梅花岭史可法衣冠冢联,岂知此联还有一种说法。"言毕,饱蘸浓墨,一挥而就。"数点梅花亡国泪,二分明月故臣心。"洪侠一看那字骨力遒劲,结体严紧,用的是柳体。 频频点头称许。 说,"徐兄真是过谦了,早看到你的字,我那幅就不敢朝外摆了了。"随后,用手指点着"亡国"二字,重重地吐出一口气,说,"深谙我意,不枉交往一场。"

徐楚光早已洞悉对方的心事,说,"大哥,我每次走到这座书房里,都有一种特殊的感觉。"洪侠一愣,"徐兄何出此言? 是看到什么不妥当之处吧。"

徐楚光笑了笑,说,"哪里,是墙上那幅大哥的自撰对联,让我每睹之余,感慨良多。"洪侠下意识地抬头朝墙上看去。 屋子里,继续回响着对方的声音。"'洪钟唤醒三千界,侠骨飘零二十年',我首次到府上来就看到了,总觉得其中大有深意,不知兄长愿点拨一二否。"

原来洪侠挂名参赞武官,只是一个虚衔,实则手中并无寸权。 这使得他原有的一番抱负,渐被冷却。 只好深居简出,闲来舞文弄墨,聊以自慰，做起深居简出的寓公。孰料一幅对联暴露了心迹。这却不是人人都能看出来的，到洪侠家里来的人也不少，惟徐楚光点出他内心的隐衷，相形之下，不能不刮目相看。

"是啊，想必徐兄已经看出来了。江湖多舛，升沉起浮，也曾幻想过像洪钟那样唤起沉睡的庸众，但事与愿违，转眼虚掷光阴二十载。唉！"

接下去，洪侠拉开了话匣子，跟徐楚光聊起自己的过往。越说越愤懑，最后朝靠背椅上一仰，胸中发出一声近乎呻吟的叹息。听到这里，徐楚光说，"大哥，我们既是炎黄子孙，又都来自黄埔，那份委身事敌的无奈和屈辱，实则是感同身受的。整天醉生梦死，端日本人的饭碗，是要被当作民族败类戳脊梁骨的。如此苟活于世，决非长远之计。"洪侠张开布满血丝的眼睛，接话道，"仁兄有所不知，我身为抗日军人，岂有甘当卖国贼的道理！眼下顶着汉奸的帽子，时觉山样的沉重……不知徐兄有何高见？"

徐楚光诚恳地说，"大哥口吐肺腑之言，让愚弟非常感动。我有一两位在苏北经商的好友，与抗日军队有点生意上的来往，不瞒您说，为了挣点养家糊口的用项，有时也会弄点散货，做点小生意，偶尔到苏北那边走动走动。若有机会，我愿为大哥找找门路，疏通一下关系……"洪侠眼神里倏地闪过一抹亮光。他下意识地站起来，说，"你我既是同病相怜，情同手足，有话尽管说就是。"言毕，握住对方的手，使劲晃了几晃。

徐楚光沉吟了一下，慢慢说道，"既是莫逆之交，小弟也就不避嫌了……如果能够取得汪伪中枢行动情况，取信于人更好，只是这件事有点难办呢。"

洪侠突然哈哈大笑！说，"徐兄多虑了，这件事，虽说并非探囊取物那么容易，但也不是没有可能。我有要紧的朋友在里面……关键是事在人为。"

原来，洪侠在重庆中央政校共事时，曾有位叫项致庄的同事，被蒋介石派到第三战区任炮兵司令，在同日军作战中被俘了，押至南京。 软禁在中山东路二条巷 65 号，因为生活拮据。 洪侠念往日旧交，时常去探望，并用私蓄对后者进行接济，项自是十分感激。 一年前，项致庄投靠汪伪，充任汪伪军委会参谋次长，成为周佛海的心腹。从此将洪侠视为割头不换的朋友。

"项致庄把我看作知己，他的秘书洪仲清与我有患难之交呢……他二人在落难的时候，都有我的援助，程对我感恩戴德，结为金兰兄弟。我倒是可以从他们那里了解一些动态。"说到这里，洪侠脸上阴霾渐去，似有释然之感。

自此，徐楚光经由这位中将参赞武官，打通了汪伪军界上层的情报通道，不断获知一些重要的情况，并及时传递到敌后根据地。

1944 年 8 月 1 日，湖南宁乡失陷，中国守军全部阵亡；七天后，湘南重镇衡阳中国守军第 10 军与日军浴血奋战 48 天，弹尽援绝，衡阳终告失陷；11 月，日军占领桂林、柳州……与此同时，山东地区发布为粉碎敌人"扫荡"，加速大反攻准备的紧急动员令；八路军胶东、晋绥军区部队发起秋季战役；9 月，中共华中局发出关于开展京、沪、杭等大城市和交通要道工作的指示；12 月下旬，粟裕率新四军第 1 师渡江南下，开辟苏浙皖边抗日根据地……

11 月底，江精卫病死于日本名古屋。 陈公博代理南京伪政府主席。

风云变幻，波诡云谲。 沦陷区谍报工作的复杂性更加严峻。

这日周末，徐楚光约洪侠去秦淮河一带谈事。 夜色正浓，灯火迷离。 咿乃的桨声在微风中不断传过。 影影绰绰，飘过一阵阵萎靡的歌声。 两人坐在画舫里，慢慢喝着，聊着，实则心情都处在焦虑之中。 洪侠连日来心情郁闷，也不动筷子，只是端着杯子一个劲灌酒。徐楚光几次劝他喝慢点。 洪侠几杯酒下肚说："徐兄，你猜我昨天看见什么了？"徐楚光知道他心情不爽，也不作答，只是静静地听着，等下文。洪侠就说了。原来几个日本宪兵在夫子庙酒肆里喝酒嬉闹，不但分文未付，还将过来讨酒钱的店小二打得鼻孔蹿血。旁边围观的人敢怒不敢言，由着那帮人恣意妄为，这也没有什么奇怪的。令人气愤的是几位军政治部的人，不但不为同胞开脱，反而跟在日本宪兵屁股后头吆三喝五，扬言要砸了那家小酒馆。

"灭自己人志气，长他人威风，实乃认贼作父……你说这还算中国人嘛？"洪侠仿佛要把杯子捏碎，擎起来，一饮而尽。很快变得面容赤赭，两眼血红。

"他们只是兔子的尾巴，长不了。"徐楚光若有所思，冷静地说道。洪侠心事重重道，"怕是没那么简单，日本人很难对付，不然，怎么我们的部队接连投降了呢？前几年，有孙良诚几个；今年颇势更明显了，孙殿英，庞炳勋，对了，还有我的老友项致庄，真他奶奶的让人憋气……"话音落地，将杯子朝桌子上一掼，立时杯翻盘倾，残液溅得到处都是。徐楚摇了摇头，说，"胜败乃兵家常事，无论什么时候，民族败类都不会是大多数，全民抗战的趋势，正在逐渐扩大，正如你我，还有更多的普通老百姓，不都在盼着尽快结束这样的局势嘛。"说完，他用筷子在酒杯里蘸了一下，然后去桌子上慢慢写着。洪侠说，"徐兄啊，我都快气饱了，你还有心绪作诗呢，何妨念来听听……"

徐楚光笑了笑，说，"想听吧，我也是有感而发。"随后轻声吟哦起来：

敌强我弱感时艰，国事蟾蜍莫等闲。

死里求生风雨里，待看红日照人间。

洪侠眼睛里流露出复杂的情绪。他定定地看着这位比自己小两岁的人，总是那么遇事不乱，信步闲庭。不知这种城府究竟是怎么修炼出来的。也许是性格使然吧。抑或，他还有更大的目标在支撑着……想到这里，洪侠心里咯噔一下，有种东西隐约浮上来。这种感受，近乎直觉，却又不敢轻易断定。再看对方，已将目光转向窗外，岔开了话头。 过了数日，两人又去秦淮河的桃叶渡谈事，临别的时候，徐楚光再次念了一首诗。 那是两人在彼此唱和的时候，他赠给对方的。

秦淮画舫似浮尘，誓杀匈奴不惜身。
生死存亡无足论，为家为国为人民。

这首诗表达的意蕴，已经说得相当直白了。 洪侠心里的那种感觉更明晰了。 这样的情怀，在他周围的同僚中鲜有流露。 他们只知道互相倾轧，醉生梦死。 他更加坚信自己的直觉，这个叫徐楚光的，恐怕绝不仅仅是普通的穿针引线之人。 他的举止，作派，他所处的视野和乐观精神，耳闻目睹，似曾相识。 他越来越认定，此人必定大有来头……

转眼间，春天到了。 尽管早春的风里，依然带着几分严冬的凛冽。 但一切都挡不住大地回春。 玄武湖周边杨柳依依，芽尖竞相绽放。 远远看过去，已经是嫩绿一片了。 徐楚光再约洪侠踏青，俩人徜徉在湖边小径上。 徐楚光甩掉了厚重的棉衣，只穿着夹衣长袍，兴致勃勃地走着。 洪侠一场感冒初愈，脖子上仍旧裹着厚实的围巾，一路上不停地打着喷嚏。 走累了，二人便租了条小船，随意划着，然后向湖中心飘过去。

千万恨，恨极在天涯，山月不知心里事，水风空落眼前花，摇曳碧云斜……

途中，洪侠触景生情，慢慢吟起唐朝诗人温庭筠的《忆江南》。 语意中充满了落寞，还有无可名状的疲惫。 徐楚光知道他心中的郁闷，半壁河山都落在日本人的手里。 这是任何一个有良知的国人都无法释怀的。

这时候，船不知不觉到了湖心。 徐楚光放下手中的摇橹。 任小船在那里随意漂荡着。 开口道，"大哥，从头收拾旧山河的日子，不会远了。"然后,将话头引到抗战形势上。 他用严肃的语气告诉对方,敌后抗日根据地的星星之火,已渐成燎原之势,那里的军队已经开始局部反攻了。

洪侠从围巾里仰起脑袋,说,"是吗? 一直盼着把日本鬼子赶走那天呢。"徐楚光微微一笑,又道出一番话来。 这番话,让洪侠很久以来的怀疑得到证实。 他满怀崇敬地看着对方,就像发现了新大陆一样。"大哥,我们相处一年多了,彼此情同手足,深谙对方。 有件事,现在不打算瞒你了,我是从抗日根据地来的地下特工。 今后,如果你愿意参加我们的工作,我们可以成为革命同志;如果只想维持原状,我们依然是挚友……"洪侠点点头,并没有表现出诧异的样子。 而是沉吟了一会,说,"国民党的官府内幕,我早已看透了。 亡国奴的滋味更不好受,敌后抗战的战例,我也听你讲了不少,他们英勇抗日,为大众谋利益的精神,我自是敬佩万分。 其实我早就想过了,徐兄有可能是他们的人。 今日亲耳听闻,钦佩之致! 何妨捎个话过去,如果能信得过我,洪某愿效犬马之劳,怕的是共产党不要我这样的人呢。"

徐楚光推心置腹道,"抗战是全民族的事情,多一个人多份力量。 共产党欢迎所有愿意抗日的人,何况您做了许多事情,早就是抗日一分子了。"

太阳快落山了。 红色的晚霞从铁幕般的云霾里投射出来。 湖水倒映,交错生辉,半个天际一片赤红。 两人相视一笑,轻点摇橹,朝岸上划去。

4. 巧取秘笈

1945 年 4 月,项致庄到南京开会来了。 正在周佛海身边走动,并深得前者器重的项致庄,此时官运亨通,被任命为浙江省省长,十二军军长,杭州绥靖公署主任。

一个阳光晴好的日子,"绥署驻京办事处"的金字招牌明晃晃地出现在蕉园 2 巷 65 号的门楣上。 引得过往的行人不断扭头观看。 那里原先是项致庄的私人寓所，如今又变成办公场所，可谓公私不分家，工作生活两不误。 项致庄到任后，很快投桃报李，任命洪侠为办事处主任。 这样的安排，正中红色特工徐楚光下怀。 他知道，更多的机会来了。

六朝古都金陵，早春 4 月。 会议频繁举行，各地伪军头目麇集南京。

此前，新四军总部已获悉，蒋介石接连派人与周佛海联系。 频频的高层会议，让身处虎穴的徐楚光本能地警觉起来，他叮嘱办事处的地下人员，要密切注意往来信函。 此时，经由办事处主任洪侠首肯，办事处已经安插了从根据地来的马蕴平和乐伟平进办公室，专司登记收发文件，以便从中攫取汪伪中枢的特密情报。

这天，项致庄开罢会议，急火火地走进办事处。 让洪侠替他到军委机要室取一份绝密文件，并专程给他送过去。 然后匆匆乘车回杭州了。

洪侠捏着公章，望着项致庄离去的背影，心里蓦地升起一团疑云。

这是一封沉甸甸的信。 咖啡色的牛皮纸信封，封口上加着火漆。 外面写着"项致庄亲启"。 从军机处将东西取来后，洪侠心里打个激灵，知道此信非同一般。 刚回到办事处，办事员乐伟平又交给他一封加火漆的公函。

火漆，又叫"封蜡"，或"封口漆"。 是用松脂、石蜡或者焦油，加上颜料混合加热制成的条块，一般呈红色或棕红色。 这种东西是旧时代专门封瓶口、或粘贴信件封使用的一种粘合剂。 封粘的时候，用烛火将火漆点燃，让它在凝固的一瞬间，迅速滴注在需要封粘的地方，然后加盖印章，能有效地防止私拆信件。 民国时期多用于政府机关，平时老百姓则很少使用。

现在，洪侠面对一份加了火漆的重要文件，内心的波澜不言自明！ 这种感觉，有疑问，有惊喜，有紧张，更多则是未名所以的惶急感。很显然，这是徐楚光需要的一份重要情报！可是……洪侠在屋子里踱来踱去，觉得后脊背上虚汗渐渐沁出来。连手心里都很快湿漉漉的。拆，还是不拆？擅自拆开这类信函，万一被发现追究下来，可是必须送军事法庭，瞬间丢掉脑袋的事情！想到这里，洪侠仿佛看到有人手起刀落，而有颗头颅瞬间滚到地上……不拆？倘漏掉重要情报，徐楚光叮嘱交代的任务，还有敌后方的期待……思忖半晌，洪侠最后心一横，豁出去了，拆！

至于项致庄那里，总还有份老交情可以搪塞吧。洪侠一边想着，一边将内室厚厚的窗帘拉上。屋子里，顿时一片漆黑。他的心也随之提到嗓子眼上，咚咚咚，像雷鼓似的狂跳着，仿佛一张嘴就能跳出去。遂屏了呼吸，揿开手里的袖珍电筒。一束光柱顷刻射出。洪侠的心跳似乎停止了。他颤着手指，用针尖小心翼翼地拨开封口。就听哗的一响，有个小本子从里面掉出来。他心里倏地跳了一下，立即飞快地拿起来翻了翻。上面写满了蝌蚪般的符码。洪侠内心判断，应该是电报密码本。但眉批上那两个黑色的大字，却让他耳朵铮然作响。"清剿"！洪侠伸出手指头，继续在信封里摸索着。少顷，又拽出另一份重叠的信套，厚厚的，足有好几页纸。就是这份文件，让洪侠身上的血液再次加快了流速，又仿佛，刹那间凝固了。

那是一份《京畿地区剿匪方案》！

1944年11月，汪精卫在日本病逝后，陈公博就任汪伪政府主席。到1945年初，陈公博、周佛海召集汪伪最高军事长官会议，详细讨论日伪新的军事协定，约定如美军在中国登陆，日军将全力阻击，汪伪则集中全力对付八路军，新四军。其时，世界反法西斯战争正在发生根本的变化，日军为防止美军在华东沿海登陆，抽调了大量的兵力加强该地区的防守。除原有的守卫部队外，又将臭名昭著的关东军第六军司令部调至杭州，组建了三个师团，七个独立混成旅团和一个独立警备大队。同时以三个师团的兵力，在北起连云港，南至杭州湾的海岸线上，增设防御工事。由此，华中地区兵力空虚，遂与汪伪推杯换盏,将其推到前台,借以对付共产党的抗日武装。 汪伪政府心领神会,立刻将华中地区伪军的任援道和张岚峰部及徐州、武汉、杭州绥靖军进行紧急布防,又将驻中原古城开封的伪第二方面军孙良诚部调至苏北、苏中地区。 自诩铁壁合围,固若金汤。

一个雾霾低垂的晚上,汪伪政府最高军事顾问矢崎中将风尘仆仆地来到南京,和周佛海密谈良久。 矢崎之行,旨在要求汪伪政府和重庆国民党政府建立关系,联手对付共产党。 国民党第三战区司令长官顾祝同,在蒋的授意下,派代表张子羽前往金陵,共商"上海,南京地区剿共计划"。 日伪政府一拍即合,达成默契。

1945年春,苏北及华中地区抗日力量不断扩大,宛若野火燃遍大地。 这里面,有一处让日伪寝食难安的地方,茅山抗日根据地。 它处在南京近郊,神出鬼没,十分活跃,专干让执政者感到煞风景的事情,让身处南京的日伪大本营甚感头疼。 遂决定4月下旬,对茅山实施大规模"清剿"行动,以绝后患。

《京畿地区剿匪方案》,就是在这样的背景下出笼的。

月到中天,万籁俱寂,周围一片死寂。 似乎连蚊子都进入了睡眠。 墙上挂钟的嘀嗒声,在暗夜里听上去声声惊心,让人头皮一阵阵发麻。

夜半,资料员马蕴平和乐伟平正在临时搭起的沙发上沉睡。 忽然被一阵捅门声惊醒了。 近期会务繁多,二人机要缠身,须臾离不开半步。 只好暂时栖身在办公室里。 人进来了,竟是顶头上司洪侠。 办事处主任洪侠蹑着脚尖走进来,低声吩咐道,"快,赶紧复制!"循着他略显发颤的声音,二人从沙发上鱼跃而起。 没容多问,便下意识地伏到案头上紧张地抄录起来。 屋子里很暗,几个人不敢开灯。 只有抄写人的笔尖在纸上发出沙沙的声响。

天明时分,急件传到红色特工徐楚光的手里。

"茅山根据地多数是地方武装,一定要通知他们做好准备。 另外,马上摸清敌人参加这次活动的兵力。"徐楚光目光严峻地说,"此番事关重大,各方皆不可掉以轻心。"

第二天凌晨,马蕴平没吃早饭,就将两封抄件密封在竹筒子里,步履匆忙地带着上路了。根据徐楚光的指示,他必须换车乘船,晓行夜宿,尽快将这份至关重要的情报送到新四军军部。

洪侠则带着原件一路赶去杭州。途中,思绪浩茫,心怀忐忑。耳边不时回响着徐楚光的叮嘱,"项致庄看到火漆密件被拆了,一定很恼火,洪兄务必沉着应对,平安涉险为要。"洪侠心事重重地说,"吉凶难料,闹不好要为此掉脑袋了……"徐楚光笑笑,说,"没那么严重,项致庄怕是没有足够的胆量将事情捅到上面,若真闹出来,他首先要被革职查办,承担主要责任。"洪侠看着对方的目光,仍旧淡定、从容,仿佛泰山压顶亦不曾眨眼。不得不觉得他说得有道理。同时在内心暗暗佩服。

洪侠心如撞缶,就这样一径走进旧友项致庄的私人公寓。果然,两封密件陈于案头后,项致庄初见释怀,再看惊诧,细观之下,突然变脸失色,勃然大怒!

"他奶奶的,究竟发生了什么?谁干的这样的蠢事?这是想要老子的命是吗?"项致庄抖着两手,将那件拆过火漆的信函抓在手里,声震屋瓦,咆哮如雷!

洪侠闷头站在那里,仿佛选择性失聪,任由对方吼叫着,一声不吭,只待眼前的暴风雨快点过去。他深信徐楚光的分析。此人必定是来雷声大,雨点小。况且如此严重的事件,搁谁身上都不敢贸然上报。闹不好便丢官罢职,回家种地了。牵一发而动全身,眼下两人已经拴在一起,休戚与共,一损俱损。

项致庄自是牙打掉咽到肚子里,连肠子悔青了。想当初,要不是请别人代取文件,也不至于闹出这样自砸锅灶的乌龙。可使他陷入被动的偏偏不是别人,而是当年救自己于水火的莫逆之交,这不能不使他心存顾虑。他项致庄再有原则,也不能让人指戳自己是忘恩负义之辈。再说了,为一桩还没看到后果的事跟朋友翻脸,委实得不偿失。

就这样骂着,想着,邪火发完了。一屁股坐到椅子上,也不搭理来人,兀自闭目养起神来。

终于熬过对方的雷霆震怒,洪侠心里渐渐有了底。他低下脑袋,做出委屈的样子说,"愚弟实在糊涂,见你匆匆而去,不知发生了什么事,先自拆了,想把知道的事情早些告诉你,哪知道是'剿匪'方案呢……还望大哥念昔日患难之交,替小弟开脱才是。"话到此处,喉头哽咽。随手取下鼻梁上的眼镜擦拭着,"退一步讲……当初可是大哥让我当这个驻京办主任的,事情如果捅出去,恐怕对兄长不利啊!"洪侠推心置腹,又补了一句。

项致庄沉默不语。最后这句话,如此疼痛地戳中他的软肋。他可不想为了什么"剿匪"之事搭上自己的身家性命。再说弄一帮人狐假虎威的,去帮着日本人打自家人,这算怎么回事……想到这里,项致庄的头疼病又犯了。他掐着太阳穴,用手指指抽屉,示意洪侠赶紧帮他将药瓶拿过来。洪侠殷勤有加地跟过去,倒了杯水,伺候对方把药吃了。看着项致庄眉头渐渐舒展,心里一块石头落了地。

洪侠舒了口气,刚要起身告辞,忽听对方说,"慢着……"他只好站在那里,静等着项致庄发话。接着,就听到让他心有余悸的一番话来。"老兄,我那个办事处,听说闲杂人员往来不断呐!有人已经开始跟我告状了,要是里头发现有共产党活动,可别怪我不讲情义了。"项致庄面色沉郁,话中有话地说。

洪侠还想解释点什么,对方摆摆手,将他送了出来。

"大哥切莫轻信谣言,往来的都是朋友嘛。"临别的时候,洪侠补充了一句。虽这么说,他心里还是暗暗吃了一惊。要知道,刚才提到的事对项致庄来说,并不是一个愉快的话题。朋友之间,睁只眼闭只眼也就罢了,惟独涉及到那方面,却丝毫马虎不得。星夜兼程赶回南京后,洪侠按照徐楚光吩咐,又利用军委会的关系,很快探听到敌人行动的人数和番号。

3月,徐楚光又授意骆中洋,以司令部要把有关地图送公馆查阅的借口,从汪伪陆军测绘处的绘图员那里搞到了两万五千分之一和十万分之一的苏浙皖鲁四省军用地图各一份,和汪伪首都警备司令部辖区各部队驻地要图一份。骆中洋秘密交给徐楚光后,由地下交通送往新四军军部。

5月15日凌晨,敌人倾巢出动,江宁、句容、溧水、溧阳四个县的保安队,封锁了茅山四面八方的交通要道。担任主力的中央军校学生打前站。京畿地区"剿匪"指挥部总指挥郑大章一声令下,"清剿"部队从江宁县东山镇出发,南下秣陵关、龙都、赤山、三义镇,拉开了对茅山地区大规模扫荡的序幕。奇怪的是,沿途并没有遭到阻击,也没发现新四军和抗日武装的一兵一卒。尽管如此,"清剿"部队依然风声鹤唳。尤其从伪中央军校来的那拨学生,风吹草动,步步惊魂,甚至闹出看到兔子、獾子穿路而过时连续卧倒的动静。如此三番,很快泄了劲。郑大章和日本顾问坐镇指挥机关,听到前方不断传来未发一枪一弹,长驱直入的捷报,兴奋得满脸放光。

遂召集各路伪军头目开会研究,准备向茅山发起"围剿"的总攻行动。

翌日凌晨,天还没亮起来。茅山地区云锁雾绕。郑大章向各路"清剿"伪军发起总攻号令。一时间,枪声大作,炮声、机关枪声响彻天际。可响归响,连附近的村民听上去,都觉得那声音好像从一个方向发出的,并没有双方交火的迹象。很快,伪军就占领了茅山的大片地区。

南京的各路媒体及时跟进,"顺利赶走茅山新四军"、"清剿成功"、"向纵深挺进"的大幅标题赫然在目。跟着大大热闹了一番。郑大章频频出镜,张着比哭还难看的笑脸,自我褒扬一番。内心却叫苦不迭,知道被新四军耍了。

这次清乡,日伪"清剿"部队除耗费大量子弹、财物外,一无所获。"清剿"的伪军前脚刚从茅山撤走,当地的抗日民主政府及地方武装又杀回茅山。毫发未损,各种活动很快恢复如常,士气更趋高涨。

5月的天空,阳光明艳,更加湛蓝。徐楚光将洪侠约到鼓楼。二人凭窗而坐,心情沉静而坚定。徐楚光告诉洪侠,鉴于眼下复杂而严峻的形势,让马蕴平和乐伟平赶紧从办事处撤离,但他可以暂时留下来。项致庄对他虽有疑心,但并无证据。根据地需要在敌人内部站稳脚跟的人。

洪侠静静地听着,比起相识之初,他愈来愈感到跟徐楚光这样的人一起共事,很多东西都是以前从未体验过的。这里面有惊悚,有悬念,有绝壁上的险情,有成功后的喜悦,更有为人生大目标去奋斗的甘愿。万千心绪,难以言表。但有一点是肯定的,他从未像现在这样感到充实。

徐楚光向洪侠转达了新四军总部的嘉奖令。二人兴致勃勃,把酒对吟。徐楚光即兴赋诗一首:

敌军战鼓响叮咚。信陵盗符建奇功。

伤心千载秦淮水,血泪染洒雨花红。

5. 尖锋行动

一

1945年8月12日凌晨。秋天的原野上大雾弥漫,遮天蔽日。

朦胧中,天地间似有一种奇怪的动静。那是数千双脚踏在地面上的声音。却压抑着,将某种巨大的、即将如岩浆喷发般的能量隐含在内里,衔枚疾走,偶尔夹杂着时紧时缓、不断叩击着地面的沉雄的马蹄声,就这样快速朝前推进着。渐渐地,一列长蛇阵似的黑影子出现了,他们于静默中逶迤而行。在乡间山路上迈着匆忙的步履,奔向某个目标一致的方向……

这时候,天开始慢慢亮起来。原本厚厚的云霾里,突然钻出一两道霞光。它们犹如箭簇般地投射下来,瞬息间,将大地照得一片通透。天亮了。广袤的田野上,一支装备齐全的队伍出现了。他们扛着枪炮,推着辎重,脚步雄阔,眉宇紧锁着。人们彼此间小声询问着,"到了吗? 到了,快,马上到了!"循着这声音,行进者的目光开始渐渐明亮起来。

突然,一阵疾速的马蹄声由远而近,骑乘者身姿矫健,疾驰而来。人们还没来得及看清他的面容呢,那马就从队伍旁边一掠而过。 少顷,就听嗒嗒嗒一阵骤响,骑乘者又旋风般急转而来,将手中的马鞭子高扬起来,大喊一声,"哈哈,前方就是我们的目的地啦!"

汪伪警备三师三团团长赵鸿学,神采飞扬,兴奋得不能自已。 他勒住了缰绳,从马上跳下来,然后指了指前方,大声说,"钟师长,楚光同志,你们看,我们已经到六合县钟家集了!"顺着他手指的方向,前面影影绰绰,出现了一处集镇。 屋舍错落,粉墙青瓦。 青石板铺就的街道上,依然浸润着浓雾初散后湿漉漉的气息。 街面上静悄悄的,人们都还处在沉睡之中。 惟有几户早起的人家,启开门缝,疑惑地望着眼前这支从天而降的队伍,少顷,又急惶惶地把门阖上了。

"钟师长,我们终于成功了!"身着便服的徐楚光,目光炯炯地看着前方,三人相视一笑,瞬间觉得天地为之一亮。"是啊! 总算回娘家了,楚光兄,我们共同完成了一件壮举!"师长钟健魂紧紧握住徐楚光的手,如释重负。

"号外! 号外! 看拱卫南京汪伪政府之精锐部队——警卫三师投奔新四军!""看汪伪精锐三千人,窝底起事,悉数投奔赤色之地!"

短短几个小时后,就像凭空引爆了一颗炸雷。 其威力之大,振聋发聩。 上述消息瞬间传遍了南京的大街小巷。 尽管汪伪政府密令严加封锁,但消息依然如阴霾一般,顷刻间布满了六朝古都的天空。 那几日,汪伪中枢的大小官员如丧考妣,坐卧不安。 急令各部严防死守,对那些曾经牢骚满腹的,有反骨征候的,轻则训诫,罚关禁闭;重则扭送军事法庭处置。 生怕稍不留神,再有部属如法炮制。 可谓八公山下,草木皆兵。

与此同时,千里之外的中国革命圣地延安,也接收到这份特大号外。 顿时,延河湾畔、宝塔山上群情振奋,一曲信天游宛若高天流云，在沟沟坎坎不停地回旋着，抒发着胜利者的豪迈。

……

策反汪伪警卫第三师，是徐楚光卧底敌营二十年的华彩乐章。这其中的一波三折，起伏跌宕，堪称一部大写的传奇。

1944年，第二次世界大战胜负局势渐趋明朗。此时，同盟国已经转入反攻阶段，德意日处于防守地位。苏联红军准备全面反攻。中共中央指示各地必须做好大反攻前期的准备。徐楚光接到华中局和新四军情报部的指示，各敌占区城市党委要广泛联系群众，设法组织地下军，以便我军进攻时里应外合，作好接应。

这时候，一位名叫赵鸿学的人引起了他的注意。

赵鸿学，四川綦江县人，出身贫苦。抗日战争爆发，他激于民族义愤，离家走上抗日前线。后在汪伪第一集团军特务大队任大队副。此人生性耿直，直言快语。因为不满李长江投靠汪伪作汉奸，无意中发了几句牢骚，遂被送住汪伪中央政训班洗脑。赵鸿学年轻气盛，跟人争论时，又因说了几句倾向抗日的言论，1942年7月，被拘留关押到感化院。直到三个月后才被释放。眼下，正在中央陆军军官学校二大队任政训员。

这样的经历，此前已为徐楚光悉数掌握。两人交往开始逐渐增多起来，

这天，赵鸿学邀对方小酌。徐楚光来到他家里，见桌子上堆盘摆碗，显然是精心准备过的。便笑了笑，说，"鸿学老弟，你请我吃饭，一杯薄酒，一碟花生米就够了，兄弟手足，何必如此见外呢。""哪儿的话，"赵鸿学说，"都是粗茶淡饭，也不知合老兄口味否，反正也没有外人，你我开怀畅饮，以消郁闷之气吧。"

徐楚光知道对方话外有音，也就不再客气。两人坐下去慢慢喝起来。酒过三巡，聊起在特务大队时的情况，赵鸿学愤激之情溢于言表。"徐兄，你说有意思吧，按日本人的旨意，培训日本人的狗腿子，

帮着日本人再打中国同胞，这还有他妈的脸见人吗？都是中国人呐，我当初投笔从戎，也是满腔热血，谁料竟会落到如此地步，唉！"说完，赵鸿学一仰脖子，将酒灌进肚子里。随后气呼呼地拽开衬衣领子，仿佛胸膛里有条火龙随时蹿出来。与徐楚光交往日久，赵鸿学对这位仁兄的才智、学识都很钦佩。基于二人相似的出身，一见如故，甚为投缘。所以讲起话来也不避讳，兜底将自己的遭际与坎坷讲了。

"徐兄，我也是堂堂七尺男儿，又是读书人，岂能不知善恶荣辱的道理，可身不由己，无力回天啊！自知无颜面见江东父老，可出路又在哪里呢……"赵鸿学面容赤赭，因为无解而纠结的情绪，折射到眼神里，显得痛苦而绝望。徐楚光喝着，聊着，看到对方有点醉了，就摁住他倒酒的手，慢慢说道，"赵兄一身好武艺，需得用对地方才是……倘能设法进到警卫三师，有了枪杆子，再找机会重振雄风不迟。"

赵鸿学自知徐楚光的话外之音。警卫第三师是汪伪贴身护卫里装备最精良的，堪称御林军里的精锐部队，如果能在那里谋份差事，以后的事情就好办多了。此后不久，赵鸿学果然通过自己的旧友，汪伪中央训练班教育长富双英，以师生之谊，出面游说陈三师师长陈孝强，委派他为该师政训处主任。陈欣然应允。

赵鸿学进入汪伪警卫第三师任职，就像在敌营埋下一颗定时炸弹的引信，只待时机成熟，便随时爆出惊天巨响来。

洪侠的邻居，是同为武官公署中将参赞的陈孝强。两家比邻而居，又有着相同的职场背景，自然走动甚勤。

这天周末，洪侠找个由头请陈孝强吃饭，并由徐楚光出面作陪。席间，三人举杯畅饮，填诗赋词，喝得十分尽兴。徐楚光熟谙平仄，信口吟来，自是游刃有余。洪侠在旁边话稠酒少，对其多有褒扬，让陈孝强很快刮目相看。当他得知徐楚光跟自己是黄埔校友，而且曾有在国民党军队里北上南下、带兵打仗的经历，更是欣赏有加。"幸会啊，既然徐兄是洪主任的朋友，我们又同为黄埔出身，今后你我就是朋友了！徐兄来南京日久，地面上比我混得熟，现又是军委会陆军部的科长，消息颇为灵通，我刚到三师上任，以后还望老弟在上头多关照才是。"陈孝强端起酒杯，醉意朦胧地站起身来。徐楚光微微一笑，"陈师长如此看重校友之情，令人感动。今后只要是警卫三师的事情，愚弟力当用心。"

言毕，也起身一饮而尽。

原来，陈孝强是广东蕉岭人。毕业于黄埔二期步科。1932年任鄂豫皖"剿匪"三路军第二纵队营长、团长。抗战爆发后，调任国民党第二十七军预备第八师师长。1937年7月，日寇对太行山进行"扫荡"，陈孝强兵败被俘，解送南京。因与汪精卫是同乡，遂成了"公馆派"心腹。他先任汪伪军委会武官公署中将参赞武官，警卫第三师成立后，任警卫第三师师长。由于陈孝强遭逢胯下之辱，自然对日本人切齿痛恨，曾多次想东山再起，扯起旧部旗帜，重上战场。

此后，洪侠按照徐楚光的授意，几次设局请陈孝强到家中吃饭聊天。徐楚光只要有空，都出面作陪。随着二人交往渐多，遂成朋友。

隔日，陈孝强在酒席上谈起警卫三师参谋长的位置还空着，自己整天左支右绌，忙得一地鸡毛，想请洪侠帮他推荐一位合适人选。此前，徐楚光早有耳闻，并计划借此打入汪伪三师。他的想法得到华中局城工部长刘长胜的首肯。

"此笔生意可亲自去做，但多有风险，注意保住本钱，切记！"徐楚光将地下交通员送来的纸条看完后，迅速划着火柴，看着眼前的灰烬一点点暗去，更加坚定了固有的信心。

现在，见陈孝强提起话头，徐楚光趁机朝洪侠使个眼色。洪侠意会，将一盘鲍鱼煨海参推到对方跟前，说"请尝尝这味菜如何……让我说，这人还用到处找吗？远在天边，近在眼前呀！"陈孝强愣了一下，眼神旋即亮起来。遂恍然大悟，"嘿，还真是踏破铁鞋无觅处！徐兄既然是黄埔步科出身，早年又在桂系三师任参谋长，有过带兵打仗的经历，文韬武略，倒是做参谋长的上佳人选呢！"他拍了下脑壳，继续说，"只是……徐兄身居陆军部大机关，不知愿去鄙处屈就否？"徐楚光见时机已到，便顺水推舟道，"承蒙陈师长看重，只要兄长一句话，小弟不才，愿意辅佐仁兄建功立业！"洪侠站起来，朗声大笑道，"真是有缘千里，一朝聚首。今后兄弟间彼此多多关照吧！准保诸事顺遂！"

事情就这样定下来，只待择日到任了。

孰料几天后，风云陡转。原来，汪伪警卫三师的士兵同日本士兵在光华门外发生冲突，打伤两名日寇。连长被拘留，陈孝强突遭免职，上面另派人选接替师长职务。徐楚光原计划打入汪伪三师任职，同赵鸿学一起策反、筹建地下军的事，就此搁浅。

春天到了。古城金陵依旧寒意逼人。但地处明孝陵的梅花山上，却花瓣竞秀，抖开满树的明艳。夫子庙前人流熙攘，往来如织。沿街店铺的吆喝声，巡逻队穿街而过时杂沓的脚步声；日本宪兵喝醉酒当街胡闹的动静，各种声音纠结在一起，构成了汪伪时期特有的市井韵律。

这日周末，一场特殊的结拜仪式在夫子庙悄然进行。十位结拜者头面齐整，净衣素履，在佛祖面前叩首起誓，折香为盟。"效法桃园，精诚团结，大哥为首，都称兄弟，有福同享，有祸同当，互信互助，国家至上！"这样的誓词，已经超越了传统的江湖结拜程式，融进了国家和民族大义的成分。这意味着，结拜人并非凡俗之辈，而是些有着救国抱负的人。

六七十年后，我们在有关文牍资料上看到十兄弟的结拜名单，他们分别是：

老大卢森，为人正直，有爱国思想，时任汪伪宪兵三团团长。团部就设在夫子庙。老二汪恩波，伪储备银行副秘书主任；老三陈轶群，伪政诒训练班总队长；老四何坚白，伪政训班教育长；老五徐楚光；老六刘蕴章，伪海军政训处长；老七彭中文，伪七十三师政训主任；老八杨本芬，伪军校中队长；老九姜庠壁，伪军校中队长；老十赵鸿学。

这是一张经纬勾连的关系网。它的触须已经延伸到汪伪军界的中下层军官和金融界。这背后的操盘手，自然是红色特工徐楚光。为了不引起敌人怀疑，每周聚会地点定在夫子庙。由卢森大哥派兵站岗。平素交谈，话题多在一周内的进步、遭遇，包括需要相互帮衬的事。屋外歌舞笙箫，屋内麻将声喧，吟诗作对。从表面看上去称兄道弟，嘘寒问暖，风花雪月。实则玄机四伏，暗流涌动。

这天，徐楚光跟赵鸿学在中山陵的树林里碰头。由于计划推进缓慢，赵鸿学甚感焦虑。听完对方的话，徐楚光沉吟道，"警卫三师不会是铁板一块，你看，整个时局都在向着我们有利的方向发展，加上前期的工作，总会有人动心的。你可以现身说法嘛，重点是放在下级军官身上，然后逐步向高层渗透，特别是那个新上任的钟师长，如果我没猜错的话，应该是一个关键的突破口。"

新任汪伪警卫三师师长钟健魂，1903 年生于湖南岳阳市张家村。1920 年进入云南讲武堂学习；1925 年参加北伐，任广东东征军政治部宣传委员，广东中央政治讲习班队长。第一次国共合作时期，曾参加过工农红军。在后来的十几年里，升沉起伏，颇多坎坷。1943 年任汪伪军第十四旅旅长，后因故被解除兵权，就任汪伪参赞武官公署少将参赞武官。

赵鸿学警惕地朝四周张望了一下，然后聊起跟师长钟健魂历次接触的情况。有一个细节引起了徐楚光的注意。钟就任参赞武官后，一直独居成仁里一座小院内，平时深居简出。工作闲余，几乎跟外界鲜有来往。这不是汪伪官员的作派。

"简朴得很，为人不嫖不赌，也从未看他在士兵面前摆过架子。"赵鸿学说。

这时候，两人走得有点累了，便在幽僻处坐下来。接着，赵鸿学又说出几条更有价值的信息。钟健魂上任后,为扩充兵力,曾亲自到战俘营挑选一部分士兵,其中有当过八路军班长的老乡。经他批准晋升两级,做了自己的贴身副官。"他甚至用自己的积饷办班长训练班,还亲自上课,跟学员师生相称,给部属留下很好的印象……这些,如果不是为了笼络人心,培养自己的嫡系力量,又是什么呢?"赵鸿学眉宇紧锁,若有所思地问。听罢上述一番话,徐楚光心里有底了。

"再跟他进一步接触吧,彻底摸清他的底细和真实思想。"徐楚光用肯定的口吻说,"我有预感,突破点应该在他身上……"

赵鸿学点了点头,两人疾步朝丛林外走去。

时间过得很快,转眼到了1945年5月份。

这天,赵鸿学风尘仆仆,再次登门拜访钟健魂,推门而入后,忽然闻到一股扑面而来的墨香。迎面几个大字铺在几案上,"志士不忘在沟壑",墨汁淋漓,尚未干透。对方正兀自静立在那里观赏着。看到赵鸿学走进来,连忙招呼他坐下。然后依旧悬腕握笔,意欲点墨。"钟师长,如果我没记错,下一句,应该是'勇士不忘丧其元'吧。"赵鸿学站在旁边,斟酌着字句,小声问道。钟健魂笑了笑,说,"看不出,赵老弟却是饱学之士呢。这句子,没有足够的传统文化功底,怕是对不上来的。"赵鸿学红着脸连连摆手,说,"哪里,只是上私塾时念过,仅记得只言片语,师长请继续写吧,不敢搅扰了您的雅趣……"

钟健魂重新提笔,俯身走墨。赵鸿学在一旁屏住气息,看着他一挥而就,比前面的字更多了几分劲道。写完后,将笔置于砚上,让他再点评一下。

赵鸿学自谦不懂书法,便讲这句子应典出《孟子·滕文公下》。然后提着小心道,"心所思,行所发,看师长不忘二字着墨尤重,笔力虬劲,峰势峭拔,看来是念念在兹啊!"钟健魂饶有深意地说,"噢?赵老弟看出什么了?""不忘尸陈沟壑,杀敌疆场,不忘抛头洒血……"赵鸿学挺直了腰杆,声音渐渐高起来,"好男儿当死于边野,以马革裹尸还葬耳！"

钟健魂沉默了。少顷，缓缓说道，"这是军人应尽之天职。"

赵鸿学摇了摇头，"兄长请恕直言，那也得看是怎样的军人，为什么人尽职。"钟健魂若有所悟，盯着他的眼睛说，"愿闻其详。"赵鸿学便从清张岱的《西湖梦寻·岳王坟》聊起，谈到"士之可贵者，在气节"，"志士要识时务，勇士要明忠义"。对方频频点头。"赵兄所言极是，我又何尝不明白这些道理，只是说着容易做起来难，身为人臣，由不得自己啊！"一语道罢，长叹一声。

"钟师长，小弟对此不敢苟同，谋事在人，成事在天。鉴史正身，当反躬自省嘛！关键是审时度势，及时抽身，免得一失足成千古恨，抱憾终生呢。"

"请赵兄有话直讲吧，"钟健魂目光如潭，看着对方说。

"当前欧洲战场已经结束，日本人怕是兔子尾巴长不了了。师长是明白人，眼下，你我的处境不改变，将来必定成为民族的罪人！我们同是中国人，当以国家和民族的利益为重，为何还要给日本人卖命？依我看，还是早找退路为好。"说完上面这番话，赵鸿学心里剧烈地跳动着，生怕言语过重让对方受不了。但徐楚光此前跟他反复叮嘱过，让他更多从全球时局、民族大义讲起。响鼓重槌，必要时不妨把话说得尖厉些。

"怎么退法，也请直说好了。"钟健魂坐在那里，沉沉地追了一句。

赵鸿学心里有底了。他盯着对方的眼睛，试探道，"何妨跟那边的人联系一下，给自己留条后路，您看怎样。""那边？"钟健魂伸出四个指头，问道，"你是指'老四'吧，他们会接受我们吗？"赵鸿学肯定地点了点头，"绕了这么大圈子……既然如此，你就抓紧时间帮着疏通一下。我这个师长，决非为官禄所屈就，如果另有出路，也请老弟明言。"

"只要师长去意已决，其他事情都交给我来办好了。"赵鸿学目光灼灼，腾地站起身来。

"那就拜托赵兄了，我这边等着你的回音。"钟健魂也站起来，握住赵鸿学的手，一字一顿地说。

二

傍晚的玄武湖，空气中已经浮起些许的寒意。暮色四合，半边夕阳缓缓沉坠。林荫道上，只有三三两两的游人在走动着。湖面上舟楫寥落。偶有一两艘小木船在波光里游弋着。不一会，就消失在人们的视线里。

这时候，一位鼻直口方，目光机警的中年男人，便装布履，手拿折扇。坐在湖畔的凉亭边上，不时抬眼朝周边张望着，看样子，在等候一位身份特殊的客人。

两个月来，一项重大的行动正在私下里不显山、不露水地进行着。

汪伪警卫三师师长钟健魂，在去意已决后，立即在人事安排上采取了一系列的大动作。先是乘驻江北九团团长刘潢在家养病之机，将政训处主任赵鸿学调任九团团长；又以惩治贪腐为名，撤换了驻江南的两个团长；接着，在各团中提升一批中下级军官；还亲自挑选人员，充任师部警卫营班排连及各营营长……招招直抵要害部位。这样，全师的军权基本上掌握在自己手里，一旦事变，才有把握控制整个局势。一切迹象表明，汪伪警卫三师的反正计划正在紧锣密鼓地推进中。

徐楚光，作为这次行动的总策划者，其时亦在不分昼夜地忙碌着。那种感觉，就像进入了一条高速运转的时空隧道，整个大脑和身心都高度亢奋，以至寝食无序，不知日升月落。他知道，在日伪统治的中心，地下工作者的力量相对薄弱，要策动作为汪伪御林军的警卫三师反正，无异于老虎口中拔牙，谈何容易！为此，他数次赶到淮南，将推进情况向华中局城工部作详细汇报。刘长胜部长在向华中局新四军首长请示后，决定时机成熟后，由他代表新四军与钟健魂面对面进行商谈。

"这次任务,行动上要考虑周密,务必千万注意安全。你甚至有可能暴露身份,有什么情况先行处置,事后再报告吧。"临别的时候,刘部长握住徐楚光的手,目光殷切,反复叮嘱道。

"越是快要成功的时刻,越要谨慎!任何一个细小的疏忽,都有可能导致不可挽回的后果……"一次碰头后,徐楚光对赵鸿学说,"请转告钟师长,让他加快进度,等诸事就绪后,我们争取尽早会面。"

现在,汪伪警备三师师长钟健魂,独自坐在湖边的凉亭里,心事浩茫,思绪万千。昨晚,他辗转一夜都没有睡好。自感蹉跎半生,依然为乱世所困。弹指一挥间,竟然又到人生十字路口了。

原来,钟健魂随北伐军打到南京后,适逢蒋介石发动反革命政变,大批优秀的中华儿女惨遭杀戮,他的入党介绍人亦被投入秦淮河中。对方那种宁死不屈的坚贞,为了保护战友舍身赴死的举动,让他的内心产生了强烈的震撼!此后,他几经辗转,寻找组织,皆因身处险恶未能如愿。他在痛苦中彷徨,在失望中消沉,无法释怀的情愫,曾长时间像烈焰般炙烤着自己,牺牲者的眼神让他无数次从梦魇中惊醒……"七七事变"后,全国到处燃起抗战的烽火,他重新振作,渴望全身心地投入,去报效国家。然而,一切很快成了肥皂泡。他亲眼目睹了士兵们在前线流血拼杀、阵亡,而国民党上层在后方为各种利益缠斗的腐败行径,耳闻目睹,甚感身处泥淖。1943年,他率部在河南战场和日军遭遇,兵败被俘。后解去南京,经同乡周佛海出面,先是改为软禁,后保举为参赞武官,进而当上了三师师长。表面上,这位被唤作师长的人沉着稳重,治军谨严,深得上下认可。但他内心的痛苦、愧怍,与国恨家仇纠结在一起,此消彼长,深入骨髓,从来就没有消失过。如果用一个关键词来概括自己的一生,那么,它应该是寻找。至于找什么,又一时难以捋清头绪。现在,凭着半生戎马倥偬的军旅生涯,钟健魂隐约感觉到,新的契机出现了。那是昏暗天际的一抹亮光,是奔向彼岸的渴望,更是自己新生的目标。眼下,面临着人生转折中最重要的一次选择。他深感事关重大，成败在此一举。这中间，他曾多次催促赵鸿学，让他带"老四"过来详谈。但对方回复，尚需等待时机，等他掌握兵权后，再行会面。

……

半个时辰后，有人从远处匆匆走过来。他手拿礼帽，身着一袭灰布长袍，款步走进凉亭。两人都在第一时间用目光罩定对方。彼此用暗语衔接后，遂约了一艘小船，朝湖中间划去。

钟健魂镇定地坐在那里。来人举止从容。引人注目的是那双眼睛，明亮且睿智。从气质上看，并不像根据地那边的人。而且……他在脑子里竭力搜索着。突然暗暗吃了一惊。这人似曾相识，好像在哪里见过！

徐楚光微微一笑，用手荡着摇橹道，"钟师长，是不是觉得我有些眼熟呢。"

"请问这位徐先生，从前在哪里高就？"钟健魂坐在那里，语气犹豫地问。

"钟师长贵人多忘事呢，我眼下的身份是军委会陆军部上校科长，之前在政治部公干过，都在军界走动，应该照过面的。您可能已经忘了。"

这边话音刚落，钟健魂呼地站了起来。由于游船太小，顿时左右晃荡几下。他心若擂鼓，脑子里高速运转着。陆军部、政治部都是汪精卫的要害部门，尤其是政治部，简直就是李士群76号魔窟的翻版。这位徐先生究竟是哪路的代表？红色特工，谍中谍，连环计……如果掉进汪伪特工设下的陷阱，一切都完了！少顷，忽然想起跟赵鸿学此前沟通过的一些情况，觉得自己有点失态了。又扶着船边坐下来，心里暗骂自己实在太沉不住气。

果然，对方声色不动，轻声道，"钟师长，你可能误会了，我在军委会的身份，只是掩护。鸿学兄应该都告诉您了吧。如果这还让您心存疑虑，说明我们的工作做得不够细致，也请师长见谅。"

徐楚光一番话，让对方狂跳的心平复下来。他下意识地追问道，"你到底是什么人？不是说要派一位'老四'过来商谈吗？"

"我就是你想要见面的新四军代表。"徐楚光平静地说。

钟健魂盯着对方那双坦诚的眼睛，耳边又响起赵鸿学说过的一席话，"钟师长，你应该相信我，相信徐先生，这事非同儿戏，都是拿彼此的身家性命作担保的。徐楚光是那边派来的代表，你可得好好把握机会呵！"

"噢，原来你是双面谍王！既是卧底，又是'老四'，看来绝非等闲之辈啊！"钟健魂终于定下神来，语气上也轻松了许多。

"钟师长，我们就算认识了，请聊聊具体情况吧。"徐楚光笑着说。

钟健魂从口袋里摸出烟来，兀自点了一根，然后慢慢讲起来。讲他早年北伐，参加工农红军的经历，讲他遭逢反革命政变，此后思念难友，夜夜从梦魇中惊醒；讲他几次死里逃生，跟日军作战被俘后的耻辱；又讲他数度报国无门，至今仍被痛苦与失意折磨着……他就那样急切地表述着，几次中断，几次哽咽，中间甚至有几分语无伦次。谈着，谈着，连烟蒂燃到手上，都毫无察觉。

"这些年来，其实我始终是身在曹营心在汉，一直在彷徨、观望和等待着。"这些话，他多年深埋内心，甚至在家人面前，都未曾有过半分的流露。现在，面对着新四军派来的人，他却毫无顾忌地敞开了内心。他知道，有些话，他必须说出来。此后，即便上刀山下火海，也死而无憾了。

"钟师长，我完全相信你说的话。组织上已经关注你多时了，我们真诚地希望你带着队伍，旗帜鲜明地站在人民大众、全民族抗战大业的一边。"徐楚光将摇橹停下来，郑重地说。

"徐先生，回到组织的怀抱一直是我多年的夙愿。眼下人员调整已经到位，只是……当局对警卫三师监控很严，加上官兵主体都来自伪中央军校，要把这支队伍带出敌占区，绝非易事！不知新四军方面有何计划和安排？"钟健魂热切地盯着对方，将自己的担忧说了出来。徐楚光胸有成竹地点了点头。 接下去，两人就时局动态、人员部署、行动细节以及可能出现的难点及解决方案等，一一进行了详尽的研究。

"放心，我心中有了底，知道下一步该怎么做了。 在敌伪重重的南京，我一直在孤军奋战，现在总算找到主心骨了……"钟健魂的声音，听上去有些发颤，他实在是太激动了。

徐楚光说，"钟师长，从现在起，你的安危不再仅仅是个人的事情，而是关系到民族的抗战大业。 下一步，既要果断，又要注意策略，凡事考虑周密些，一切以安全为要，相信你能完成这个神圣的使命，请师长多保重。"

钟健魂用力点了点头。 顺势握住对方的手，朗声说道，"来，让我们一起使劲。"两人合力一划，那船像箭镞一般朝前飞去！ 在明艳的晚霞中，瞬间催开了万朵浪花。

1945年5月，世界反法西斯战争出现了根本性的逆转。 苏军攻克柏林，宣告了德国法西斯的彻底覆灭，德国宣布无条件投降。 日本的战败也已成定局。 国共双方都开始对日展开大反攻。 中国军队相继收复湘西、南宁、柳州、镇南关、桂林等地；华中抗日战场上，新四军对日伪军展开的攻势，直接威胁到伪首都南京。 面对行将灭亡的颓势，汪伪军委会垂死挣扎，开始对伪军高层头目和布防进行频繁调整。 各派势力盘根错节，趁机进入新一轮权力角逐。

7月26日，中美英三国联合发表《波茨坦公告》，勒令日本政府立即宣布无条件投降。 东南亚战局和中国战场立刻进入瞬息万变的特殊时期。 8月9日，中共中央主席毛泽东通过新华社电台发表《对日寇的最后一战》重要声明，宛如平地一声春雷，预示着汪伪政府气数已尽，将面临着一场惊天大变局。

夜半，月明星稀。 连墙角的虫子都进入了睡眠。 成仁里的一处幽静的江南小院，突然响起轻轻的叩门声。两下，三下。少顷，门"吱呀"一声开了。一道月光瞬间流泻进来。然后是两位黑衣人一闪而进。

原来，汪伪陆军部长鲍文樾，为掌握军权，扩充势力，借高层调动之机，拟解除钟健魂的职务，推出其胞弟，伪中央陆军军官学校总队长、军统特务鲍文沛出任伪警卫三师师长，并打算对师内军官进行大换血。消息传开，人心浮动。原本正在有序推进的一整套反正方案，面临突变。起义壮举，危在旦夕！

钟健魂得知消息后，焦急万分，一面密令副官茅志春暗中行动，作好随时过江的准备，一面急令赵鸿学去找徐楚光，星夜聚首，急寻良策。

"调任命令已经发布了吗？"徐楚光一进屋，便开口问道。"还没有，我找过周佛海，请他帮忙斡旋，让参谋次长祝晴川将调令缓几天再发，加上行文常规，大约需要一个多星期。"钟健魂在屋子里来回走动着，额头上已经冷汗涔涔。

"那好，还来得及，当前惟一的出路是快刀斩乱麻，当机立断，提前起义！我已经跟上级联系过了。"

钟健魂将拳头咚地捶到桌子上。语气沉重地说，"困难重重！部队调动需要有军委会的命令，我现在没有调兵的合适借口；再说了，师部和第七、八团地处江南，一旦渡江北进解放区，路上很容易被日军发现；万一队伍带不过去，就前功尽弃了！即使赵团长的第九团在江北不存在渡江风险，但六合县城也有一个日军的警备大队啊！城门是由日本兵把守的，何况团里还有一个日军顾问在监视着……这些大家都是很清楚的。更重要的是，起义部队到达目的地，新四军方面如何联络和接应，都还没有完全衔接好……"

钟健魂的话是有道理的。作为一师之长，全师几千号人的性命都搁在他身上，他不能不有所顾虑。徐楚光的脸上亦出现从未有过的严峻。他理解对方的焦虑。但敌变我变，提前起义势在必行！必须敦促钟师长当机立断。但是，风云突变，堪称十万火急，策反方案如果不及时调整，一年来的努力将付之东流……只是形势、环境、时间与原有方案都发生了错位，提前起义如何组织？以怎样的形式和名义调动部队？又如何躲过汪伪和日本人的耳目？还有，根据地的接应方案，起义官兵的政策……他感到，对方分明是在看自己此时的态度。

钟健魂需要一个明确的答案。

想到这里，徐楚光掐灭手中的烟头，站起来，以郑重的口吻向对方说，"钟师长，当前的时局非常明朗。日伪灭亡的日子已经为时不远了。现在摆在你面前只有一条路，就是把握稍纵即逝的战机，率部提前起义，走向光明！我可以代表新四军向起义官兵郑重承诺，第一，部队带过去后保证不改编；第二，万一被察觉，带不走部队，即使你钟师长一人过去，我军同样表示欢迎！"

上面一番话，声音虽然不大，却字字千钧！掷地有声。

徐楚光接着说，"有关起义的调整方案，行动细节，我们现在抓紧研究，至于接应问题，一切由我负责！钟师长以为如何？"

钟健魂脸色铁青，犹如铜浇铁铸似的立在那里，"军队必须带走！身为一师之长，怎么能丢下部队？我必须和兄弟们同生共死！"

徐楚光说"好！"接下去，跟赵鸿学一起，三人就具体行动方案紧张地研究起来。首先，马上与各团和各直属部队联系，查询各处防务军情，以表明师长还在行使权力，借此稳定军心。其次临时假称接到军委会命令，限令江南两团和师部直属队分别从各处同时过江。到六合竹镇与江北第九团会合后，集结待命。第三，为保江北方面万无一失，赵鸿学要指挥好九团的行动。同时带去徐楚光的亲笔信，请江北那边派苏合支队前来接应。第四，行动日期定在三天后的8月11日，星期六晚上。此时，日军顾问返回城内寻欢作乐，是行动的极好机会……

时近正午，一切商议完毕。万事皆备，只欠东风。

徐楚光走到窗前，望着外面云霁初散的天空，意味深长地说，"个人安危事小，此举事大，我们要力争取得成功啊。"

三人互相对视了一眼，然后将手紧紧握在了一起。

三

1945年8月10日晚，南京中央饭店。 灯火辉煌，觥筹交错。 一场恭贺鲍文沛就任伪警三师师长的盛宴正在举行。 席间笑语声喧，人头攒动。 鼓乐笙箫，好不热闹。 新晋鲍师长，长袍马褂，分头油亮，抱拳当胸，碰杯时不断爆发出一阵阵朗声大笑。 东道主钟健魂，亦是红光满面，频频向来宾举杯致意。 赴宴者除汪伪各界头面人物外，师里几位铁心投靠日本人的家伙也被拽来了。 他们各揣心事，反复举杯敬酒，说恭维话，言称鲍师长行将到任，人生得意须尽欢，莫使金樽空对月啊。 随后劝酒的、叫好的、唱小曲的搅作一团，喧嚣的声浪几乎要将天花板顶翻了。 酒过数巡，钟健魂推说军务在身，不敢久留，撇下一众醉眼朦胧的宾客，提前退席。

曲终人散的时候，鲍文沛喝得酩酊大醉，被左右随从架进车里。 没有人注意到，这场酒宴的始作俑者，赵团长和他的搭档徐楚光，也已不知去向。

"开快些，再开快些！"钟健魂想起多年的忍辱负重将在今夜终结，心潮起伏，感慨不已！ 不断催促司机把油门加到最大，将车子开得连蹿带跳，箭镞一般朝着茫茫的夜幕，狂奔而去！

通济门外，一弯残月高悬。 从城墙上闪出几把露出寒光的刺刀和几个戴头盔的黑影子，正在那里晃来晃去。 少顷，就听一辆吉普车呼啸而至，开到门口，吱嘎一声停下了。 副官茅志春应声跑过来。"有情况吗？"钟健魂问。"没有，就等您下命令了"。"好！ 通知师部校级以上军官，马上召开紧急会议。 按原计划立即向三个团发布命令。""是！""加强警卫营的事，都准备好了吗？""准备好了！""可靠吗？""师长放心，都是按照您的要求挑选的。""好！ 去吧。"茅副官转身疾去。 半个小时后，警卫三师在江南的两个团和师部直属部队，相继全副武装，分别从各自驻地出发，全速朝江边渡口行进。 同时，驻守江北的部队，在团长赵鸿学的一声命令下，将日寇设立在此的电话全线拆除！然后朝着预定的集合地点——划子口急速奔去！

长江划子口，历史必将记住这个特殊的名字。这是一个长江沿岸的渡船码头，南临长江，与栖霞古寺隔江相望。此时月黑风高，巨浪拍岸。苏合支队政委魏然，带着支队官兵，沿三师行进的路线，将意欲反抗的伪特工站长王杏仁捆了起来。然后急奔至渡口处，匍匐在草丛里，在紧张的等待中准备接应。

翌日凌晨。大雾弥漫，能见度极低。警卫三师在江南的两个团和师部直属部队近三千余官兵，历经数小时强行军，途中险象环生，数度遭遇阻击，最后终于抵达江北集合地点——划子口。

"天快亮了！"钟健魂终于长长地舒了一口气！

"是啊，天快亮了！"徐楚光如释重负，接口说道。

云开雾散，一轮红日高挂，大地被映得一片灿烂。铁流滚滚，车马萧萧。一支起义部队沐浴着初升的朝阳，正大踏步向前迈进！

8月13日，六合县钟家集。汪伪警卫三师官兵正式宣布起义。当日，新四军军部召开盛大欢迎会，将其编为华中独立第一军。军长钟健魂，政委刘贯一，徐楚光为副政委兼参谋长和二师政委。赵鸿学任二师师长，汪大漠为政治部主任。一个月后，中共华中局和华中军区的邓子恢、张鼎臣、粟裕、谭震林等领导同志亲切接见了独一军全体官兵，对他们的反正表示欢迎和慰问，称赞他们的义举直接震撼了汪伪上层机构，意义非同凡响。

获得新生的起义部队，从此以崭新的姿态加入到中国人民军队的行列。新四军《战旗报》有诗赞曰：

东方欲晓战马急，警卫三师举义旗。

中华民族不可辱，日寇覆没成定局。

大功告成，尘埃落定。徐楚光亦即兴赋诗一首，抒发自己内心的情怀。

片云风驾雨飞来,顷刻凭看遍九垓。

槛外近聆新水响,遥穹一碧见天开!

6. 青年良师

拨开历史天空的雾霾,徐楚光作为盖棺定论的红色英烈,已经被载入史册了。但是,当我们试图多维度地勾勒,并还原这位具有传奇色彩的人物的时候,却感到了某种文字上的苍白与匮乏。他在二十余年的卧底生涯中,不断变换着自己的身份。有时西装革履,有时长袍马褂,有时戎装加身,有时布衣短打……套用一句戏曲行话,可谓生旦净末,昆乱不挡,扮啥像啥。跟他打交道的人,更是三教九流,七十二行,尽揽其中。这里面,有洪帮老大,军政要员,公司白领;有阔少爷、娇小姐、穷学生;更不乏黄包车夫,铁路工人,跑单帮的;亦有泥瓦匠人,教书先生。所谓谈笑间,樯橹灰飞烟灭。由此,我们不能不由衷地慨叹,这位红色卧底具有一种天然的交际和应变能力!这种魄力与生俱来,堪称异禀,既源自楚地的钟灵毓秀,又冶炼于革命熔炉的熊熊烈焰,二者在他的体内蕴集,碰撞,裂变,最终经由信仰而催开了奇异的花!

花开繁复,单撷一枝。在这里,我们仅就徐楚光与青年学子的交往钩沉一角,且看他如何拨云见日,引领他们奔向红色之旅。

一

1942年夏天,沦陷后的武汉一片燥热。

青年学生徐佑新受邻居徐剑风之托,代他们照管房屋。全家人随之住到胡林翼路徐家住宅。日寇的横行,家境的贫寒,使这位女中学生过早地懂得了社会的黑暗,还有作为一名顺民的屈辱。徐佑新对自己的前途深感悲观。暑假很快到了。她想找一份职业糊口。但身处乱世,很多工厂都关闭了。碰了几次壁,每次都失意而归。只好整天闷在家里,闲余看看小说,百无聊赖地打发日子。

这天,一大早有客人到访。那人衣着考究,气度不凡,年龄大约三十岁左右。由于户主不在家，徐佑新便代主人行使礼数，给客人倒茶，招呼就座。那人主动自我介绍，说自己叫徐楚光。跟徐剑风是叔侄关系。徐佑新点点头，忽然感到有点诧异，后来，发现那种感觉来自对方的胸前，那里，竟别了一枚"武昌县政府"的铜牌。天爷，这是"汉奸"的招牌呀！可看眼前这个人，举手投足，待人平易，又不像是坏人，这让她生出某种天然的亲近感。

来人坐了一会，正欲起身告辞。看到竹椅上有本书，就拿起来随意浏览着。然后皱了下眉头，问徐佑新多大了，都喜欢读什么书，父亲的职业，等等。徐佑新觉得那块牌子有点扎眼，便不耐烦地勉强作答。"你喜欢看这类俄国小说？""无所谓啦，哪国的都喜欢看。"徐佑新冷冷地答道。孰料，那人也没用客套，又重新坐回竹椅上。"托尔斯泰的磅礴，屠格涅夫的优雅，陀思妥耶夫斯基的深度……他们共同建构了十九世纪俄罗斯的文学长廊。"客人看似漫不经心，随口点评道。徐佑新蓦地瞪大了眼睛！"你知道如何读小说吗？如何才能深刻地理解故事情节？"对方看着眼前这位女中学生，开始发问。徐佑新一头雾水，感到无从回答。

"联系自己周围的人和事，去发现小说中有无跟自己共鸣的情感。如果只是一味追求故事情节，就很难从中获益了。"

眼前的客人侃侃而谈，又讲了许多处世的道理。那些话，徐佑新听上去似懂非懂。却又有一股神奇的魔力，点点入心，让她很快打消了敌意。

几天后，徐楚光又来了。这回，带来了高尔基的《母亲》《我的大学》两本书。徐佑新忙着倒茶招呼客人，看到他跟父亲很快摆起龙门阵。看上去，他们彼此间很熟悉。谈话的间隙，她听到客人对父亲夸起自己，说她爱读书，落落大方。徐佑新很兴奋，拿起那两本书，爱不释手地翻着。"喜欢吧，你先把它们看完，然后写篇心得体会来看看。"对方像是老师对学生布置作业，很自然地说道。徐佑新下意识地点了点头。随着来往的增多，徐楚光的话题也越来越宽泛。他谈国家的大致走向，启发这位小女生说出自己对世界的看法，鼓励她好好学习，多读书，说等时局平稳了，将来必定会派上用场。

这年8月，徐佑新因为家里没钱，辍学了。只好东奔西走，到处寻找糊口的职业。适逢武昌县举办一期日语教员训练班，学期半年。然后分配当教员。徐佑新翻来覆去想了几天，最后还是报了名。徐楚光听到此事，问她为什么要学日语。徐佑新闷了半天，才嗫嚅道，"也就是个饭碗啊，不过为了吃饭……"徐楚光神情变得少有的严肃，他一字一顿地告诉她，人吃饭是为了活着，但活着决不仅仅是为了吃饭。语言不过是一门工具，它掌握在好人手里，就能做出有益的事情。作为一名乡村女教师，眼下把日语学深，学透，等国家好了，将来也许会派上用场的。一番话，听得她懵懵懂懂。后来，徐佑新去参加考试，还真考上了。但此后不久，徐楚光就离开武汉了。

隔年夏天，徐家接到一封从南京寄来的信。原来徐楚光已经在汪伪政府任要职了。父亲嘴巴里嘟囔了几句。徐佑新耳边，似又飘过那句话，"吃饭是为了活着，但活着决不仅仅是为了吃饭。"她虽然年龄尚小，却觉得事情没有那么简单。这个叫徐楚光的人，神秘莫测，来去如风，怕是有着更大的使命吧。

转眼到了1945年秋，抗战终于胜利了！徐剑风一家又回到武昌原来的家里。徐佑新跟他的女儿徐敏文便成了好朋友。两个小女孩都是教师，平时无话不谈，很快便聊到徐楚光。她们甚至还为他的身份争论起来。徐敏文自是崇拜有加。徐佑新就反问，"你说他那么好，他为什么还要为汪伪政府做事呢？"徐敏文一时语塞。憋了半天，短发一甩，说，"我相信他决不是汉奸！"徐佑新疑惑未解，却不能不同意徐敏文的话。因为她说出的，正是自己想说的话。

一年后，徐佑新正在在汉正街宝庆小学上课，邮差送来一封便笺。一看上面熟悉的笔迹，她吃了一惊。原来是徐楚光寄来的。约她到大同旅社面晤。这可真是神龙见首不见尾啊！徐佑新一路急行，去了大同旅社。找到指定地点，远远看到一位商人，跷着二郎腿，戴着墨镜，正坐在那里。 徐佑新不敢认，却听到那人开口道，"我改行经商了，你看我像个商人吗？"说完，摘下墨镜。 徐佑新定睛打量一番，脱口而出道，"还没嗅出你身上的铜臭味呢！"徐楚光哈哈大笑！ 看上去挺开心。 他依旧像兄长一般，问长问短，家庭，父母，社会现实，还有她的个人问题。 徐佑新像对待自己亲人一般，将心里话都倒出来。

徐楚光满意地点点头，看样子比较认可。 然后，用郑重的语气，提出让徐佑新多协助他做好"生意"上的事。 这次，他随身又带了两本书过来，一本是《钢铁是怎样炼成的》，一本是艾思奇的《大众哲学》。 再到后来，徐佑新便经常带着几位年轻朋友听他摆龙门阵了。 夜晚，一灯如豆，寒星在天。 话题自然引申到《目前的形势和我们的任务》。 那是非常敏感的一本书。 还有《大众哲学》，那些学生并不知道书是从解放区带过来的。 他讲得既通俗，又生动，将徐佑新的几位同学很快迷住了，大家都喜欢上了他。 他的气质，他由人格魅力所形成的强大气场，像磁石吸铁一般，将每个经过他身边的人，都牢牢地吸附住了。 革命，哲学，这样一个个抽象的字眼，经由眼前这位谈笑风生的良师讲解，突然变得生动而鲜活。 不知不觉中，一个旧世界的破局，让人觉得触手可及。

后来，徐佑新和她的许多年轻朋友先后走上了革命道路，她还成了徐楚光的助手张冰的恋人。 张冰同样是有着钢铁般意志的革命者，为了革命不避生死，敢深入龙潭虎穴，也是徐楚光在南京卧底以及在京沪杭、湘鄂赣从事地下工作时最得力的搭档和"三工委"重要成员之一。 不幸的是，由于叛徒罗纳的出卖，他后来在武汉被捕。 1949年5月15日凌晨，在武汉被刽子手杀害。 其时距汉口解放仅不到24小时，时年36岁。

二

1945年初春的一天。 南京大学的林荫道上，学生们三三两两，步履匆匆地走着。 细心的人发现，许多人都在奔去某个方向。

林荫道尽头,是学生互助会的礼堂。只能容纳一百多人。很快,就被挤得满满当当的了。学生们还在不断朝里拥着,连走道上都站满了人。性急的人不断朝门口张望着。过了一会,有位组织者挥了挥手说,"大家安静,安静!演讲马上就开始了!"

礼堂里迅速安静下来。

少顷,果然有人从大门外走进来。他腋下夹着一把油纸伞,西装,寸头,步履矫健。紧上几步,然后一用力,跳到台子上。此人正是前来给学生上时事形势课的徐楚光。只见他微微一笑,转身在黑板上写下几个大字:中国往何处去!人群开始安静了。大家无声地站在那里,都在等着主讲人开口。

徐楚光开始讲了。他先从当时欧洲和太平洋战场的形势讲起,阐述了中国战场各方力量的消长和中国人民应该选择的道路。曲折而又无误地揭露了日伪的欺骗性宣传,指出正义的一方必将战胜非正义,中国抗战必胜。中国人民的力量正在不断增强,一个新的,人民的中国将会诞生……

屋外的雨,仍在淅淅沥沥地下着,室内却春意融融。演讲者从容不迫、条分缕析的演讲,很快把学生们的热情点燃了。因为他口中吐出的每个字,都显得如此有力道。他的每条分析,都有强大的事实和严密的逻辑在作支撑。他胸腔共鸣的声音,在四下里回响着。从墙壁上弹回来,不断撞击着人们的耳鼓。叩击着年轻学子的心扉,也拨开了大家心头郁积已久的迷雾。"小日本滚出中国去!"人群突然有人爆一声喊!不知是从哪个喉咙里发出来的。接着,是数百个声音的汇集。"中国人民必胜!"喊声才落,有人抽泣起来。边哭边低声唱道,"流浪逃亡!逃亡流浪!流浪到哪年?逃亡到何方?我们的祖国已整个在动荡,我们已无处流浪……"抽泣时断时续,不停地刺激着听众的神经。

少顷,另一股声音在礼堂里回响起来。那声音从无到有,低沉,压抑。宛若无数郁积在胸腔的岩浆,奔突着,回旋着,在寻找着释放的突破口。

"我们要做主人去拼死在疆场，我们不愿做奴隶而青云直上！我们今天是桃李芬芳，明天是社会的栋梁；我们今天是弦歌在一堂，明天要掀起民族自救的巨浪！巨浪，巨浪，不断地增长！同学们！同学们！快拿出力量，担负起天下的兴亡！"

……

演讲结束后，礼堂内响起了热烈的掌声。人们纷纷向讲台拥去。不断向徐楚光抛出各种问题。徐楚光微笑着，建议同学们坐下来谈。于是，大家不分彼此，将他团团围坐在中间，就地展开讨论。徐楚光不断地启发人们谈看法，谈存在的问题和困惑，然后由他一一作出解答。直到吃中饭的铃声响过很久，组织者反复提醒，众人才依依不舍地离去。这次演讲，宛如在学生混沌的思想暗夜中投进一束亮光，学生们对国家的前途和命运又有了信心。

此后，徐楚光往来中央大学、理工学院等院校演讲，广泛接触和培养青年学生。他把他们看作是革命的生力军，是祖国未来的希望。

三

春去秋来，大地一片银霜。

南京远郊检查站，日伪岗哨如临大敌。一位长衫礼帽，手拎便携式提箱的中年人，不紧不慢地走到关口，他身后跟着一位青衣短衫，穿扎得紧脚俏利的仆从，在后头跟头把式地小跑着。斜挎的包袱，露出几簇长长的信香。"站住！""干什么的？"随着吆喝声起，几位兵痞模样的人围过来，就听"咔嚓"一声响，两把刺刀凌空交叉，在头顶上散发出清冽的寒光。走在前面的中年人须眉不动，昂然立在那里。"嘿，各位长官，今天是八月十五，老爷要到庙里进香赏月。"短衣仆从紧跟几步，从袖洞里掏出一把铜元朝前面擎枪者衣兜里一塞。"嘿嘿，不成敬意，长官们留着喝茶吧。"两个家伙满脸开花，头一歪，就放过了。

如法炮制，连闯三关。在过最后一道关卡的时候，有位伪军还"啪"地一个立正，朝被检查者打个敬礼，招惹得旁边的人纷纷侧目。

出城到了江边，两人很快乘船抵达浦口镇。沿着青石板小路，又一番疾走，拐弯抹角，步伐渐快。很快穿街越巷，踏上去六合县城的公路，径直朝北一路疾行。眼前豁然开朗，六合县城到了。镇上正在逢集。但见人头攒动，熙来攘往。途中，偶遇一队日伪军拿枪刺东拨西挑，将老百姓的水果摊子、鸡蛋筐子搅得满地翻滚。其中有位老人滚爬着，被日本鬼子一脚踹开了。跟在后面的伪军眨巴着眼睛，一路吆喝着，抡起枪托，忽又骂骂咧咧地收了。中年男人脸色沉郁，眼里似有怒火闪烁。他一把拽住身边想冲过去瞧究竟的仆从，两人前后相跟着，又远远地走开了。

东方既白，霜露渐去。

两人过了一片开阔地，踏上曲折狭窄的田间小道。约摸走了十多华里，一座小村庄影影绰绰，出现在视野里。隐约传过一阵鸡鸣狗吠的声音。一位穿对襟布衫，膀子上扎着白毛巾的半大小子招呼道，"祖芳叔叔，又到解放区去啊，这位是……""我嘛，现在的身份是盐商家的大少爷，他是我的小跟班，你们看像吗？"中年人突然一改严肃的表情，打起趣来。"像喽，太像了！那这跟班的打哪来的？"半大小子先是跟着笑笑，继而又盯着后面那个"跟班的"，仔细打量上了。从头到脚都看遍了，就差没去兜里掏家伙。"好！好，就得这么认真地盘查。"中年人竖起大拇指，"二顺子，你也是个小秀才，我打个字谜，你要能拆出来，送你一把橹子。"半大小子兴奋了，摸摸光溜溜的脑壳，"啥字谜，徐叔叔可不许诓人哦！"徐楚光就说了，"十八子失金，天子出头找。"半大小子扬了下眉毛，说，"嘿，哪个不知道，是叫李铁夫吧？早上就接到通知了！"

"对啊，李铁夫，是中央大学的学生，这次我带他到解放区长长见识。"

遂来到一处农户家里。那户主的媳妇端出两套便衣。都是盘纽布衫，大兜裆的裤子，千层底布鞋。转瞬间，两人装扮起来。换衣服的时候，徐楚光笑笑说，"小李子，到这里来，你会时时感到自己的手脚不够粗砺,总想去田畴上滚身泥巴,再吼一嗓子。"李铁夫频频点头,再看墙上刷的标语,掮锄而过说说笑笑的农妇,坐在挂着小黑板的树底下讲课的眼镜先生,觉得周围的一切都显得新鲜。看上去,徐楚光是这里的常客。不时跟这人打个招呼,又去小朋友脸上刮下鼻子,变得少有的开心和放松。每句话的后面,都似乎有一串压抑不住的笑声。吃罢早饭,又继续赶路。太阳快落下山尖时,来到一个叫竹镇的地方。李铁夫的脚打泡了,走起路来一跛一拐的。再看徐楚光,依旧谈笑风生,大踏步地走着,跟没事人一样。不禁心里暗暗佩服。这时,有两位农人模样的人赶了一头驴过来,是前来接应的民兵。让他俩骑上,一声吆喝,那小毛驴便撒开四蹄,欢快地跑上了乡间小路。

　　路上,徐楚光兴致不减,跟李铁夫谈天说地,谈解放区的建设,谈他自己的爱好,谈中国抗战必胜。使小李子心窍大开。月亮不知什么时候升了起来。圆圆地挂在槐树梢上,远远看过去,就像一幅剪影画。李铁夫在驴背上坐着,由于太疲惫,禁不住打起盹来。迷迷糊糊的,听到徐楚光问,"小李,知道夜行军怎么辨别方向吗?"李铁夫撑起死沉的脑袋,吃力地说,"是用罗,罗盘针吧……"耳边的声音,愈加洪亮起来,"看北斗星啊!"徐楚光说,"洋学生,要学的东西还有好多呢。到这里来开眼界喽!"就这样,他时而眼望北斗,时而跟身边的两个民兵打趣,间或招呼一声困得东倒西歪的李铁夫。渐渐地,东方地平线上又开始亮起来。一抹红轮渐渐朝上升着,一点点袒露出来。几抹云霓,半遮半掩。突然间,就霞光迸射了。

　　这个叫汊涧的地方,其实和北方所有的乡村一样,就是一个普通的小村子。四面是起伏的丘陵,近处是排水的沟壑。周边是一眼望不到边际的田畴。新四军的军部就驻扎在这里。他们是昨天晚上三点钟抵达的。天亮后,徐楚光就急忙赶到军部汇报工作去了。李铁夫的脚挑了水泡,暂时不能走远路,只好在附近逛悠。忽然,一阵歌声随风飘过来。他想去追逐那声音,隐隐约约的,又消失了。随风却飘过另一种声音。是一队女民兵正在操练的声音。民兵还有女的?

李铁夫既好奇,又新鲜。 中午,徐楚光回来了,带回许多解放区出版的书籍,说,"小李子,军区首长要找你谈话呢。"李铁夫在神秘的兴奋中焦急地等待着。

第二天,新四军城工部的刘长胜部长接见了李铁夫,问了南京学运的情况,介绍了当时的形势,还有解放区建设。 并对如何开展下一步工作提了不少建议。 徐楚光则早出晚归,汇报敌情,研究工作,一直忙碌不休。 三天后,两人又星夜兼程,赶回那位青年农民的家——游击队辖区边沿联络站。 这回,两人再次换了装束。 都打扮成学生模样,怀里揣着南京中央大学学生证,重回金陵古城。

"那次到解放区,时间虽短,却让我看到中国的希望在哪里,也增强了抗日必胜的信心。 对我后来几十年的革命生涯,影响深远。"

六十余年后,在河南社科院工作的李铁夫,回顾徐楚光第一次带他去解放区的情景,依旧感慨万千。

7. 双雄联袂

徐楚光特工生涯中颇具传奇色彩的一笔,是策反国民党军统少将、南京情报战站长周镐。 据说,此人是电视剧《潜伏》中余则成的原型之一。 这也是六十多年后,徐楚光为更多现代的年轻人所知晓的原因。 从表面上看来,这几乎是一件不可能完成的事情。 偏偏奇迹就发生了,而且白纸黑字,载入了中共党史的典籍史册。 创造这个奇迹的人,就是卧底敌营十八年的红色特工徐楚光。

周镐,湖北罗田人。 生于1910年1月21日,家中世代务农。 14岁入武流私立中学读书。 1928年考入中央陆军军官学校武汉分校步兵科。 曾随蔡廷锴十九路军参加"淞沪会战"。 后加入军统。 1943年5月,受军统局长戴笠派遣,由重庆派往南京潜伏,任军统南京情报站少将站长。 活跃于汪伪政府上层军界中,专门负责情报联络工作。 但周镐的另一重身份,则是担任戴笠与周佛海之间的联络密使,以及策反汪伪军的任务。

眼下的军统少将周镐,正陷入官司缠身、一地鸡毛之中。

1945年8月15日,日本战败投降后,汪伪南京政府一片哀鸿。周镐作为京沪行动总队南京方面的指挥,抢先行动。接管新闻媒体、银行和仓库,在城内要道口设卡大批量搜捕汉奸,触犯了汪伪及国民党其他派系的利益,从而引爆了一场激烈的内部争斗。最后板子打在了周镐身上。军统局遂以莫须有的"贪污罪"之名,借日伪军力将其软禁。后又移交戴笠,押送上海监狱关押。直至1946年3月,戴笠坠机身亡,才托军统旧友保释出狱。一时闲居家中,断了生活来源。只有靠几个积蓄维持生计。这时市面上物价飞涨,国民党大小官员都在为抢发接收财忙得不亦乐乎。耳闻目睹,周镐时常牙跟倒错,喟然长叹!

……

南京二条巷蕉园5号,是一座江南风格的简朴院落。格局严整,庭院幽僻。粉墙黛瓦掩映着几丛修竹,有风吹过时,萧萧瑟瑟,更增添了几分凄冷的意境。几盆不知名的花草散落在院墙角,由于主人无心侍弄,失却了水分,叶片似乎都有些蔫苒了。

这天,周镐正在百无聊赖之际,忽听到外面响起一阵叩门声。自赋闲后门庭冷落,家中鲜有来客。平素只剩下自己跟天空和屋檐底下的燕子说话,虎落平阳,饱尝世态炎凉,不知道还有谁会记挂着他。却见一位不明身份的人匆匆送来一封信。遂急忙打开,只见上面写着:

周兄,别来无恙。弟知兄于抗战之时为狱累,近日获释。时至今日,还记得当年兄与弟之争否?兄经历一番坎坷,当有所觉悟。不日定去府上拜望,当面深叙。

弟:楚光。

徐楚光!周镐内心一阵激动,顿时百感交集。

此后数日,他一直处在焦急的等待之中。夜里躺在床上,翻来覆去，脑子里像过电影似的，不停地回放着。过往岁月的点点滴滴，跟这位湖北同乡交往的记忆残片，时隐时显，都影影绰绰地浮现上来。

1943年春天，周镐刚到南京落脚的时候，同乡徐楚光的身份，是陆军部第六科上校科长兼武官公署上校参赞武官。同是湖北老乡，又是黄埔校友，青年才俊俱意气风发，两人自然一见如故。时间久了，周镐发现对方为人正直，机敏智慧，不嫖不赌，而且有一种对社会劳苦大众天然的悲悯。这跟他接触过的许多官员明显不同。凭借多年特务生涯养成的职业化警觉，他认定，这位同乡绝不仅仅是一位在汪伪军界混饭吃的普通官员。至于徐楚光，自见到同乡周镐的第一面起，便知道其有复杂的背景。两强相遇，类似高手过招，彼此间，有些事皆心知肚明，只是谁都没有摆到桌面上。闲余品茗对弈，偶尔就国共两党对抗日问题的主张聊起来，也曾争得面红耳赤，互不相让。

两年后的8月，当汪伪警卫三师被成功策反，投奔敌后抗日根据地的消息传回南京，周镐的第一反应就是同乡徐楚光在背后操盘。皆因对方作为红色特工的卧底身份，早已在他心中昭然若揭了。

现在，捏着这样一封看似普通的封函，周镐感慨万千，却又有一种隐约的期待。至于这种期待因何而起，又缘自何处，他一时还拎不清楚。自从身陷囹圄之后，他的脑子时常陷入混沌状态。纷乱的时局下，官场生态的盘根错节，日蒋汪交错缠斗，让他这位曾自诩智商甚高的人，每每陷入无所适从的境地。这时候，他就觉得自己好像迷失在一个十字路口，大雾弥漫，举目无亲。急需要有一声吆喝，把他引领出去。这个人是谁呢？会是徐楚光吗？

接信后的第五天傍晚。一位身穿浅灰色西装、肤色黝黑的中年人，步履匆匆地走进周家的小院。

周镐张着两手迎上去，一把抱住对方的臂膀，"哎呀徐兄，你怎么知道我住这里的？我现在是庭院冷落，门槛上都快长荒草了。"

徐楚光目光炯炯地盯着对方，也笑道，"还避嫌吗？不怕我这个'赤匪'了？"

周镐搔了搔头皮,"嘿嘿,南京虽然是国民党的天下,在我这里,没准还是可以来个兄弟联袂,'精诚合作'的嘛!"

周镐的夫人沏过茶,见丈夫终于露出久违的笑脸,赶紧让客人坐下,又去屋里忙活半天,端出几样简陋的小点心。脸上满是歉意,"物价上涨太快了,拿不出像样的东西招待,只能凑合了。"

徐楚光见夫妻俩都面黄肌瘦,似是营养不良的样子。就问周镐身体怎么样了。孰料一句话勾起对方满腹牢骚。大约是很久没有倾听者了,周镐长话短说,将遭遇竹筒倒豆子,悉数捅出来。至愤怒处,几近声震屋瓦。言毕长啸一声,复陷入沉默。夫人在旁边反复提醒,让他小声点。然后转向徐楚光,心疼地说,"让他说说也好,老是闷在心里,怕是要憋出毛病来了。"

"知道军统当时为什么要抓你?"徐楚光沉吟半晌,轻声问道。

"翻来覆去,都没想出个子丑寅卯,请问徐兄有何见教?"周镐张着布满血丝的眼睛,定定地盯着同乡问道。

"一方面,蒋介石让你当京沪行动总队南京指挥部的指挥,是让你处理日本投降后的南京善后。哪知你当天就风风火火,动真格的呢!日不睡,夜不眠,又抓汉奸,又搞接收;可重庆方面许多大员的把柄,都在那些汉奸囊中,怎么能落在你手里呢?再说了,周佛海民愤极大,各界要求公审;蒋介石、戴笠当初派你联系他,如果被捅出来,又如何向公众交待?这次,要不是戴笠死了,你恐怕一辈子也出不来了。"徐楚光不慌不忙,道出了一番话。

周镐闷了半晌,开口道,"说实话,这几年在南京拎着脑袋为国民党办事,实实在在是为了抗日,末了,竟然栽倒在我当初最信任的人手里,成了他们的牺牲品,真是一语惊醒梦中人了。"

徐楚光沉思了一下,又向对方讲起抗战时,国民党与日伪勾结企图灭共;目前正准备全面发动内战,向解放区进攻,以及中共的主张和中国革命的前途等等。不知不觉,已是月上梢头了。周镐的妻子正欲弄点宵夜,听到丈夫已经陪客人走到院子里,赶紧出来送行。

夜阑更深，繁星闪烁。两人在马路上踱着，聊着。周镐做了几下扩胸动作，长长地呼出一口气。忽然觉得，周围的一切好像变样了。不知不觉，走了一程，又送了一程。临别时，他站在路灯底下，感慨地抓住对方的手，说，"好久没有这么畅快地交谈了，听君一席话，胜读十年书啊。"

"周兄，人生是漫长的，关键处却只有几步。你现在选择的，是跟大多数人走在一起的光明之路，要沿着这条路走到底，不管遇到怎样的挫折，都不能再退缩了。"徐楚光用饱含深情的语气，缓缓说道。

"徐兄放心，我一定会将功补过，像你那样为劳苦大众做些事情。"周镐像盟誓似的，将手放在胸口，掷地有声地说。

徐楚光笑了。周镐被他的开朗自信所感染，心情也渐渐舒畅起来。

……

1946年6月，徐楚光再次秘密去周镐家中。具体商讨周镐参加革命工作的任务、任命职务，解决党籍等问题。同时与周镐的警卫厉仁杰相识。

周镐的心里怦怦跳着。自上次会晤后，徐楚光又与他数次沟通。讲时局，谈他的处境和前途，最终道出几番到访的初衷，劝他"良禽择木而栖"，加入到革命阵营中来，主要是搜集情报和策反。其时，周镐对这位同乡的认知更加明晰，加上身居军统，多年屡遭磨难。慎重考虑后同意了。现在，他知道，决定自己命运转折的一天终于来了。虽然，他没有认识更多那边的人，但他们的主义和信仰，却对他产生强烈的吸引力，而站在自己面前的同乡徐楚光，就是信仰的符号和化身。为此，他觉得跟这样的人在一起，为了信仰而奋斗，将其作为一生求索的目标，当心无憾事了。

"华中分局和军区的领导同志，都希望你能努力工作，不要辜负党的期望。"徐楚光语气庄重地说。周镐心情激动，涨红着脸说，"半生虚妄，心有愧怍。""我们相信，你一定会做出很多有益于人民的事。"

周镐，这位秉性直爽的铁汉子，在坐牢时从没叫过一声苦。闻听此言，眼睛却湿润了。接下来，徐楚光以兄长般的口吻，娓娓道来，谈到全面内战的即将爆发。帮对方分析如何通过保密局的诸多朋友，了解国民党内部的军事动向，并注重从军队内部打开缺口，利用过去的老关系，做好分化瓦解和情报策反工作……说到这些，他起身走到窗口。

"从现在起，你们将要过一种新的，但又很艰苦、危险的生活了。"

周镐朝身边的妻子看了一眼。两人不约而同地点了点头。

8月13日，上海山西路南京饭店。

周镐偕邓盛钟（化名曾品三，曾任汪伪政治部少将处长）由南京应约去上海，同徐楚光再度晤面，秘商工作计划。报请华中局批准，以陈毅的名义委任周镐为京沪人民自卫军司令，活动地区为上海、南京、徐州，安庆等地。

9月初，中共中央华中局、华中军区领导人邓子恢、谭震林批准周镐为中共特别党员。徐楚光是周镐的入党介绍人。委任其为华中军区京、沪、徐、杭特派员，并派"三工委"副主任郭润身赴上海梦花街沈三北（周镐秘书，原任汪伪军委会少将科长）处，将委任状和党员证面交周镐夫妇。

事后，周镐在《备忘录》里这样写道，"我当共产党确为不良政治所驱使，余妻与我当有同感……正好徐祖芳（楚光）同志来函相约，恰到好处，得到成功。"

风雨如晦，英雄联袂，从此在虎踞龙蟠的南京，掀起了一场谍海风暴。

周镐，这位双面谍星披一身征尘，怀一颗赤胆，自此游刃于刀锋之间。他曾多次往返于南京和睢宁之间，在枪林弹雨中，不避险阻，迫使孙良诚所率的107军一部放下武器，五千余官兵向解放军阵前投诚；他曾未雨绸缪，设法将一份京沪地区的"剿匪"方案交洪侠转徐楚光,使后方根据地面对"清剿"的威胁时,毫发未损,平安涉险;他曾利用汪伪少将科长审核日伪调拨车皮职权之便,调运大米赚钱,以解徐楚光情报系统的经费燃眉之急……

然而,正如他的革命引路人所言,这是一条艰苦、危险之路。浑如绝壁攀援、钢丝倒立、油锅边上穿行,稍有不慎,便有可能被熊熊烈焰吞噬。

1946年11月28日,南京宁海路19号。

周镐再度身陷囹圄。 囚室,潮湿的水泥板地面,四壁皆暗的墙洞处,偶尔可见巴掌大的蓝天……由于叛徒刘蕴章的出卖,他被保密局第二次拘捕。

"毛人凤先生请你去谈话。"这日上午九时许,五六个特务突然破门而入。 在保密局曹文寿的带领下,将毫无准备的周镐堵在屋子里。

妻子吴雪亚大吃一惊! 待特务走后,急忙把家里秘藏的解放区出版的书籍焚烧干净,然后连夜化装奔赴上海,向徐楚光告知了这一情况。 徐楚光要她回南京想尽一切办法探望周镐,尽快获取被捕内情,以便设法营救。 与此同时,又对在京沪召见的人员逐一排队,反复琢磨,遂对刘蕴章产生了极大怀疑。 旋即告知两地的地下组织人员马上转移,并迅速切断跟刘蕴章在内的一切关系。

夜晚,躺在冰冷的水泥地上,周镐终于知道,徐楚光的话意味着什么。 有时候,他盯着从铁窗挤进来的几束微弱的光线,冥想着外面湛蓝的天空,明艳的阳光,自由的空气……转瞬间,一切都不属于他了。 这次收监,跟以往完全不同。 如果说过去,他还曾有过迷惘、挣扎和纠结的话,今天的周镐,则已经加钢淬火,心如磐石,有坚定的信念在支撑着。 那种信念,让他超越肉体的痛苦与死亡,就像千千万万志士仁人那样,为走向光明决死一拼。

关了将近四个月,敌人反复追问周镐同徐楚光的关系。 他一口咬定,在抗战时期,由于工作关系和同乡接触过,但只是朋友之间的来往。 翻来覆去搞了几个月,保密局没有得到半点蛛丝马迹。 与此同时，营救周镐的外围行动，正在悄然推进之中……

大年三十下午，周镐获释了。

转眼过了元宵节。这天早晨，妻子吴雪亚拎着菜篮子跑回来对周镐说，我碰见徐楚光了，他约你今天下午2点，在栖霞寺见面。

栖霞寺，位于南京远郊栖霞山中峰西麓。三面环山，北临长江，是中国四大名刹之一，佛教"三论宗"的发源地，南朝时期与鸡鸣寺、定山寺齐名，一排排参天树木耸立在那里，点缀着这座六朝古都古老的寺庙。

这天，佛寺里香火缭绕，钟磬齐鸣。一群穿红着绿的善男信女手捧香束，虔诚地在一尊尊菩萨面前叩拜着，口中不住地念念有词。气氛庄严而神秘。一位墨镜寸头的中年男人慢慢踱过来，走到大雄宝殿附近。在古木旁边的石凳上坐下来，间或朝远处张望着。看样子，在等什么人。少顷，一个熟悉的身影，长袍夹衣，腋下携一柄雨伞，匆匆而至。

"徐兄……"周镐站起身来，急切地喊了一声。那人紧上几步，大踏步地迎过来。周镐的眼角顿时湿润了。他看着对方的脸，还是那么坚毅，从容，只是皮肤好像比以前晒黑了，头面上有种隐约可见的风霜。让人过目不忘的，依然是那双眼睛，明亮，炽热，智慧闪烁。几个月来，在冰冷的囚室，闭锁的铁窗下，他曾多次回忆与徐楚光交往的细节。如今见了面，竟一时不知道从何说起，只有将对方的手紧紧攥着，使劲摇了摇。

看得出，徐楚光也在竭力压抑住自己的情绪。他迅速朝左右看了一下，然后揽住对方的臂膀，说，"走，到寺里去谈吧。"两人款步走进寺院旁边的一处偏室。这里窗明几净，微风过耳。抬头朝远处望过去，栖霞山的峰峦朦胧可见。近处，有条溪水在山石上跌落着，绕过苍松翠柏，铮然作响。宛若一幅美妙的山水卷轴。两人去凳子上才坐下，从屏风后面走出一位慈眉善目的方丈。"两位居士请用茶。"几案上，转眼出现两杯香茗。徐楚光朝周围环顾一下，发现墙上挂着一幅水墨丹青的荷花图，气势不凡、水墨淋漓。画的右上角，有作者的题诗。他一边看，一边轻声吟哦起来。"这幅张大千先生的墨荷图，整幅作品神韵天成，笔墨劲健，入目清峻，呈现了荷花经过'一夜西风'后的状态。"

"真的是一幅好画。"周镐亦在旁边连连称道。

"出淤泥而不染，更是荷花不可多得的品格。"徐楚光转过身来，握住对方的手，轻声道，"周镐同志，你这次在狱中的表现很好，组织上非常了解你的情况，我为你感到高兴。""只要承认我是这支队伍中的一员，我就心怀坦然了。"周镐语意沉沉地说。"你经受住了考验……组织上对你是信任的，这点，我和同志们都有着一致的看法。"

周镐点了点头，转而问，"近期有新的任务吗？"

徐楚光沉吟了一下，说，"我们可能暂时要分开一段时间了，组织上决定派我去湘鄂地区工作。"周镐瞪大了眼睛，"是吗？真想同你一起去。这样的日子受够了，还不如到战场上跟他们正面厮杀一场！"徐楚光摇了摇头，"组织上认为你在保密局的位置更重要，尽快恢复他们对你的信任。眼下的任务，仍然是对苏北盘踞的国民党军队进行情报搜集和策反……"徐楚光习惯性地扫视了一下四周，压低声音说，"新的联络地点，改在徐州中鲁汽车运输公司的货运仓库，这次，从苏北运出了三千吨盐和一船鸡蛋，用作你的活动经费。十天后，你去扬州华新盐号取款。那是我们的一处秘密机关。"

周镐眉宇紧锁，看上去脑子里正在激烈地斗争着，纷至沓来的信息，对他来说有点太多了，他一时还不能适应。徐楚光见他不语，便站起身来，转了话头问，"嫂夫人身体还好吧，上次看她好像比以前瘦多了……"周镐走到窗前，静静地朝外望了一会，突然开口道，"徐兄，你知道我此刻在想什么？"

周镐拉开了话匣子，就再也收不住了。眼前这位革命道路的引领者，更像是情同手足的同胞兄弟，他索性一展胸臆。讲到为投身国民革命，只身从湖北罗田跑到广东报考黄埔军校，梦想总有一天能推翻旧制度；谈到自己误入歧路，混混沌沌的日子；谈到今天才感觉到些许存在的价值……语气时而悲怆，时而愤懑，时而振奋。"徐兄，你是我的引路人，我希望能跟你并肩战斗，现在你却要离开了，知道我心里是什么滋味吗？"说到这里，周镐的喉头竟然有些哽咽了。

徐楚光沉默了。少顷，像兄长似的用力揽住周镐的臂膀。告诉他，分离只是暂时的。革命人四海为家，组织上的需要，就是一切。

"相信见面的日子会很快的。到时候，我一定会陪你跟嫂夫人一起到栖霞山来，再看看这满山的红叶。"徐楚光充满深情地说。

1947年秋，漫山的枫叶还没红透，却传来徐楚光被捕的消息。

周镐深知，保密局这个深不见底的魔窟，彼时正张开一张大网，到处搜捕仁人志士，眼下，就是赶紧让地下人员迅速撤离，将尽可能出现的危险降到最低……夫妻俩星夜兼程，赶往徐州联络点，将情报在第一时间送了出去。

雾霾锁城，天低云暗。时隔不久，又有一位叫吕祥瑞的政治交通员叛变了。供出了徐、周二人的关系。周镐再次锒铛入狱，又关进宁海路19号。此番，与徐楚光，还有自己的交通员厉仁杰关到一起。保密局伎俩用尽，一无所获。

三人笑傲敌顽，强强联手，在魔窟里写下了一首"酷刑利诱奈我何，嘻笑怒骂贼怯惊"的壮丽诗篇。

1948年10月，徐楚光被国民党保密局秘密杀害。

周镐出狱后，1949年1月5日，在淮河田家庵策反刘汝明部时再度被捕。1月21日在南京狱中英勇就义。

历史终将记住他们的名字！记住这些为了普天下的劳苦大众勇敢献身的英烈们。他们虽然倒下了，倒在了黎明即将到来之前。但他们的音容笑貌，他们为争取一个新生的国家所创造的业绩，却永远镌刻在历史的长廊里！

……

采访手记 2

天涯何处觅芳踪

2016 年 3 月 27 日，我跨上西去的列车。

这是早春微醺的土地。四顾辽阔，天空一片澄澈。六十七年前的硝烟已经散尽。温暖的阳光朝四下里播洒着。阡陌纵横，一马平川，千年沉睡的土地又在四季轮回中醒来，一排排农舍坐落在田畴上，被林木掩映着。一切都显得那样宁静、祥和……但徐楚光走了，在黎明到来前的最后时刻，走向了刑场。命运如此遗憾，又如此残酷！残酷到一个人终生为之奋斗的目标，竟然在旭日将临之际，擦肩而过。掩卷静思，不胜唏嘘。那一刻，他究竟在想什么，在想家乡、亲友和妻子吗？因为他再也无法与他们团聚了。也许，在想那些与他朝夕共处的同志们吧，也许，什么都没有想。仰天大笑出门去，我辈岂是蓬蒿人。再见了，亲人们，再见了，饱经沧桑的祖国！再见了……生命就是这样脆弱，生命又是如此坚强。坚强到面对死亡放声大笑，让行刑者手握枪管的手，都忍不住瑟瑟发抖。仿佛射杀的不是对方，而是嗜血成性，必将面对地狱审判的自己。

车到武汉已经是中午时分了。手机上倏地弹出一条短信。"欢迎到黄冈来采访。到武汉后请直转城铁到黄冈城铁西站下，并告知抵达车次和时间，我去接站。黄冈徐志钢。"这个叫徐志钢的人，是徐楚光的长孙，目前是黄冈市政府副秘书长兼市城管局长。接到短信，我始终悬着的心落了地。有人接站，就省得两眼一抹黑了。此前，我对湖北的大部分认知，均源自一部上个世纪风靡大江南北的现代歌剧《洪湖赤卫队》。"洪湖水，浪打浪，洪湖岸边是家乡，清早船儿去撒网，晚上归来鱼满仓。"对黄冈则是甚少耳闻，只知道那里是革命老区，就像红安，曾经出过许多将军。现在，这条短信将一切都拉得很近，让这片陌生的山水突然变得亲切起来。

到了出站口，许多人手中举着牌子，正站在那里张望着。遂跟着人流匆匆前行。一径走出大门，来到广场上，却没见到接站的人。正疑惑着，手机响了。原来是出错了站口。复转回，东拐西绕，赶到一大片停着各式车辆的地方。有人迎面走过来，穿着咖啡色西装，气宇轩昂，鼻直口方。从他的眉宇间，我看到某种熟悉的气质。此前在徐楚光的历史影像上，曾多次见过。握手，寒暄，言语热情而周到。这位徐楚光的后裔，1959年出生于武汉，做过知青，参加过中越自卫反击战，军校毕业后曾在野战部队连队做政工干事，转业地方后长期在政府部门工作。阅历之丰富，堪称千锤百炼。举手投足之间，又都带有明显的职业化军人的特征。

车子很快驶上了高速公路。徐志钢的话匣子也随之拉开。听得出，他很健谈。这跟家族基因的传承有关。看着车窗外朝后飞速掠过的远山近水，我好奇地问，"黄冈也有城铁了？"徐志钢笑道，"黄冈是湖北省首座通城铁的地级市呢。"从他的介绍里，我才知道，对革命老区穷乡僻壤的定位，正在发生天翻地覆的变化。经由铁道部和湖北省共同投资建设的城际铁路，早于2010年4月就启动了。从武汉至黄冈，全长约65公里，仅需28分钟！城铁时代的到来，让黄冈这座有着两千多年历史的古城，与江城武汉之间的时空距离骤然缩小。这是一条承载着多少老区人民期盼与梦想的城际铁路。岁月的长河中，一个大交通的时代就这样訇然开启。长江中游北岸的鄂东老区黄冈，无疑插上了经济腾飞的翅膀。

这次南下的主要目的，是去探寻浠水县团陂镇华桂山麓，一个叫白鹤塝的地方。那是红色特工徐楚光的出生地。据说他一直在家乡长到十七岁，才离家投身革命。此行目的之二，是采访徐楚光的长子徐建。六十余年弹指间，当年那位叫徐云彬的小男孩，如今已经是八十多岁的耄耋老人了。由于行程较紧，我跟东道主提出，能否让老人一起到白鹤塝走一走？徐志钢犹豫了一下，说父亲的脚患痛风症，怕是走远路有难度的。我颇感遗憾地点了点头。

第二天吃过早饭，车子拐到市区的某处路口停下来。 远远地，看到路边树底下有位老人拄着拐杖，正朝这边张望着。 徐志钢喊了声爸，用的是浠水方言。 我赶紧走过去，搀住老人的手，问他早上出来遛弯吗？徐建老人看上去，精神矍烁，清瘦，样貌有着徐氏家族典型的特征。 不过地方口音很重，让人听起来颇感吃力。 他指着身旁一位笑眯眯的老阿姨说，"这是我老伴儿。"彼此简单地聊过几句。 然后一行人又上了车。 司机一打方向盘，车子径直驶出了市区。 我这才知道，徐建老人是要与我们同行了，心里顿时涌起一阵感动。

　　路上，两边的景物不断从车窗外晃过。 大片金黄的油菜花点缀在丘陵山地上，从或绿或赭的田畴里跳出来，显得格外醒目。 徐建老人声音清朗。 刚才佶屈聱牙的浠水话，也不再让人一头雾水了。 车子就这样在高速路上飞驰着。 原以为要沿着盘山路蜗行很久，没想到，一条银练便将老区的天堑变通途了。 车子很快驶进华桂山脉。 巴河从西北部蜿蜒而过，经长江东流入海。

　　"再往前走不远的地方，前面就是白鹤垮了。"徐建老人兴致勃勃地说。

　　途中，徐志钢让车子停下。 然后用手指着天边一处山谷，说，"看见了吗？ 那里就是白鹤垮……"极目远处，如黛的山峦起伏着，松柏萧瑟，修竹丛生。 再往远看，已经被大片的浓绿湮没了。

　　白鹤垮，白鹤垮，一个极富诗意的名字！ 在我未到浠水之前，脑子里曾经有过无数的联想。 那个九曲十八湾的地方，也许曾有过无数白鹤盘旋着，起落着。 时而像祥云布满天空，时而像繁星缀满湾畔。 鹤鸣九皋，声闻于天，该是一幅多么美妙的图景。 只可惜，随着星转斗移，时过境迁，如今这里白鹤杳然，斯人已去，惟余一个名字口耳相传了。 有时候我想，徐楚光，这位鄂东大地的精灵，生于楚地，长于楚地，泽被于山川沟壑，吸日月之精华，又气度潇洒，常喜欢穿着白色西装，于龙潭虎穴来去如风……莫非就是其中一只白鹤的化身？

　　徐建老人说，华桂山下的妈妈桥村，过去曾有过十几个这样的小垮子。如今已经难觅其踪了。它们曾遍布在山林村野之间，滋养着祖辈居住在这里的山民们。最大的一个垮子，就是徐楚光的生身之地白鹤垮。1909年2月，垮里出现一件轰动全村的大事。一户四壁皆空的五位兄弟，只有老大娶了老婆。这天石头开花，天降吉祥，终于生儿子了！遂请了村里的教书先生，起名楚光。取"楚地之光，苦人有后"之意……车子拐下高速，旋即驶上了山村公路。那路愈见瘦窄。渐渐地，路两边的杂树也多起来。高低错落的农舍之间，是平缓的田畴。行走间，偶见一树梨花于沟壑之上璨然怒放。

"本来是走原先那条路的，只是想让你看看白鹤垮的全貌，就绕路了。"

再往前走，忽见一座高架桥拔地而起，凌空飞跃。矗立于大片峰峦和平畴之间，在一派田园风光里凭添了几分现代感。我惊在那里，不明白静山绿水的沟壑里，怎么出现了这样一座桥？"那是武汉到英山通往大别山腹地高速公路的高架桥。"徐志钢在旁边介绍说，"知道吗？这里面还有一段小插曲。"我不解地站在那里，听着他语调平静地说，"通往这边的路，就是我带人打通的。"原来他之前担任过武英高速公路黄冈段项目建设协调办公室主任，专门负责这条高速公路项目建设的征地拆迁与协调工作。这条路的建设通车亦有这位徐氏后裔的一份功劳。这里面，自然包括将标识着大开发的推土机、翻斗车、铲车，一路轰轰隆隆开进自己的家乡，甚至在徐氏家族的祖坟旁边，为修建现代化的高架桥而铲平路障，这背后，该是隐藏着多少纠结，多少阻迟，多少伴着日升月落的付出呢。"做这些工作的时候心情复杂吗？"我问。"当然，但为了大别山老区的发展，不容多想。"徐楚光说完，将目光静静地投向远方。我能理解他的心情。他的爷爷徐楚光，正是这样为信仰献身的。跟先辈英烈们相比，这些付出，或许真的算不了什么。

"从这里，一直通向前边……再向上走一段路，就是徐家的祖坟所在了。"

半个时辰后,我们挽着徐建老人,终于走到那里。 一行人在朴素的青石碑前伫立着。 然后是磕头,上香。 周围松柏呼应,似在为祭拜者伴奏。 那一刻,徐家后人给祖先的拜祭辞里,一定也有徐楚光的声音吧。 还有徐家的长孙徐志钢,同亲表情庄重,动作虔诚。 是的,寒贫的先辈们,你们为国家贡献了一位彪炳日月的英灵。 是楚地的山水滋养了他。 他亦没有辜负江东父老的重托啊!

浠水县博物馆,位于清泉镇新华正街南端。 这是一座具有典型传统民族风格的文庙。 北朝南向,面临浠水河,背靠儒学巷。 宋朝以来就有千余年的历史,后屡经毁败与重建,已经成为浠水现存最大的古建筑群,也是体现古代民间建筑艺术风格的典范。 博物馆则建于1951年,属于湖北省建馆最早、收藏文物数量多、级别高,特别是以收藏大量纸质文物著称的县级博物馆。

徐建老人不顾脚背痛风,拄着拐杖全程陪同。 每到一处,都能让人感受到徐楚光的后人所受到的应有尊重和礼遇。 在博物馆,我们径直走到徐楚光展厅。 他的事迹和图片,占去了整整一面墙。 依旧是那幅熟悉的肖像,还是同样的事迹介绍。 但在这里读上去,却别有一翻意蕴。 站在展板跟前,徐建老人开始变得沉默不语。 大家陪着他。也无声地伫立着。 我知道,他在跟父亲对话。 父子间的目光对望,穿越半个世纪的风云,仿佛又回到了昨天。 那时候,他叫徐云彬,是个性格稍显内敛的半大小子,就像对待英雄似的崇拜父亲。 看着他每天进进出出,像变戏法似的变换着装束和身份。 觉得既新奇,又神秘。父母从不言及,他也从不会轻易问起,但他知道,父亲在干大事,抑或惊天动地有益天下的事。 天星阁一别,六十七年了。 这么漫长的时间跨度,那个叫徐云彬的小男孩曾经哭过吗? 他思念过自己的父亲吗? 是什么支撑着他,一步步走到今天,然后娶妻生子,繁衍后代,并教育儿女像爷爷那样,正直为人……这个国家的每个普通人背后,其实都是一部个人命运与大时代历史风云交织的厚书。 翻开每一页,都无法掩卷，欲说还休。

我提出要跟徐家父子在展板前合一张影。徐建老人神情庄重，将本来敞开的衣襟又专注地一粒粒扣起来。直扣至最后一粒。这个不经意的动作，再次表露了他对先辈的尊重和虔诚之心。

临别时，我得到了一份珍贵的资料，就是朱晖老人去年平生第一次到徐楚光的老家浠水县时，写给徐楚光的那份世纪情书的复印件。原件，已经被浠水博物馆永久收藏了。

下午，我们又走进黄冈市国家安全局展厅。和浠水博物馆不同，这是一座完全现代化的建筑。粉墙青瓦的建筑风格，体现了主办者的匠心。这里的展厅更大，资料也更翔实。再配以声光电等现代投影设施，逼真地再现了当年一幕幕血雨腥风的画面。听馆里的负责人说，朱晖老人曾到这里开过讲座。在黄冈隐蔽战线英杰一栏里，我们再次看到徐楚光。还有他的战友周镐的名字。

洁白的墙壁上，素底黑墨，镌刻着习近平的题词："坚定纯洁，让党放心，甘于奉献，能拼善赢。"还有周恩来写给隐蔽战线刊物的题词，"不入虎穴，焉得虎子，侦察工作要有入虎穴的精神，方为上乘。"

……

在鄂东，在浠水，在白鹤塆的的每一处地方，我时常看到一种植物。叶鞘如剑，茎刺云天，一丛丛、一簇簇地挺立着。山野间随处可见，尤以河边、土坎、岩壁居多。触目所及，就那样漫无边际地铺陈开去，呈现出一种辟地拓疆的凌厉。我问东道主，"这是什么植物？"对方脱口说了两个字，"芭茅"。原来这种鄂东旱地里常见的野生植物，生命力极其顽强，一粒薄如蝉翼的种子，随风飘散，不管落在哪里，便能触地生根。此后刀割不净，火烧不去。即便连根拔除，来年春风一吹，照样轰轰烈烈，惊心动魄地蔓延开来，转瞬就是一片绿海了。

晚上，我去网上查阅了相关资料，始知这种植物竟然大有文章。

在曾经有过的艰苦年月，芭茅既能饲牛，亦为饥民裹腹，堪称楚地山民的活命之宝。 每年五六月间，它就开始孕穗。 那些芒穗一点点萌发，舒展，就像蓬松的毛掸，亦似冲天的巨笔。 当地人美其名曰"芒花"。 大地回春时节，一朵朵芒花就像淡紫色的旗帜，临风而立，摇曳多姿。 秋风一吹，仿佛插上一双双翅膀，凌空飘散，拂拂扬扬。 冬天的时候，虽有风刀霜剑之逼，或枯或残，茎叶却依旧倔强地挺立着。百摧不折。 即便是躬身匍匐在地，披霜挂雪，依然是长叶当风，一派凛然。

连日来，我一直在鄂东大地上奔走，寻觅着，为解读徐楚光的性格源头寻找注脚。 而一种不经意间闯入视野的地域植物，就这样让我眼前一亮！ 徐楚光生自楚地，是山民的后代。 他十七岁以前的生存境况，近乎于岩缝里挣扎。 但家境的贫寒，僻壤谋生的艰辛，还有落地生根的那种鄂东人特有的坚韧，却一点一滴灌注到他幼年生命的肌理。 这种东西，即是野生植物芭茅的特性。 它们四处飘荡，触地生根，见风即长，遂成阵势。 红色特工徐楚光的地域性格，是在这样一种贫瘠、寒苦至极的场域中形成的。 沿着这样的思维走向，我们甚至可以找到所有鄂东人生命解析的源头，他们既有大别山的沉稳、坚韧，视风雨摧眉为寻常中事，亦有巴水的灵动，飘逸，顺势而为。 所谓见风即风，见雨得雨。 风雨无惧，方为宇宙。

徐楚光，就是鄂东人这种性格的杰出代表。 从这个角度讲，他没有愧对故乡亲人对他的养育。 他对鄂东大地的回馈，日月有证。

一架巨大的银鹰缓缓没入天际。 下一站，是去地处天涯海角的三亚，寻访徐楚光烈士的妻子朱晖。 就是六十七年前，那位短发齐耳、目光坚毅的年轻女子，朱健平。 如今，她已经是一位年愈九旬的老人了。

下部
守望曲

1. 生死遥隔

1948年初的一天。湖南长沙正处在一片料峭的寒意中。

白天，太阳照例在天宇上挂着。路上的行人裹着厚重的棉衣，行色匆匆地奔走着。到了晚间，天地笼罩在一派萧杀的静穆里。夜半巡查的吆喝声，偶尔划过的警报声，时时给人带来某种惊怵的感觉。

天星阁5号的女主人朱健平，忙碌了一天，终于将两个孩子在床上安顿下了。自己却翻来覆去，再度陷入了失眠状态。丈夫席君实出远门一个多月了，至今音信全无。这不能不让她心存忧虑。这种情况是以前从未出现过的。白天，从布庄下班回来，走在大街上，她下意识地去人流里寻找着，辨认着，希望能再次看到那个曾经朝夕相伴的，令她熟悉的身影。可是没有，一次也没有。他究竟去哪里了呢？朱健平的心里，隐约有了一种不祥的感觉。搁在以往，丈夫如果逾期未归，总会辗转让人捎个口信回来。可这次，丈夫好像消失了，永远地消失了。期间，朱健平曾经接到一封来信。是丈夫"生意"上的伙伴，张冰的恋人徐佑新寄来的。上面寥寥数语，只说徐楚光在外面生意未了，无法及时赶回，让她照顾好两个孩子……欲言又止，让她更加一头雾水。

这家女主人心事重重，却是不能让邻舍看出来的。早上出门买菜，倒垃圾，依然要将头面收拾得清清爽爽，逢人带笑。"你家席先生还没回来吗？""是啊，这趟生意路途远着呢，还得过一段时间……"碰上好奇的邻居，只能低着头随口应付着，然后匆匆走开了。"爸爸怎么还不回来？"女儿小定生爬到妈妈的膝盖上，眨着一双天真的圆眼睛，愣愣地问。"会回来的，很快就回来了……""我要爸爸，爸爸让狼叼走了……"小定生突然"哇"地哭起来，脸颊上瞬间挂满了泪珠。朱健平捋着女儿的头发，心如刀绞，低声哄道，"别胡说，再说就打屁股了。"刚放学回家的徐云彬，放下手中的书包，拉住妹妹的手说，"定生，我们去院子里玩吧，妈妈要做饭了。"说话间，将妹妹扛到臂膀上，跟母亲对视了一下，默默转身离开了。这一眼，让朱健平心若坠铅，不祥的感觉更重了。云彬这孩子，性格内敛，沉默寡言。从背影看上去，这个半大小子似乎意识到什么了。但诸事藏在心里，从不肯轻易表露的。

现在，朱健平觉得，一件大事怕是要发生了。

夜阑，外面突然响起一阵啪啪啪的敲门声。这声音低沉，急促，仿佛在勉力压抑着，生怕惊动了邻舍。朱健平心里倏地一跳！旋即披衣下床，急去门缝里张望着。外面黑黢黢的，看不到任何人影。她心中疑惑，正欲转身离开，有个声音蓦地从外面传进来，"嫂子，快开门，是我。"朱健平急去门缝里张望着。 那人看上去三十多岁，个头不高，目光机警。 仿佛跑了很远的路才赶到这里。"我叫梅远平，是张冰让我来接你们的……"朱健平吃了一惊，赶紧把门栓拉开。"快走，来不及了！""走？ 去哪里，楚光呢？"朱健平的心仿佛要从胸腔里蹦出来，她揣着太多的话想问。 可梅远平将手指掩在嘴巴上，说，"什么都不要问了，赶紧收拾东西，我们走……"女主人心里呼地一沉，只好掀开箱笼，胡乱抓弄着，也不知道该收拾什么。 这些年，她跟着丈夫南下北上，东奔西走，实则已经适应了颠沛流离的日子。 可那是有准备的。 眼下，丈夫不知去向，这个神色严峻的人夜半急来，一迭声地催着赶紧搬家。 天呐！ 肯定是出事了！ 想到这里，朱健平喉头哽咽，却又不敢让对方听到。 她勉强抓了几件衣服塞到简易柳条箱里，然后将床上熟睡的小定生抱起来。 忽然发现儿子云彬早已爬起来，将书包背在身上，正无声地坐在角落里，注视着眼前的一切。 梅远平帮她捆了被褥，然后吱呀一声将门启开，一行人就在屋外了。

这时候，月亮从厚厚的云霾里露出半个脸。 少顷，又倏地遁去了。

路上，梅远平带着他们专拣没人的地方走。 哪里巷子窄，就朝哪里钻。 途中，偶有闲狗在远处狂吠着，又戛然住声了。 定生依然在哥哥的肩头昏睡着。 时隐时显的月光底下，几团黑影子疾速移动着，不一会，就湮没在沉沉的暗夜里。 蓦地，一列长长的火车从远处呼啸而过。 刺耳的汽笛声，伴着巨大的车轮滚动的声音，逶迤远去，震得脚下的地面都在发出微微的颤抖。 循着那声音，几位夜行人不约而同地加快了脚步。

翌日凌晨，几个人匆匆下了火车。 来到武昌远郊的一户人家。 这家的屋子很扁窄。 只能暂时栖居在磨坊里。 梅远平一放下东西，便倚在碾盘边上呼呼大睡起来。 由于车上没有座位，除去两个孩子，他们几乎在火车上站了一天一夜。 眼下，朱健平揣着无数的疑问。

守着两个未成年的孩子，心里七上八下，一时间又忍不住落下泪来。

早上，这家的女主人过来招呼吃饭。桌子上摆着简单的米粥、饼子和咸菜丝。孩子们依然在沉睡着。朱健平端着碗，心里像堵了铅块，勉强喝了几口，就再也咽不下了。梅远平狼吞虎咽地吃着，仿佛饿了几天的样子。吃完了，手里还拿着干蒸馍，边嚼边说，"嫂子，张冰让我把你们送到这里，临时住几天，其他事情等候组织的安排吧。"朱健平张着一双满是凄惶的眼睛，还想问点什么。梅远平使个眼色。说，"我走了。等过几天再来。"言毕，也不再多话，匆匆裹了几张饼，又换了件粗布褂子，然后拉开门，朝四周张望了一下，头也不回地走了。

朱健平脑袋嗡地一响。天地似乎瞬间旋转起来。

这家人远住郊外，户主平时推着带玻璃罩子的那种木轱辘车，外出做点卤货小生意。女主人在巷子口开缝补摊子。夫妻俩早出晚归，过着普通人家的苦日子。对这位带着两个孩子的年轻女子，在汤水和起居上，尽量周到地照抚着。由于离家匆忙，朱健平静下来盘点行囊，才发现有很多冬棉夏单都落下来。想原路回去拿，显然是不可能了。因为梅远平临行前反复叮嘱过。千万不可再回去。他说这句话的时候，语气严厉。跟平时与丈夫摆龙门阵时的表情，完全判若两人。

日子一天天捱着。户主照例忙碌着。除去生活方面的照应，聊几句柴米油盐，从不多问半句。朱健平惴惴的，又不敢随意打听什么。梅远平严肃的目光不时在她眼前晃动着。丈夫究竟去了哪里，武汉，上海，江西，还是淮河两岸？这些年聚少离多，总是来如雨，去如风，神龙见首不见尾。实则每天忙的，都是脑袋掖在腰里的大事。一次深夜迟归，身上衣服全无，通身湿漉漉的，只穿了条短裤。后来始知，是遇到尾巴，中途跳车才甩脱了……两个孩子明显懂事了许多。定生不再哭闹了。每天乖乖地坐在门槛上玩泥巴。云彬的学上不成了，就每天在磨坊里看书，帮人家推磨的时候，磨棍上还垫着从书上抄下的口诀表。那时候,阳光从外面照进来,打在两个年幼的孩子身上,让年轻的朱健平内心充满了忧伤。

这家夫妇俩很善良,看上去,都是本分的小生意人。有时候,看到朱健平坐在屋子里失魂落魄的样子。就特意找点活计让她做,是那种适合女人家做的针绣。这本是朱健平童年在苏州老家时拿手的针工。可现在,她全然没有心绪。绣几圈,便将手扎了,指尖的上血渍不慎弄到绣布上。再绣几圈,又扎了。十指连心,疼在手上,乱在心上。如此三番,只好无奈地放弃了。

这天夜里,朱健平起来小解,忽然发现屋子里的灯亮着,有人正坐在那里跟户主说话。影影绰绰的,似乎有点熟悉。从背影看上去,她认出是张冰。这么晚了,他从哪里赶过来的?丈夫那边有消息了?朱健平一阵惊喜,心再次咕咚咕咚狂跳起来!就听着对话的声音飘进来。"这几天,老觉得周围有人遛达,看起来又不像本地人。"是户主的声音。"有活动规律吗?""暂时不清楚,晃过几次,要不再盯盯看?"

"情况危险,必须考虑马上离开了。"张冰目光严峻,站起身来。

张冰,是丈夫"生意"上的搭档。在过往岁月里。他们时常在家里商谈事情。他为人纯朴,做事踏实。孩子们都很喜欢他。现在,面对着朱健平,他从口中缓缓吐出一句话,"嫂子,有件事说出来,你可得挺住……据有关方面传来的消息,楚光可能被捕了!"

朱健平怔在那里,石破天惊!此前,她曾经有过无数的猜想,惟独没想到会是这样的结果。但这难道不是意料之中吗?丈夫做的,就是每天将脑袋掖在腰里的大事啊!她头晕目眩,晃了几下,被张冰一把扶住了。

"天呐,这可如何是好……"朱健平仿佛血液停止了流动,失声哽咽起来。

"你不要着急,我们正在组织营救……眼下这里不安全,必须马上转移地方!"张冰语调沉重,低声安慰道。

此后，几经辗转，朱健平带着两个孩子又在武汉长江边上一处新租的民居暂时安顿下来。 张冰依旧来去匆匆，时常过来照应一下。日子就这样静水深流地过着。 水上平稳，水下流急。 朱健平度日如年，期盼着丈夫的消息。

转眼到了三月份。 这天晚上，张冰带了两个人过来。 对朱健平说，"嫂子，我们经过慎重考虑，决定吸收你加入组织，这二位，是你的入党介绍人黄志静和汪乐庭同志，让我们来一起宣誓吧。"

朱健平用力点了点头。 她一直在等这样的时刻。 自从跟徐楚光认识那天起，她就知道丈夫在忙有益于国民的大事情。 现在，尽管屋子里没有明亮的灯盏，没有挂旗帜，在她的内心深处，其实早已跟丈夫处在同样的营垒里了。 眼下，尽管对方生死未卜，未知身处何方。但她觉得，举起右手，念出那些誓词，就会离自己的丈夫近些，再近些。 为此她将赴汤蹈火，义无反顾。

……

几天后的一个深夜，朱健平再次被一阵敲门声从梦中惊醒。

"这里不能呆了，叫起孩子，赶紧走吧。"朱健平刚拉开门栓，就听到这样一句话。"这次去哪里，孩子还在睡觉……""到了以后你就知道了。 组织上让抓紧时间行动，路上不能有任何闪失。"

张冰派来的助手梅远平，目光冷静地催促道。

晓行夜宿，过了一条河，又蹚过几片湿漉漉的花生地。 朱健平牵着云彬，一路跌跌撞撞地在后面跟着。 心想这样的日子何时是头啊！楚光，你究竟在哪里啊，活要见人，死要见尸，像这样东躲西藏的，到底算是怎么回事啊！ 可一个女人家，又不能问东问西，只好跟着，眼泪一串串，不停地冒出来。 月亮在天，寒风过耳。 就想路再长，总归是有尽头的吧。 途中，女儿定生突然张着小手喊妈妈。 朱健平赶紧走过去，帮孩子掖起被角。 手臂无意间碰了下她的额头，兀自吃了一惊，定生发烧了！ 而且滚烫滚烫，烧得厉害。 荒郊野外，到哪里去看医生呢？ 朱健平都快急哭了。 张冰在旁边说，"不要紧，拿冷毛巾先敷下吧,可能是夜半受风寒了。"又是一路急行。 天快亮的时候,几个人在田埂上坐下来。 拿出包袱里的贴饼子。 倒了两碗冷开水。就坐在那里吃上了。 云彬也在旁边默默吃着。 朱健平毫无胃口,反复拿嘴唇去试孩子的体温,高烧依然未退。 而且,小嘴里甚至发出轻轻的呻吟。"怕是肺炎,已经烧得不行了!"朱健平心急如焚,禁不住失声叫起来。 张冰走过去,撩开被角看了一下,看得出,他内心正在激烈地斗争着。 少顷,口中艰难地吐出一句话,"送回武汉吧。"朱健平带着哭腔问,"一起去吗?""不,让师傅将孩子送回去,我们还得继续赶路……"朱健平的心,像被狠狠揪了一下,忙问,"定生还在发烧……""正因为这样,才得赶紧把她送走。""可她还那么小……""让云彬陪妹妹吧,他会照顾她的。"朱健平再也压抑不住,哭出声来,"我是孩子的母亲啊,这样离开,还不知能不能再见面……""健平同志,这是组织上的决定,执行吧。"月光下,朱健平看着眼前这个叫梅远平的男人,眼睛里同样波光粼粼。 但他的声音,却冷酷得近乎无情。 朱健平不吭声了。 她知道,组织上三个字的分量。 这时,耳边轻轻响起一个声音,"妈,张叔叔,你们放心走吧,我会照顾好妹妹的。"

张冰点了点头,轻声催促道,"快走吧,时间不等人,不能再耽搁了。"

朱健平心如刀绞。 遂用嘴巴又试了下小定生的体温。 依然在烧着,也许是夜深风凉,好像没有刚才那么烫了。 心里这才稍微安定了些。

师傅再次攥住车把,低吼一声,走哇! 就听车轱辘"吱呀"一响,车轮滚动了。 朱健平顿时万箭穿心! 浑身像打摆子似的抽搐起来。 孩子是她身上掉下的肉哇,就这样生生地分离了,从此天各一方,再无音讯;还有那个人呢? 他知道自己是这样母子分离的吗? 原来这就是革命,革命者就必须忍受这种生离死别的痛苦啊……朱健平一边想,一边哭。 思路完全混沌了。 梅远平站在那里,静静地陪着她,看着她哭。 他知道她必须这样哭一场,否则今晚就过不去了。 可明天呢,明天还得继续,他的任务还没有完成。 张冰和同志们还在四处奔走。 徐楚光的营救行动还在推进。 他现在要做的,就是继续前行,闯过一切艰难险阻,直到跋山涉水,奔向彼岸……想到这里,他蹲下去,轻轻拽起对方羸弱的手臂。 说,"我们走吧,天快亮了。"

夜色沁凉,遍地萧瑟,只有一弯冷月挂在天上,将清冽冽的光韵朝四下里投射着。 两个疲惫的身影,继续朝前移动着。 那影子在月光下,一会拉长,一会变圆,很快就在夜雾底下消失了。

……

天即将亮起来的时候,两人赶到渡口边上。 岸边空无一人。 朱健平拖着灌铅似的两腿,一下子歪在那里,似乎马上就要昏厥了。 再看梅远平,满眼血丝,披衫挂褛,亦是完全虚脱的样子。 只是他的声音,依旧稳重而沉郁。 他站在那里,将小指伸到嘴巴里低低地打个呼哨,少顷,一艘木舢板飞快地驶过来。 撑船的人皮肤黝黑,头上戴着柳条帽,嘴巴里也尖厉地打个呼哨。 如此新鲜,强烈地激荡着候船人的耳鼓。

梅远平转过来,目光炯炯,朗声说了一句,"剑平,回娘家了!"

朱健平站起身来。 疲惫感瞬间消失得无影无踪。 她激动地看着梅远平,这位眼前最值得信赖的人,正从手心里捻开一张纸条。"徐楚光同志有话给你……送君到此,我的任务算是完成了。 就此别过吧。"

朱健平将纸条接过去,一行熟悉的字映入眼帘:"请将健平送回娘家。"

亲人呐! 这是你的笔迹啊! 攥着这张不知经过多少次辗转,已经变得皱巴巴的,几近模糊不清的字条,朱健平什么都明白了,她突然泪如雨下!

抬眼朝前方看去,万顷碧波之上,一抹红轮正从云霾中缓缓升腾着,时隐时显,在天地相接之间,以不可遏制的势头射出万道霞光。

2. 风雨自承

1947年3月,十五岁的少年徐建,正在老家白鹤塆的田里干活。同村的玩伴气喘嘘嘘地跑了来,用手搭在嘴巴上喊道,"小建子,有人找你来了!"徐建自幼丧母,曾跟叔祖父、叔祖母一起生活。叔祖父死后,一度流落到街头乞讨。眼下,他不明白发生了什么事,心里旋即怦怦跳得急。回到村里。见到一位模样生疏的中年男人,正坐在村公所里喝茶。看到他走进来,遂上下打量一番,然后点了点头。说,"你父亲让我们来找你,跟我们去上海吧。"

少年徐建懵懵懂懂,一时间愣在那里。父亲,上海,这些稀罕的字词,让他感到既陌生,又新奇。更重要的,是那位自从落生就从未露面的生身父亲,这么多年音信全无,眼下,竟然像天外来客一般,从天而降!他一时手足无措,不知是喜是忧。十四岁的少年徐建,当时并没有意识到,就是这样一句简单普通的话,昭示着他此后命运轨迹的全新改写。

上海,这座远东国际大都市,敞开了它光怪陆离的怀抱,迎接着一位远道而来的乡村少年。新家简朴而又温馨,一岁多的妹妹活泼伶俐,继母朱健平娴雅善良,待他如同己出。这些都给他带来很大的心理安慰。徐建个头瘦小,乖巧灵活,也很快适应了都市的生活节奏。由于觉得孩子这么多年在乡下颠沛,受了亏欠,母亲朱健平对他要吃、要玩、要用的东西尽量满足。渐渐地,徐建的衣着花样也多起来。小分头,格子衫,球鞋也变成了皮鞋,将一个正在长身体的少年穿扎得洋派摩登。每天于家中进出,感觉甚好。

有人却发话了。这人不是别人,却是少年的生身父亲,徐楚光。

徐建到上海第二天,徐楚光就专门抽时间跟儿子作了一次谈话。那是徐建自落娘胎,首次面对这个叫父亲的人。他看上去面容清癯,表情严肃,跟他说话的时候,完全是一副对待成年人的口吻。奇怪的是,自他走进这个家,他就没有任何生疏感。只觉得亲切,熟悉。他想象中的父亲,就该是这个样子。那是他在梦里无数次勾勒过的,这样的鼻子，这样的眼睛，这种看人时平等对视的目光。这就是父亲。父亲是用来说道理的，母亲是用来拉家常的。他坐在那里，平生第一次，面对自己的生身父亲，听他说出一番话来。父亲问过他的喜好，家乡的日子，又问有当兵的常去骚扰吗？徐建说苦得很呢，有首歌是这样唱的，他张嘴就唱起来，用的是浠水方言，"豆腐当大荤，鸡蛋当人参，想要吃鱼肉，只好望来生。"还有，"山上的树是白长的，养的儿子是老蒋的。"父亲听了，微微点了点头，然后说，"善恶有报，穷人天亮的日子不会太遥远了。"

"你知道珍惜时间月作灯的江泌吗？"正谈着，父亲突然转了话题。见儿子一副懵懂的样子，又笑了。"程门立雪、凿壁借光的典故，自然也不知道了。"徐建依旧茫然地摇了摇头。

"读书吧，你从山里过来，要想知道更多的道理，惟有读书。"说这番话的时候，父亲的神情又严肃起来。接下去的话题，自然是教他如何读书和做人。徐建的记忆力很好，他听到父亲的口中，不断冒出一些新鲜的人名。匡衡、杨时、岳飞、诸葛亮……有些在乡间依稀听过，有些则闻所未闻。但这些话，从父亲口中说出来，却有着完全不同的分量。他静静地坐在那里。觉得父亲能这样跟自己说话，既感动，又惶恐。感动的是父亲并未把他看成单纯的孩子，而是像朋友那样，跟他进行平和、对等的交流。惶恐的是倘不认真努力，怕是要时时面对父亲的诘问了。这无异于一场成人仪式的加冕礼。从此，他必须以更高的标准和要求来对待自己了。

当晚，少年徐建失眠了。父亲在谈话中所提到的东西，和父亲所从事的工作，都对他产生了某种强烈的吸引力。这种感觉，有点似磁石吸铁。一旦吸附，便须臾不会分离。父亲做的事，跟穷苦人过好日子有关。那个目标很远、很大。但父亲，还有跟父亲在一起的许许多多的人，都在为此奋斗着……一夜辗转，这个浠水来的半大小子突然觉得天地变敞亮了。而这样的感觉，正是父亲带给他的。他深信，跟着父亲，就会实现这样的生活。

少年徐建平生第一次背起了书包。由于年龄偏大，插班在三年级就读。

父亲依旧整天忙碌着。家里家外，来去匆匆。装束亦时常更换着。徐建眼睛里的父亲，堪称神通广大。他每天都在拼命读书，以此拉近跟父亲的距离。因为父亲讲的话，有些他能理解，有些就听不懂了。但他隐约知道，父亲在做大事，做救世济民的事。他如饥似渴地读着，学着，盼着自己快点长大，他也要做父亲那样的人。偶尔，父亲也会让他去买电影票。但并不是自己要看电影的，而是让他送给一位姓李的伯伯。他攥着电影票，匆匆赶往那户人家。途中，还要反复观察左右，看有无陌生人跟着。那是父亲叮嘱他的。待送过电影票，看到周围并没有可疑的人，就回来告知，父亲就出面了。大人谈事的时候，他跟李家的孩子便在门口玩耍，实则是望风。

……

1947年的农历八月十五到了。父亲很难得地和全家一起过了个团圆节。

少年徐建并不知道，那竟然是他跟生身父亲的最后一次见面。从老家浠水过来，跟父亲在一起的时间，掰着指头满打满算，竟然只有半年。此后，他便跟母亲和妹妹一起，踏上了漫长动荡的颠沛之路!

那天夜里的敲门声，实则是他最先听到的。这声音急促、凌乱，跟过往来访敲门的动静完全不同。少年徐建倏然一惊，赶紧从床上爬起来。客人进门后，他一眼就认出来了。梅远平叔叔模样张惶，完全没有了往日的从容。他说给母亲朱健平的一些话，字字入耳，在少年徐建的心里掀起了冲天巨澜。其实，自他进屋后，徐建就知道发生什么事情了。父亲出远门这么久，迟迟没有归来。他就已经有不祥的感觉了。现在，惟有赶紧帮着母亲收拾东西，还有带着未成年的妹妹，踏上未知的路途。这时候，他就觉得父亲的失踪，就像倒下了一棵大树，而自己，则像那棵树身上掉下的一片树叶子，雨打风吹，未知飘向何方……但眼下，年轻的母亲，看上去已经完全陷入六神无主的失措状态。他不能再添堵了。他已经是成人了。自从父亲跟他作过那次谈话后,他就该是帮着母亲遮蔽风雨的大人了。想到这里,他走到母亲朱健平跟前,将那只沉重的柳条箱子接过来,和大人们一起,匆匆踏进了沉沉的夜幕。

逃亡之旅是艰难、惊悚和漫长的。他们不敢走大路,亦不敢闯关过卡,更不敢投宿和到闹市区买吃的东西。随身携带的食物很快吃完了。小定生烧得满嘴燎泡,而且得了便秘症。途中,朱健平几次要到集镇上去买点水果,都被梅远平劝住了。徐建就说,让我来吧,我地形熟,动作麻利,不会有人注意的。梅叔叔犹豫了一下,又坚定地摇了摇头,否决了。每个集市上,都有国民党的巡逻兵在游弋。稍有破绽,便会付出血的代价。梅远平有更重要的任务,不能不有所顾忌……就是这样忍捱着,跋涉着,小定生的病情眼看越来越重,母亲快纠结得发疯了!这时候,一个声音响起来。"送她回武昌吧。"是张冰叔叔的声音。接下来的对话,让少年徐建认识道,新的分离又开始了。这时候,他必须站出来,说出一番让大人放心的话。他要照顾自己的妹妹,让母亲继续朝前走。他们是要去哪里呢?他没有问起。可他知道,那应该是个光明的地方,就像父亲曾经描述过的,那里有阳光,有新鲜的空气,有为新生活而努力的人……所以,他们也许再也不会回来了。想到这里,他心如沉缶。

"让我来照顾妹妹,你们放心走吧,我会照顾好她的。"徐建一字一顿地说。

……

东方渐渐露出鱼肚白,少年徐建终于从沉睡中醒来。

半道上,他的脚就打了泡。推车的师傅让他去车筐里躺一会。徐建不肯,非要帮师傅推车。后来实在累了,只好依从了。车轱辘又吱吱呀呀地转上了。天这时开始慢慢亮起来。太阳快出来的时候,他们终于抵达要去的人家。

这户人家,是徐氏家族的远房表亲。户主白天在码头上扛包,晚上拉三轮揽生意。家中老少十几口人,整天为糊口忙得团团转。时常缸尽瓢空,没有隔夜之粮。眼下,凭空添了两张吃饭的嘴,日子自然更加局促起来。

寄人篱下,闲饭自然是吃不得的。少年徐建只好出去卖报,打零工。又怕妹妹夹在户主家挨欺负,沿街叫卖的时候,只好把她带在身边。他脖颈上搭着报兜子,领着自己的妹妹,风雨无阻,在大街上转悠。时间久了,连附近胡同口的大爷大妈都认识了。逢到夏天,毒热的太阳当空照着。妹妹嚷着要吃冰棍。少年徐建会掏出兜里的钢镚给妹妹买上一支。自己却舔着干裂的嘴唇看着她吃。妹妹就会让着他。兄妹俩一人一口,慢慢舔着。生怕一用力,很快就吃完了。有时候回家晚了。路灯一点点亮起来。那时候,一长一短两个小小的黑影子投射在地面上。少年徐建会突然觉得凄凉,会想起自己的父亲,还有那位善良年轻的母亲。他们现在都在哪里?他们会来找他,还有这个两岁的小妹妹吗?想到这此地,他眼泪会不知不觉地淌下来。可他不能让妹妹看见。牵着妹妹柴火棒般的手臂,他觉得自己要是哭了,他跟妹妹的天就塌了。他得硬撑着。他已经是大人了。

这天,来了一位美丽的阿姨,还带了许多点心和水果。阿姨说她叫徐佑新,是张冰叔叔让她来看望他们的。她问兄妹俩过得好吗,少年徐建点点头。徐阿姨的目光,慢慢转到妹妹身上,稍后,少年徐建看到她蓦地瞪大了眼睛。嘴巴里发出一声惊叹!"天哪! 这是怎么回事?"徐建愣了一下,赶紧扯了件褂子,将妹妹兜头遮住。说,"阿姨,妹妹已经好了。"徐阿姨蹲下去,捋开小定生的衣袖,又仔细查看了她的脖颈。连声问,"这是怎么了? 怎么会这样?"原来,妹妹定生患了疥疮。寄居的人家没钱诊治,就听由它溃烂着。小定生浑然不觉,痒起来的时候到处乱搔,很快全身都传染上了。一疼起来,就通夜哭闹着。徐建没办法,只好弄了些烧过的红砖粉给妹妹涂上。眼下,有的结痂了,但仍有不少地方化了脓……少年徐建站在那里,看到眼前这位阿姨,慢慢哭了。她一边哭,一边用袖子擦着眼睛,一迭声地说,"阿姨没有照顾好你们,阿姨来晚了。"小定生拿着江米棒,正急吼吼地吃着。 突然看到阿姨正在淌眼泪,遂瞪着滴溜圆的眼睛问,"阿姨哭了? 谁欺负你的?"

第二天早上,徐佑新阿姨要带着定生妹妹走了。 临别的时候,徐阿姨掏出几块钱,留给徐建,然后说,"小建,你是大人了。 已经有能力照顾好自己……先在这里住一段时间吧,等你父母有了消息,我们会马上来接你的。"

徐建怔在那里,突然下意识地将妹妹打横一抱,扛到臂头上,转身就跑。 徐佑新阿姨不知发生了什么事,闪了一个趔趄。 少顷,赶紧拔腿追了上去。"快停下,快停下来! 昨晚不是说好的嘛!"徐阿姨气喘着,厉声问道。 少年徐建这才回过神来,嗫嚅着,半天才挤了一句,"爸妈来了,我不好交待,再说了,妹妹不想离开我……"小定生仿佛配合他似的,搂住哥哥的脖子"哇哇"哭开了。 徐阿姨叹了口气,轻声说,"小建,别犯糊涂了,搁在这里,你俩都受罪。 放心吧,我来帮你,会像你妈妈一样照顾好妹妹的。"

徐建点了点头。 知道留不住妹妹了,心里顿时涌起一阵忧伤。

小定生跟着徐阿姨走了。 一步三回头,不停地朝他挥着小手。他觉得自己没能照顾妹妹。 内心失落的感觉更重了。 现在,一家人分了几处,他一无所知。 自己寄人篱下,前路又在何方? 望着徐阿姨牵着妹妹远去的身影,从不流泪的他,呆呆地站在那里,失声呜咽起来。

1948 年 5 月,少年徐建再度踏上浠水的土地。

由于叛徒的出卖,徐楚光在武汉地区的情报系统遭到严重破坏。张冰等人相继被捕,徐建和徐定生也随时面临被抓捕的危险。 这时,武汉地区的地下组织失去了主心骨。 张冰的恋人徐佑新更是一时没了主张。 她原本受委托照顾徐建、徐定生安全的,担心两个孩子一旦遭到逮捕,不仅无法向张冰交代,更无法对徐楚光和组织上交代。 遂找到徐楚光的族爷徐剑风，派人将徐建和妹妹先后接回浠水老家，由徐楚光的四叔父徐茂清照看……

当故乡的风迎面吹来的时候，少年徐建再度泪眼模糊。是的，他是浠水的子孙，他又回来了。虽然孑然一身，但他的身上，已被自己的父亲注入了精神钙质。那是他一生用来抵挡风雨的盾牌。此后天塌地陷，都不曾让他须眉摧折过。因为他是徐楚光的儿子。他的父亲，一生都在为光明奔走。此后很多年里，他依然不知道父亲在哪里，还有那位年轻的母亲去了何方；年幼的妹妹小定生，是否安好。其时，革命的洪流席卷了整个中国，个体的命运永远被大时代的狂飙裹挟着，有无数的人像他一样雨打飘萍，身不由己。他就像一片树叶子，最终因了某种命里的定数，又回家了。重新回到浠水，那片曾经的穷乡僻壤。风还是那阵风，云还是那片云。一田一畴、一草一木还是那么熟悉。但他再看这些，却跟以往的感觉完全不同了。因为，他现在长大成人了。更重要的，是父亲带给他强大的精神力量。那种力量，深植内心，一经发酵，必将化作摧垮旧世界的岩浆。

古老的浠水大地，彼时正到处燃起革命的烽火。

徐建回到故乡后，很快加入到浠水地方组织，做了乡交通员。并在红色大熔炉的冶炼中飞速成长。他曾先后在地方财政、工商管理系统工作，1992年在黄冈地区黄冈县工商局离休。作为徐楚光的长子，徐建后来在浠水老家娶妻生子。如今儿孙满堂，安享晚年。令他感到欣慰的是，作为徐楚光烈士的子孙，他们都是在各个行业勤恳做事，正直做人，没有愧对烈士后人这个称号。

3. 身世揭秘

1965年，北京工业学院（现为北京理工大学）大二女生魏玲被叫到办公室。

一位身着军便服的中年男人严肃地对她说，"小魏，有一件事情，不得不进行核实……"女生一脸懵懂地站在那里，听到对方又说出一句话:"据我们所知,现在跟你生活在一起的父亲,并不是你的亲生父亲。"

石破天惊! 魏铃当即怔在那里,半天挪不动步子。 多年来,一家人生活得融洽和睦,现在,突然被人问出这样一番话,顿时让她如坠五里雾中。 对方见她一副不明就里的样子,接着说,"这样吧,回家去问你的母亲,她会将一切都告诉你的。"

从学校办公室出来,魏玲深一脚浅一脚在林荫道上走着。 太阳明晃晃在头顶上挂着,可不知为什么,却脚底发飘,眼睛发花,浑然不知东西南北,眼泪却不争气地流下来。

魏玲,北京工业学院无线电系51641班的团支部书记。 高知家庭,性格坚毅,有着巾帼不让须眉的男子气魄。 她在政治上积极要求进步,半年前,刚把入党申请书递到党支部,看起来一切顺风顺水。 孰料节外生枝,让她一时间心乱如麻。 指导员告诉她,这件事必须得搞清楚,否则政审关是通不过的。

进了家门,迎面碰上母亲。 魏玲劈头问了一句,"妈,我到底是从哪里来的?"母亲愣了一下,"傻孩子,你在说什么?"魏玲直直地盯着对方,又抛出一句,"有人说,我爸不是我的生身父亲……"

母亲沉默了。 少顷,转身走到阳台上,慢慢地在竹椅子坐下来。

魏玲站在那里,觉得自己的心,正在一点点下沉。 母亲的举动分明是在默认,一切都不是空穴来风。 此前隐约的传言,系指导员的表情,自己的眉宇跟兄妹间的隐约差异…… "妈,快告我,这不是真的!"她颤抖着声音,再次追问道。 母亲扭过身体,一瞬间,仿佛老了十岁。 她噙着泪,一字一顿地说,"孩子,这一切都是真的,你的亲生父亲,并不姓魏……"魏玲如遭雷击,她想跳,想叫,想放声大哭,想抓住手边的东西拼命摔碎。 但是,一切都没有发生。 她浑身无力地蹲下来,靠在母亲的膝盖旁边,喃喃地问,"妈,为什么不早点说出来,那个人究竟是谁? 他现在在哪里……"母亲摇了摇头。 说,"本来想等你成人后,再告诉你的,他人在哪里? 是死还是活着? 不知道……我只能告诉你,他叫徐楚光,是湖北浠水人……而且,你原来并不叫魏玲,你叫徐定生。"

魏玲坐在母亲脚边,看到对方目如深潭,仿佛瞬间穿越了数十载的光阴,将一个从未揭开的世纪之谜,又重新端到她的面前。

……

1970年夏天。湖北浠水的乡间山路上,出现了一位身背军挎包的年轻女子。女子扎着两根刷把小辫,黄军便服,但眉宇间却烟笼雾锁,似有一种挥之不去的愁霾。她就那样在崎岖的山道上走着,心事重重,步履沉重。其时的中国,已经被躁动的狂飙裹挟了。成千上万的人像中了魔障一般,在锣鼓喧天中,红标缠袖,换车乘船,南下北上。大串连,成了那个年代青年学生特有的关键词。而在这一片喧嚣的声浪中,有一个孤独的身影,却渐行渐远。她避开了大都市,避开了那些声嘶力竭的声讨,批判,无休止的辩论……她感到从未有过的疲惫。像许多从狂热的躁动中冷静下来,开始慢慢用自己的头脑思考问题的年轻人一样,她不得不面对一个古老的天伦之问:她是从哪里来的,将她带到这个世界上的男人是谁? 这样的问题,自从那次跟母亲谈话后,就苦苦地折磨着这位年轻的大学生。它简单而又复杂,简单到从母亲坚定的目光里,就能找到答案。她的生身父亲,是烈士,一位具有坚定信仰的共产主义者,他倒在了黎明前的黑暗里……可是,所有这一切,组织上盖棺定论了吗?面对女儿的疑问,母亲踌躇了。半晌,沉重地叹息了一声。母女俩同时陷入沉默。这样的诘问,能跟女儿说清楚吗? 年轻人能理解那个特定的年代、特定险恶环境下的工作方式吗? 革命,是那个大时代的主题词,历史宛若滔滔洪流,浩浩荡荡,裹泥带沙,以不可阻挡之势朝前奔突着。钟山风雨起苍黄,百万雄师过大江。打过长江去,解放全中国。之后,是开国大典,经济建设,像无数漩涡般的运动……而在这些时空交错、环环相套的洪流中,个体的命运和奉献、牺牲紧紧勾连在一起,有的昭然若揭,有的则扑朔迷离,徐楚光,这位妻子的丈夫,女儿的父亲,恰恰成了后者。二十余载的特工生涯，生死场上的单线联系，此后是秘密被捕，无果的营救……再然后，生死不明！ 在几千年未有之变局中，大革命的巨浪继续朝前奔涌着，摧枯拉朽，滚滚向前，以不可阻挡之势席卷古老的国度……

徐楚光还活着吗？ 从此成了一道天问。

这是一位年轻妻子的天问。 朱健平，后来更名为朱晖的那位女子，在丈夫下落不明后，无奈将两个孩子寄养于当地，只身一人投奔解放区。 在鄂豫军区，在苏北老区，在沂蒙，在江汉军区……这位投身革命的年轻女子，总是瞪着一双困惑而清澈的大眼睛，盯着每个遇到的人发问，"哎，你了解沦陷区的情况吗？ 徐楚光现在在哪里？ 他还活着吗？"被问者或摇摇头，或说出一些不置可否的话。 没有人知道，那个人眼下在哪里，是否还活在人世间。 更有甚者，有人言之凿凿地告诉她，人已叛变了，不要再留念想了……朱晖如遭雷击，愣在那里半天挪不动寸步。 她不相信！ 不相信自己的丈夫会成为那样的人。 他的谈吐，他的音容，他所坚守的信仰，他如钢铁一般灼人的意志和目光，还有他们朝夕相伴之间，他所带给她的点滴入心的熏陶。 天地洪荒，都不会让这样一个人的信仰改弦更张啊！ 可是，那个叫徐楚光的人，还活着吗？ 他究竟是烈士，还是……星转斗移，人到中年的朱晖，已经开始新生活的朱晖，依旧四顾茫然，执拗地追问着。 这样的追问，就像一部被岁月侵蚀得发黄的电影，闪回，切入，淡出。 岁月轮回，不知何时从头来过。 毕竟，大家都在忙。 建国初百废待兴，整个国家都在忙碌。 我们活人的事情都管不了，哪有工夫管死人的事情？ 一个声音高声叱责道。 是啊，大时代的雷霆万钧，大时代的排山倒海。 在这部恢弘交响下，一个人的个体命运，是如此无足轻重。 可是……他还活着吗？ 朱晖执拗地问。

岁月更替。 同样的疑问，终于从母亲传递到女儿身上。

"你去找一个人吧，母亲说，她叫徐佑新，眼下住在武汉……"母亲说。

大学生魏玲，扎短刷把子的年轻女子魏玲，身背黄军挎，义无反顾地踏上鄂东大地。汉江巴水，一片苍茫。这就是他父亲的生身之地。尽管从未来过，但一草一木竟没有丝毫的陌生感！在武汉，她终于见到了母亲说的那位阿姨。

徐佑新阿姨，盯着这个不远千里从北京寻访过来的年轻女子，嘴里禁不住发出一声惊叹，天呐！你跟你父亲长得一模一样！大学生魏玲眨着一双懵懂的眼睛，似乎看到了某种微弱的希望。徐阿姨拿出两张照片。一张是穿着白色西装的中年人，手拄拐杖坐在瘦西湖边上；另一张是母女三人的合影小照。大学生魏玲看着照片中那位中年人，如此陌生，却又如此熟悉！从那个男人的眉宇间，她看到了自己。鼻梁高耸，目光明澈，面容坚毅，清秀……他在定定地看着自己，仿佛为等她来，已经穿越新旧两个世纪了。父亲呀，你就是我的生身父亲！魏玲听到自己在心里惊呼一声，眼眶顿时酸涩难当。忍了几忍，还是禁不住放声大哭！徐佑新阿姨站在旁边，抚着她颤抖得近乎痉挛的肩头，不停地安慰着，依然无法抑制一位年轻大学生情感上的痛哭。这哭声，几乎将母女两代人的守望、无助、思念和近乎崩溃的压抑统统释放出来，直哭得翻江倒海，日月无光……时间不知过去多久，大学生魏玲总算止住哭泣。听到一个曾经沧海的声音，又在耳边响起来。"这就是你的父亲徐楚光，他非常潇洒，非常帅。"徐佑新阿姨说。她连用两个"非常"，让魏玲觉得，父亲真的很帅。因为照片上的这个中年男人，那种绅士气质，那种玉树临风的清癯和儒雅，都是她此前不曾见过的。这种底蕴和气场，为上个世纪三四十年代的革命者所特有。

"他是那个年代我们年轻人心中的偶像。大家都很崇拜他。"徐佑新阿姨接着说。然后，她告诉魏玲，徐楚光口才很好，他能将抽象的革命道理，讲得形象而且生动，并跟当下的形势巧妙地结合起来，让许多人触景生情，热血沸腾。

大学生魏玲静静地听着，从脑子里急速搜索着，跟眼前这位阿姨的讲述能够对应的画面。 年轻的父亲，一位三十多岁的青年才俊，他谈话的样子，他演讲时的风采究竟像谁，是《青春之歌》里的卢嘉川，《红岩》里的许云峰，还是《野火春风斗古城》里的杨晓东？ 似乎都是，又都不是……照片已经发黄卷边了，她用手指摩挲着，心里热流涌动。 她感到从未离自己的生身父亲这么近，近到似乎能体察到对方的呼吸，听到对方娓娓的谈吐，甚至感觉他从未离开过自己，因为父亲的血正在自己身上流淌，父亲的基因就在眉宇之间。 自己的一举手，一投足，都跟那个既远在天涯，又近在咫尺的男人如此相像。 徐阿姨说，她所以叫徐定生，就是她的父亲希望这个在纷乱的时世中诞生的孩子，将来在新生国家能过上一份安定详和的日子。 魏玲听着徐阿姨的讲述，心绪逐渐平缓下来。 她如饥似渴地听着。 她还想从这位叫徐佑新的阿姨这里，听到更多关于父亲的信息。

"后来，你被我从寄养的人家带了出来，瘦得皮包骨呵！ 身上长满了黄水疮……后来，从鄂东老家那边来人了，又将你接回浠水了。" 交谈中，徐阿姨再次陷入了对往事的回忆。 原来，哥哥徐建被接回老家后，四叔父徐茂清从其口中得知，还有个侄孙女在武昌时，深感不安。 怎么能将一个小丫头丢在危险重重的武汉呢！ 尽管家中饥贫，无论如何，也得把徐家的骨血接回到身边……后来，他星夜兼程，辗转赶到武昌徐剑风家。 打听到小定生的下落，将这个幼小的孩子也接到了浠水老家……是吗？ 大学生魏玲瞪大眼睛，脑子里一片混沌。 对徐阿姨的讲述毫无记忆。 这就是说，过往的岁月里，在自己的人生履历里，曾有一段跟这位阿姨的交集。 可那段日子，却由于她的混沌未开，又由于诸多人为的因素被时空的尘埃湮没了。 她自有记忆始，就是在新的家庭里。 新的父亲，新的兄弟姐妹。 新生的国家欢天喜地的建设浪潮。 这里面，究竟在什么地方交汇过，又在何时产生的错位呢？ 可怜的大学生魏玲，就这样呆坐在那里，对眼前这位阿姨嘴巴里吐出来的，纷至沓来的信息应接不暇。 她既渴望听，又害怕听。 因为对过往的了解太少，她还想知道更多的东西。 害怕则是不知什么时候，从徐阿姨嘴巴里，再次蹦出一句石破天惊的话来。果然，徐阿姨又说了，"看到那个小男孩了吗？那是你哥哥。你们最后一次跟父亲见面，是在长沙天星阁。"

父亲呵！又是父亲！父亲是亲人，又是被岁月的雾霾遮蔽的创口，一经揭起，鲜血淋漓！

"当时，你父亲把你抱在怀里，亲了又亲。"从徐佑新阿姨的口中，魏玲知道生身父亲跟自己有过难得的亲昵之举。"你看，这就是当年的你，两岁。旁边这位，是你同父异母的哥哥，叫徐建。"徐阿姨说。"哥哥，他现在哪里？"魏玲再次瞪大了眼睛！看着眼睛睁得滴溜圆的女孩旁边的小哥哥。

"你母亲到江汉军区后，形势十分危险。后来，张冰也被敌特抓捕了，组织上只好把你哥哥送到浠水老家。再后来，你也被接回了老家。徐建眼下住在与浠水相邻的黄冈县一座小镇上……"

4. 楚地寻根

1970年，古老的中国依旧处在一片喧嚣的声浪中。第一颗人造地球卫星的成功发射。"狠抓战备，促进国民经济新飞跃"的洪钟大吕，从田埂山间每根电线杆子上的喇叭里传出来，声震四野；钢产量的指标箭头，以同样放卫星的速度，向着漫天云里飞升……这一年，农业学大寨的红旗在山野沟垅迎风猎猎，一系列释放着那个特定年代超常政治含量的信息，不断刺激着人们的视觉及嗅觉神经……一时间，将沸腾的声浪推向高潮，让躁动者更加躁动，让狂热者愈加疯狂……

年轻的大学生徐定生，再次踏上寻根之旅。

团风，坐落在距武汉约50公里的长江北岸。这座具有千年历史的黄冈县属小镇，自宋代即形成集市，明、清年间商贾云集，是长江沿岸商业重埠，与县西的阳逻同为沿江两大古镇，在明代与汉正街齐名，为鄂、豫、皖三省咽喉，英、罗、麻等九县通衢，素有"小汉口"之称。

1947年春夏,徐楚光为了加快鄂东地区地下军的筹组工作,曾亲自带着汪以南、胡佛言从武汉乘船东下,在团风镇码头下船,然后经陆路到浠水,秘密部署策反浠水、罗田、英山三县国民党地方武装工作,筹组了以汪以南为司令的鄂豫皖边区人民军,徐楚光亲任政委。主要任务是配合刘邓率领的12万晋冀鲁豫野战军主力在大别山开辟扩大根据地。

这座拥有千年历史的小镇,当年曾经是无数名不见经传的码头之一。 如今长江主航道自然改道,这里水太浅,不再停靠客轮,再也看不到昔日那种熙来攘往、人潮涌动的景象了。

多年以后,徐家的长孙徐志钢,依然清晰地记得,姑姑徐定生千里寻亲到团风,从江滩码头上岸,全家人守候在那里迎接的情景。

饶有深意的是,早年的徐楚光,亦曾由此离船上岸,四处撒播革命的火种。 时空交错,物是人非,大时代背景下交织的两代人的命运,多少具有历史蕴意的画面,都被雨打风吹去,湮没在浩荡的岁月长河里。

春夏之交的一天,长江北岸的团风码头。 熙熙攘攘下船的人流中,一位年轻女子显得格外瞩目。 她挎着时髦的黄色军挎包,带子上系着白毛巾和搪瓷缸,头戴一顶黄军帽。 两只小辫从帽檐底下露出来,一左一右耷在肩上。 这样的装束和气质,让她在行色匆匆的客流中,显得格外与众不同。

"一定是她,长得太像父亲了!"岸边,一位中年男人指着迎面走来的年轻女子,对身边的妻子和孩子兴奋地说。 大学生徐定生纵身上岸,四目交汇,立马认定迎过来的人,就是自己梦萦多年、几度寻找的哥哥。 刹那间,双方都急切地奔向了对方,"哥哥……""小定生,长这么高了!"双方几乎同时从心里发出呼唤。"昨天收到你徐佑新阿姨发来的电报……"徐建说着,一时间百感交集。"这位是嫂子?"大学生徐定生声音颤抖,也抑不住泪眼婆娑。"是啊,这是你嫂子周锦文,还有,大侄子徐志钢,二侄子徐志勇,三侄子徐志强。"徐建赶紧跟妹妹逐一介绍着。

"快喊姑姑,姑姑来了!"徐建的妻子站在一旁,连声催促道。

"姑……姑姑……"三个孩子怯生生的,不约而同地用团风方言喊着。 这个姑姑,仿佛是从天上突然掉下来的,此前他们从未听说过呢,难免有些发懵。

徐定生连声回应着。 她仔细打量着眼前的哥哥。

徐定生定定地看着眼前这位中年人。 个不高,鼻梁高耸,眼梢很长。 这是徐氏家族共有的特征。 跟照片上的质朴少年相比,眼前这人,脸上刀刻斧削的沧桑感,更让她生出某种隔世感。 这就是同父异母的哥哥? 她脑子掠过一丝恍惚。

接下来的日子,自然是回忆、交谈。 聊着聊着,兄妹俩不约而同地发现,对于父亲,他们都有一个记忆的盲区。 这个盲区,就是自那次中秋节在长沙分手后,就再也无法交汇了。 但是月亮,都曾在两人的天空里出现过。"那晚的月亮又大又圆,爸爸离开的时候,抱着你,亲了一下,又亲了一下。"这是徐定生从哥哥的口中,再次感受到这样的温馨。"第二天早晨,父亲走了,你还在熟睡中,母亲去送行……"徐建哥哥说,"我远远地跟在后面,看到朱妈妈流了泪……"

大学生徐定生怔在那里,这样的镜头,只能到电影里去寻找。

"你曾经在浠水住过,你可能没有印象,因为那时才两岁,年龄太小。"徐建哥哥吃力地回忆着,突然又冒出一句让对方吃惊的话。"后来,四祖父接你回白鹤塆的时候,你头发很黄,肚子里全是蛔虫……""噢,是吗?"徐定生一派茫然。 只能下意识地盯着哥哥那张不断开阖的嘴巴。"我时常带着你去田里玩耍,你的小腿,就像荷杆似的细……"那么,后来,后来呢? 当这个国家新生的朝阳在地平线上升起时,她跟眼前这位同父异母的哥哥,已经天各一方了。 但她仍旧拼命搜寻着,从对方支离破碎的叙述中,去捡拾一些记忆残片。 是的,在上个世纪的那段光阴里,她两岁,或两岁半。 是一个得过黄水疮,肺炎,蛔虫病,腿似荷干的小女孩,一个时常以酱菜咸水果腹的小女孩。她被一个同样羸弱的半大小子徐建哥哥领着，兄妹俩，形影相随，在田埂上，街巷里，村野之间，在一切能够寻找到食物的地方，像蛇一般游弋着。春夏秋冬，风雨无阻……大学生徐定生的眼泪，止不住再次流下来。是啊，这样的时候，父亲去了哪里，母亲又在哪里，熟悉的叔叔、阿姨都去哪里了？

父亲，仿佛从此消失了。在此后漫长的岁月里，他成了一个符号，一个家族的传说。一个时而载入史册、倍受肯定，时而又被从故纸堆里拎出来，面容模糊的人。而与父亲相关的所有人，亲人、朋友、同事、曾经的战友，都在那个动荡的年月里，将一出人生悲喜剧起伏跌宕，演而又演。这里面，随手就可以开列出一串长长的名单，朱晖、吴雪亚、乐伟平、骆中洋、赵鸿学、洪侠、朱亚雄……"你们去查嘛，你们弄清楚了，也还他一个公道……"面对各类层出不穷的诘难，那位在丈夫被捕后将两个孩子寄养他人，毅然投身革命的年轻女子朱健平，后来更名为朱晖的中央民族大学民语系支部书记坦言道。

……

现在，这道课题，又摆到十八岁的青年大学生徐定生的眼前。

"我第一眼看到照片上的人，就知道他是我的父亲。这跟看其他人的照片不一样，因为他是自己的父亲，他跟你有血缘关系。这是来自生命的直觉，他的血液就流淌在你的身上。他的眉宇，气质，目光……"多年以后重提往事，年逾七旬的徐定生这样说。

但是，父亲究竟是怎样一个人，他还活着吗？即便是死了，最终埋骨何处？

上个世纪七十年代初，久别重逢的兄妹俩，同父异母的兄妹俩，将一个横跨两个世纪的悬念，从时间的雾霾中再度扯拽出来。然后，又不约而同地沉默了。年过花甲的徐建，同样不知道天星阁一别的父亲，去了哪里。过往的岁月里，父亲被捕的消息，曾在家乡传得沸沸扬扬。再然后……有消息传回，说人被国民党杀害了。彼时举乡震惊，族人大恸。从此，少年徐建被作为烈士遗孤抚养，就地参加了革命,继续着父亲生前未竟的事业,为着旧世界的摧毁而投身革命的熔炉。 可是,父亲,父亲! 父亲的这个具有特定含义的亲情符号啊! 却随着时代风云的变幻,被赋予了太多的,超出后人所能承受的政治负载了。 少年徐建,中年徐建,仍旧逃脱不掉那个魔咒。 盖棺定论的父亲,再度被反复提及。 活着还是死了,怎么死的,是名垂千古的英烈,还是其他。 面对着千里迢迢从北京赶过来寻根的定生妹妹,徐建欲言又止,欲说还休。 而其时,整个古老国度的神经仍旧被政治漩涡裹挟着,一个紧套一个,每个身处其中的中国人,都身不由己,无法自持……

没人知道,答案在哪里。

"去白鹤塆走走吧。"同父异母的哥哥徐建,终于缓缓地吐出一句话。

秋天的白鹤塆。 四野静寂,山风萧瑟。 一块块才收割过的田畴镶嵌在灰赭色的山岭间。 十一岁的浠水男孩徐志钢,跟在父亲和姑姑的身后,磕磕绊绊地走在山道上。 仿佛被某种神奇的感觉攫住了。 他看到那个北京来的姑姑,神情肃穆,宛若朝圣般的走在白鹤塆的山间小道上,对那里的每一棵草,每一朵花,每一道沟垅都充满敬意,又充满了好奇。 很多时候,她会向这个叫徐志钢的小侄儿打听某些植物的名称,问到白鹤塆的由来,还有芭茅能不能吃,山上各种树的名字。 这给了男孩徐志钢一个机会。 他对答如流,甚至加进了自己对白鹤塆传说的想象和发挥。 他说他梦见过鹤,拍打着一双白色的翅膀,在天空下的田野上盘旋着;他说他有一次变成了白鹤,一口气飞到了云彩上……姑姑奖赏的方式,就是拍拍他的脑袋,或冲他弹一下响指。 徐志钢就顽皮地跳开去,笑了。 可跳着,笑着,他发现姑姑好像并不开心。 她只是闷闷不乐地在那里走着,不时跟父亲说一些让他听不懂的话。 然后,男孩徐志钢看到她的的眼睛里,有了泪光。 在过一条小河的时候,她晃晃悠悠地站在湍急的飞瀑边上,看上去有些犹豫。 徐志钢却像猴儿似的,灵巧地蹿过来,看到挎着黄军包的姑姑依旧愣在那里，就踩着石磴子，一下下跑回去，牵着她的手，再慢慢地走过来。那一瞬间，男孩徐志钢能够感受到这位叫徐定生的姑姑，指尖冰冷，但她的手心却是温热的。 早慧的浠水男孩，就觉得从北京来的姑姑，尽管外表看起来很坚韧，实则内心是非常柔弱，也是非常渴望亲情的。

　　白鹤塆就这样张开怀抱，迎接着一位跨越千山万水，不避艰辛前来寻根的学生妹。 十一岁的浠水男孩徐志钢，亲眼目睹了这个场面。

　　在祖坟前，他看到父亲虔诚地燃起了一炷香。 从北京来的姑姑，同样虔诚地将膝盖弯下去，双手合十，跪在地面上祈祷着。 她身上的军便服、黄军挎，和她所做的动作，显出了别样的错位。 穿着这样衣服的人，在许多人的眼里，应该是拎着糨糊桶，到处刷着柳筅大的黑体字，或者随着成千上万的人流，一车车地南下北上，让继续革命的烈火到处蔓延……但这位北京姑姑，跪倒在地下的那一刻，却显出从未有过的疲惫和柔弱，她哭泣着，肩头耸动着，悲伤得几乎无法自持。以至于父亲一次次地弯下腰去，去拽这位远道而来的、同父异母的妹妹。"定生，别哭了。"徐建不停地说。"我们都活得好好的，父亲在天之灵，应该会看着我们的。"

　　眼前的一切，如此强烈地叩击着浠水男孩徐志钢的心。 隐隐约约，他开始明白，父亲和姑姑为何而来了。 尽管他从未见过那位身在天国的爷爷，但耳闻目睹，他知道那个叫徐楚光的人，并不是一般概念上的长辈。 爷爷，这个词，在浠水，在白鹤塆，多数是挂着拐杖在乡间山路上踽踽的老人，或蹲在墙根带小孙子的长髯公公。 可是他的爷爷，却从未衰老过。 从姑姑那里看到那张照片的第一刻起，这位浠水男孩的内心就发出一声惊呼！ 天呐！ 爷爷，原来是这么潇洒的模样！ 白衣白裤，手拄文明棍，坐在湖边的假山石上，就那样微笑着，似在思考着什么。 爷爷原来是这般的英俊啊！ 传说中的白马王子，也许就该是这个样子吧。 素衣白马银鞍鞯，白袍加身靓银枪。 未来的某一天，也许他会以自己的方式跟爷爷对话。 而眼前的姑姑，父亲,都会以某种特殊的方式进入他的世界。 他想,这一天不会遥远。

那一瞬间,他忽然觉得自己长大了。

二十岁的大学生徐定生,自从踏上白鹤塆的第一天起,就被扑面而来的山风震慑住了。 原来这就是故乡啊! 父亲曾在这里出生,这里长大。 那位十七岁的乡间少年,就像这片土地上的精灵。 游历在这里的每一片山川,吃着千家饭,穿的是百衲衣。 母亲说过,父亲是一个懂得感恩的人。 因为他是白鹤塆的族人共同抚养的孩子……是的,自从她踏上白鹤塆的第一天起,她已经浓浓地感受到这份亲情了。

徐楚光的女儿回来了。 顷刻间,塆里那么多的人,不断从附近的村舍赶过来,一睹这位从北京前来寻根的姑娘。 好客的乡民,拿不出更好的东西,就每家送来一壶茶,自带茶碗茶盅,热忱地为这位远道而来的姑娘,送上一杯自家泡的茶。 大学生徐定生,被这种乡间特有的礼节感动了。 她喝了一杯,又喝了一杯,直喝得腹胀口麻,依然无法停歇。 这份热情,更多是给父亲的吧? 她喝得够多了,可还得不停地喝下去。 因为一只小小的茶盅,就是一颗心。 徐祖芳的女儿,这是徐祖芳的女儿啊。 他们一遍遍说着。 用粗砺的手指,抹去不经意间淌出的泪渍。 那个勤快而又懂事的伢子,咋也不回家乡看看啊。 他们摇头叹息道。

大学生徐定生心如鹿撞。 既感动,又惶恐。 他们是把当年对待那位十七岁少年的热情,都移植到她身上去了。 惶惑的是,他们知道覆盖在父亲头顶上的那一团疑云吗? 她内心纠结,却又无法用语言表达。 只有不停地微笑着,喝茶。 喊着大爷大妈。 徐建看她实在招架不住了,就代妹妹反复喝茶,致谢。 连小侄子徐志钢也喝得肚子滚圆,只好一趟趟朝院子里跑着,逗得乡亲们开心地笑起来。

……

大学生徐定生回去了。 她并没能找到答案。 父亲的臧否与荣辱，依然是一个待解的谜。 但这位从北京来的学生妹子，却跟刚来时的心情，全然不同了。 临别的时候，她走在田埂上，频频回首，向那些请她吃茶的乡民们挥手。 在一片飘逸而过的山歌声中，她的步履不再滞重，眼神也不再迷茫了。 这股力量来自父亲的故乡，这里的山川河水，是她的父亲，那位十七岁的少年行走于世的精神支撑。 半个世纪以后，它同样支撑着父亲的女儿。 仅此一行，今后无论遭遇多少风雨，她都不会退缩了。 因为，她是徐楚光的女儿。

她相信，总有一天，一切都会水落石出。

1983年10月。 十三年后，北京姑娘徐定生终于等到了这一天。

在同父异母的哥哥徐建家里，她看到了那张由国家民政部颁发的烈士证。 红旗，国徽，鲜花簇拥的装饰框。 中间托着两行大字：徐楚光同志，在解放战争中，壮烈牺牲，经批准为革命烈士，特发此证，以资褒扬。 落款：中国人民共和国民政部。 时间是一九八三年六月十八日。

徐定生望着哥哥，将那只镜框郑重地从墙上取下来，小心翼翼地捧着。 坐在旁边的身体羸弱的嫂子，用毛巾细心地擦了又擦。"你看，定生，这就好了。"徐定生静静地看着，听着哥哥用最朴素的语言说着。 那一刻，所有的压抑，所有的郁结，所有曾经的愤懑、迷惘和痛苦，都冰销雪释。 惟有平静，这个再平常不过的字眼，释放着他们共同的心境。 徐定生想，是的，真好。 这时候，千言万语都不足以表达。 惟有这句家常式的句子，将一切都尽揽其中了。 在后来的新闻媒体上，徐定生又见过那只镜框。 徐建哥哥紧紧地抱着它，嘴唇紧闭，额头光亮，满是沟壑的脸上显出从未有过的庄重，偎依在旁边的嫂子，头发花白，同样目光虔诚。 夫妻俩那种怀抱镜框、相依为命的感觉。 让所有看过的人都为之动容……

徐定生都知道，这张证书对整个徐氏家族来讲意味着什么。

这样的烈士证，共有两张。 一张在北京，一张在浠水。 海上升明月，天涯共此时……这就好了。 的确，这样方好啊！

这是一份迟来的荣誉。

此后,众多与父亲相关的人,度尽劫波。有的早已作古,更多的人却顽强地生存着。终于活到云开雾散,天明月朗。他们从天南海北、边疆僻壤重新聚拢来。这些轻历过大生死的人,回首往事,相逢一笑。云淡风轻。

那一年,徐定生三十八岁。哥哥徐建五十一岁。少年徐志钢二十四岁,光荣地穿上了绿军装。母亲朱晖六十一岁,已经是退出历史舞台的老人了。

5. 两代苦觅

2008年秋天。上海。林立的摩天大楼。外滩上摩肩接踵的人流,万花筒般旋转不休的夜生活。上海,这座国际大都市以其傲人的姿态屹立在黄浦江西岸。江面上汽笛声声。海关大楼的钟声,隔阵子便很有节奏地敲击一下。明珠塔直破云霄,一切都显出别样的气派。

蒲江花园,一座幽静的小区里。白领丽人姜凌虹素衣裹身,神情疲惫,正在屋子里默默地收拾东西。数日前,她刚在黄浦江的殡仪船上送走了自己的父亲。老人退休前曾是无锡第九中学的一位普通中学校长。一年前罹患骨癌,辗转多家医院后,终告不治。那段时日,身为上海某家企业高管的姜凌虹,仿佛进入了疯狂的时空隧道。无论白日黑夜,都在身不由己地旋转着,一刻都无法停歇。她白天在公司上班,晚上下班后,便驾车奔向沪宁高速。两个小时的风驰电掣,然后直奔医院。那里,躺着她年已老迈的父亲。此时,父亲病入膏肓,每天靠透析维持生命。夜静更深时,姜凌虹坐在那里,望着病榻上躯体日渐瘦削的父亲,似乎听到死神叩门的声音,愈来愈近了。这时候,她才深深地感受到,个体生命的渺小。

父亲终于走了。一生不愿让人拖累的父亲,临终表现出惊人的坚强。在重症监护室,为了不给守夜的女儿添麻烦,硬是撑到天明才咽下最后一口气。临终嘱托家人,要将自己的骨灰撒到大海里。姜凌虹是家中长女,既要照顾多病的母亲,又要打理公司及家里一应事项,几乎忙至身心崩溃。待一切尘埃落定,才顾得上坐下来。慢慢整理父亲的遗物。无意中,竟然看到一封未曾寄出的信。

尊敬的有关部门:

……

据《南京英烈》一书记载,我的生父徐楚光1909年生,1927年初入黄埔军校武汉分校学习,同年入党,长期从事地下工作,生母时海峰,1938年在华北入党和参加革命工作,后来他们就在当地结婚了。父亲在南京干地下工作卓有建树,如1945年8月13日,策动汪伪警卫第三师3000余人起义参加新四军。1945年春派人打入伪空军,8月份,协助原汪精卫的座机"建国号"飞机飞离扬州,投奔延安。十余名伪空军将校军官也陆续投奔解放区。

抗战胜利后,中共中央华中分局于1946年春成立第三工作委员会,徐楚光任主任,负责宁沪杭等江南地区的情报策反工作。内战全面爆发后,又以华东军区特派员的身份领导湘鄂赣地区军事斗争。1947年9月由长沙准备去大别山请示工作,途经武汉因叛徒告密而被捕,后被押送南京保密局,既没有屈服于严刑拷打,也没有被敌人的高官厚禄所利诱,严守党的机密,于1948年10月9日牺牲。

综上所述,我父亲的历史再清楚也没有了。但党史毕竟是后人写的。斗争的复杂性,环境的复杂性,历史的复杂性竟然造就了我身世的复杂性,我那从未见过面的父亲,竟然深刻影响了我的一生。他在黎明前牺牲,可是解放后,却无从了解他的生死,扑朔迷离的谜团,时常向我袭来。

……

读到这里,姜凌虹犹如五雷轰顶!愣在那里半天没有动弹。

信,长达五页纸,洋洋两千余言。上面清晰地写着她的父亲,与父亲家族有关的爷爷、奶奶的一些事情……接下去的内容,是父亲将自己的一生浓缩在六百余字的篇幅里。 讲述他如何在解放初期,随养母从苏北来到无锡;讲到在此其间,曾有人打探他的下落;讲到生母为让他顺利入学,曾让父亲生前的领导人写下一张条子,证明生父徐楚光的身份……后来,随着生母的去世,政治生态的波云诡谲,查找生父的线索断了。 此后,虽然多方寻觅,皆杳无音讯……

造化弄人,一至于斯。做了教师,"文革"又至。父亲被疑为"叛徒"命运又被捉弄,但任凭风吹浪打,我始终坚定不移地相信党,相信我父亲的清白,相信总有云开雾散的一天。

……

信中说,这一天终于来了。 父亲徐楚光终于有了定论。 他相信,在提倡政治文明的今天,政策必将会落实到他身上。 为此,他希望能够得到一纸烈属证书。 信末,还提供了查证他与父亲血缘关系的两条重要线索和人证……

落款,姜恩铭。 时间:2004年2月5日元宵之夜。

白领丽人姜凌虹,捧着这封沉甸甸的信,顿时感到时空流转,往事纷至沓来,仿佛一瞬间,所有的家族记忆都被激活了。 就是说,这封未曾寄出的信,父亲四年前就写了! 可是,又何以没有寄出呢? 既然爷爷已经有了结论,父亲为什么还要写这样一封信? 莫非他跟爷爷的血缘关系,一直未得到确认? 家族血脉的传承,难道还需官方的认定吗? 揣着太多的不解,姜凌虹颤着手指继续翻阅着,一本发黄的日记本又从书堆里掉了出来。 翻开几页,一行标题赫然在目:

长江行(南京—重庆)。时间是2005年3月30日。

……

此行最大的收获,就是"找到了"父亲,也算尽了人子之情,回锡后,作《满江红》一首:

忍别胎儿六十载,杳无信息。苦寻父,天南海北,梦中难觅。一朝荧屏忽相见,雨花台里忠魂集。青史正,英烈终留名,丰碑立。

生乱世,金瓯缺,学信陵,入虎穴。伪师策反成,日汪空戚。鹰犬逞,叛贼恶,英年早逝多功绩。听鸡鸣,血染雨花红,秦淮碧。

这首词的后面,还加了附注:所谓"荧屏忽相见",指 2000 年元月 29 日,中央一台播出《无名英雄》第二集,才见生父一面。此时距十月怀胎已六十年了。

姜凌虹看着,看着,眼泪不知不觉滴了下来。信笺上的文字,如此强烈地刺痛了她的眼睛,重重地叩击着她的心扉!过往岁月的点点滴滴,又都浮现了。她握着书信和笔记本,忽然想起父亲住院的日子。有一次,她用轮椅推着老人在花园里散步。父女俩走着,走着,父亲忽然长长叹了一声。说,"唉,将来你们有了时间,能再找找就好了。"姜凌虹随口应了一声,这是家族的老话题了。父亲身上,有着传统知识分子的家国情怀,一生劳碌,很少言及家事。但年节祭奠的时候,诸多的郁结,仍会有片言的流露。正在上学的姜凌虹,还有妹妹凌凡,都知道父亲的生父,也就是爷爷是一位先烈。但对于她们,这仅止于一个家族的传说,一个符号而已。作为七十年代生人,她跟妹妹要读书,要考学,要就业,此后便是恋爱成家,抚养下一代。世事的纷扰,生存的压力和竞争,使得这对在都市长大的姊妹,委实没有太多的精力去关注老辈人的事情了。

可是父亲,尤其是退休后的父亲,晚年却频频外出。带着多病的老伴,乐此不疲,南下北上。有时候聊起来,两个女儿也只是笑笑,叮嘱老人多注意衣食冷暖,此外便不以为意了。在她们看来,跟所有普通的中国父母一样,他们晚年的举动,不过是在补偿前半生的辛劳而已。接下去,这家的长女却发现,事情没有那么简单。父亲的心态,并没有庸常老人的那份怡然。他风尘仆仆,来去匆匆,时而眉宇紧皱,时而将自己关在屋子里,挥笔疾书。他似乎一直在忙什么重要的事情……现在,姜凌虹忽然意识到,晚年萦绕父亲的一个关键词,其实是寻找。 是的,他先是去了福州,几轻辗转,终于找到了生身母亲的墓地,并带着家人前去祭奠。 接着,又开始了对生父,也就是家族中传说的那位爷爷踪迹的漫长寻找。 他究竟在找什么呢? 偶尔聊起来,女儿们无奈地摇摇头,都会感到不可思议。 岁月流转,一切都盖棺定论了。 他还想再找什么,又能找到什么呢? 毕竟,那都是上个世纪的事情了。 人也早已不在世间了。 抑或,即便找到蛛丝马迹,只言片语,又能给现实中的生活带来什么。 一纸文字上的认定,真的就那么重要吗? 但父亲,依然表现出惊人的执拗。 他在身体状况允许的情况下,频繁外出。 其间,也不断带回一些支离破碎的消息,它们就像晴雨表,如此敏感地左右着父亲晚年的生活,以及心绪上的阴晴圆缺……

2000年元旦刚过,一家人晚上正守在那里看电视,父亲突然从沙发上弹了起来。"天呐! 看到了吗? 你们的爷爷!"父亲两眼放光,仿佛突然间年轻了十几岁。 他一改多年内敛的性格,眉飞色舞,拿着摇控器,将音量瞬间调到最大。 立时,一阵雄浑的音乐冲出来,伴随着播音员的解说,激荡在整个房间里。 屏幕上,风云变幻,蓝天白云,一组群英雕像渐渐推出。 然后音乐声越来越强烈,"卧薪尝胆"四个大字,赫然在目。 与此同时,他们不约而同地听到一个熟悉的名字,徐楚光!"他,就是你们的爷爷啊!"父亲老泪纵横,指点着屏幕上那位年轻的白衣男子说,"看到了吗? 这就是你们当年智勇双全,卧底敌营十八年的爷爷!"他嘴巴里反复嗫嚅着,"中央电视台都播出了,终于水落石出了。"那天晚上,老人久久地沉浸在回忆里,夜不成寐,直至旭日临窗。

此后,父亲不断带回新的信息,爷爷的事迹进雨花台陈列室了;各路媒体都在陆续跟进;而且,听说爷爷还有其他后人……渐渐地,姜凌虹眼里的父亲,又沉默了。 女儿知道为什么,老人终有一桩心愿未了。 但这时候的父亲,时常感觉到膝关节的疼痛,开始只是按普通风湿病治的。治着治着，慢慢走路就有些困难了。随着年事已高，再出远门已经不现实了。父亲便改变了寻找的方式，开始不断地写信。给有关部门写信。两个女儿只要有时间，会顺手帮他把信投到邮箱里。所有的信，目标指向都很明确，希望捋清烈士后人的存续关系，寻找生父家族其他后人的下落，"噢，原来你们还有个姑姑在北京啊，听说在国防部门，我写信去查访了……"父亲的那一点烛火般起起落落、忽明忽暗的期盼，诉求，几乎无一例外，都石沉大海……

  现在，整理完父亲生前遗留下的东西，姜凌虹突然发现，自己的心开始沉静下来。她知道，自己该怎么做了。是的，父亲一世蹉跎，半生寻找。他一直纠结于内心那点残存的念想，乃至亲历亲为，拖着两条关节病变的双腿，一次次踏破门槛，以老迈之躯，迹遍大半个中国……想到这里，姜凌虹的泪眼又模糊了！仿佛一夜之间，她长大了，终于能够理解父亲的举动了！父亲要解决的，其实是自有人类以来，面对世界所发出的生生不息的叩问啊！它跟人到底应该怎么活着这类形而上的哲学命题有关；跟人的精神困惑、亲情和应该持有的尊严有关，跟探寻人类的起源有关……可是，父亲，一生不愿给人添麻烦的父亲！在二十一世纪的时代所沿用的，竟然还是古老的传统表达方式——写信！他给组织上写信，给所有能给他带来希望的人写信。这些年，父亲究竟写过多少封这样或那样的信？姜凌虹心痛欲裂，实在想不起来了。她所能记住的，只有父亲那个伏身案头的苍老背影，还有他花白的头发，以及窗前那盏时常亮至天明的台灯……

  当晚，姜凌虹键盘一敲挂到网上。她先是输入了徐楚光三个字。"哗"的一下，跳出了数十页信息。各类题目眼花缭乱，令人目不暇接。党史网，新华网，铁血网，财经，腾讯网……打入敌人心脏的策反英雄徐楚光；徐楚光策反汪伪政权警卫第三师；烈士徐楚光曾成功策反"余则成"……

  姜凌虹快速浏览着。她从未像今天这样全方位、多维度地去了解爷爷这个人，现在，他就在字里行间行走着。跟他从未谋过面的孙女距离如此之近,近得甚至能感受到他的气息,他的音容笑貌。他看上去如此潇洒和自信,完全看不出时隔不久,便将身陷囹圄,血雨腥风……这时候,一条新华网湖北频道的消息,吸引了她的目光:浠水老人著书记录烈士徐楚光的地下革命经历。浠水,一个完全陌生,却又似曾相识的名字,宛如上天指引,如此自然地滑向她的指尖。浠水,该是爷爷的老家吧。可是对那里,父亲生前似乎很少提及。父亲只说过,爷爷是湖北人……姜凌虹急切地移动着手中的鼠标,轻轻一点,字幕拉开了。

最近,浠水县七旬老人汪后觉几经坎坷,历时半个世纪,三次重起炉灶,终于完成百万字的长篇纪实小说《喧嚣的长江》。书中记录了我党隐密战线杰出的革命战士徐楚光鲜为人知的地下革命经历……

姜凌虹一行行地看着。以下的文字,让她蓦地瞪大了眼睛!
据徐楚光的儿子、黄州区 77 岁的离休干部徐建老人回忆,1983 年,南京市党史办和雨花台革命博物馆来人征集父亲革命史料,对史实断代和轶失深表遗憾。当时希望从重要见证人汪伯雅身上打开突破口,可惜没有他的半点线索,想不到,二十多年过去,父亲革命战友的后代,传承了这段珍贵的历史。他说,今年是徐楚光诞辰一百周年,他将带着这本书参加南京有关方面组织的纪念活动,祭奠父亲的英灵。

天呐!这是伯伯!姜凌虹的心怦怦狂跳着。这么说,爷爷不仅有女儿,竟然还有另一个儿子在世。他有名有姓,就活在这个世界上。那么,写这本书的人,汪后觉老先生,一定跟他见过面了。姜凌虹感到血液的流速在一点点加快。这是她自父亲去世后,第一次感到情绪如此振奋。父亲走了。但父亲没有走远,他的在天之灵,依然在默默地看着自己。找到爷爷的家人,就等于又见到了父亲。这就是无法割舍的血缘牵引啊!当年父亲的反复寻找,同样是为了找回失去的亲情……原来,这就是父亲魂牵一生、梦绕一世的举动之谜啊!

姜凌虹将光标一动,飞速指向括号栏里记者的名字。她觉得,有些被历史雾霾遮蔽的事情,是时候浮出水面了。

第二天早上,姜凌虹一到办公室,按照头天晚上检索到的通讯地址,一家家查询着。对方的电话,有的没人接,有的是一连串的忙音,有的则是空号。终于,在拨到黄冈广播电视中心的时候,那边有人接了。"喂,请问是曾欣先生吗? 我想跟您打听一个人……"对方的声音,透过无线电波,仿佛从忙碌、嘈杂的环境里传过来。"是啊,我就是,请问你是……""我叫姜凌虹,看到你们关于徐楚光的报道,想跟您打听一个人。"对方很热情,连声说,徐楚光是黄冈人的骄傲,这点忙是应该帮的。就问她需要找什么人。姜凌虹就报出汪后觉的名字。对方"哦"了一声,说,"没问题,等跟他联系后马上通知你,你等我电话吧。"

这天晚上,姜凌虹久未成眠。晚八点钟,电话铃声突然急促地响起来。姜凌虹心里突地一跳。来电显视上跳出的号码,是湖北黄冈市的区号。

"请问是姜凌虹吗? 汪先生让我跟你联系的,能告诉我你奶奶的名字吗?"

"时海峰……"姜凌虹攥着手中的话筒,只说了三个字,喉头就哽咽了。

"我叫徐志钢,是你徐建大伯的长子,你该喊我哥哥了。"

姜凌虹静静地站在那里,就觉得这样的声音,仿佛穿越了两个世纪,从天外传过来的。顿时百感交集。眼泪禁不住流下来。

6. 篱下人生

1949年春天,解放大军的炮火渐去渐隐。一个新生的国家呼之欲出。遍地瓦砾,百废待兴。江南古城无锡。8岁的小男孩姜恩铭正在院子里玩耍,忽然看到家中来了客人。那人穿着军便服,一副地方干部模样。母亲汪子珍赶紧给来人倒茶,让座。说了一会话,就走了。时近正午,小男孩姜恩铭玩饿了,就从外面跑回家吃饭,随口问了一句,"姆妈,那位伯伯来干啥的?"母亲拿了块麦芽糖,顺手塞到他的嘴巴里,心事很重地说,"你生养的爹娘来找你哦,他们又有了很多孩子,你愿跟他们过,还是跟我过哩?"小男孩姜恩铭偎在养母怀里,胡乱点了点头,忽又摇了摇头,说,"我不去,我要跟姆妈过。"汪妈妈将小男孩紧紧抱着,连连说,"乖宝宝,没白疼呢,还是跟姆妈亲……"

多年以后,长大成人的姜恩铭才知道,那次客人来访对他意味着什么。虽然在后来的日子里,他曾被养母带着,又去市政府多方打听,但那人究竟是谁,他为什么没有再来,就留下一个长久待揭的谜团了。

随着时过境迁,年岁渐长的姜恩铭,自是慢慢知晓了养母的心理。此后半生,升沉起伏。他曾不止一次想过,如果当年汪妈妈不是那样问他,而是换另一个方式,他会不会跟着那位干部模样的人欣然离去呢?他点了点头,又摇了摇头。一如当年那个懵懂未开的小男孩。但是,生身父母从未见过,养母待他如同己出,半生相依为命。他身为姜家的顶梁柱,又如何能够一走了之……这是一道复杂而又沉重的人生课题,走还是留?同样不亚于哈姆莱特那道生存还是死亡的天问。

姜恩铭,1941年5月出生于江苏滨海县。生身母亲时海峰,1938年在华北地区参加革命并入党,此后随八路军某部南下到达苏北抗日根据地。先后在阜东、涟水等县工作,任过区委委员、区委副书记、书记等职。因形势险峻,带着孩子不能打游击。生下孩子两天后,便忍痛交给当地姜姓人家抚养。这一家婆媳两代孤寡,历尽艰辛将其抚养成人。但自己的生身父亲是谁呢?姜恩铭降生后,养母从未提及过。直到建国初期,姜恩铭小学毕业升初中那年,生母时海峰从定居的福州辗转找到他,姜恩铭才终于弄清楚自己的身世。母亲告诉他,生父徐楚光早在1948年10月9日,已经在南京雨花台牺牲了。

一位刚上初中的学生,年龄大约在十三岁,正值青春发育的年龄。

我们无从得知,当少年姜恩铭第一次从生母口中得知自己的身世,会是一番怎样的心境! 他自娘胎落地,便被寄养了。 按理说,在庸常百姓家中长大,完全应该拥有一份完整的、属于正常人的世俗生活。 但命运就是如此多舛,与大时代的更替交织。 此后,在他漫长的人生履历里,从未谋过面的革命者父亲,在他成长中未曾尽过升斗之辛的生身父亲,却总是在他人生关键的时候,一次次出现,并改写着这位在粉墙青瓦的市井生活里长大的江南才俊的人生走向。 第一次,是他小升初的时候,生母时海峰找到父亲的上级领导,写下证明他生父身份的条子。 这张纸条,因未盖公章,是否起效不得而知;第二次,他以全市第一名的成绩报考哈军工,却因政审没过关,无奈改上了江苏师范学院。 接下来是入党。 数度递交申请书,又被退回……父亲,父亲啊! 姜恩铭的心,一次次沸腾,一次次冷却,将他从人生希望的巅峰拽下来,重重地跌向谷底。 他并不知道,在其后史无前例的运动中,还会有更多的磨砺在等着他……渐渐地,他不再抱有任何希望了。 毕竟,对于那个年代大多数国人来说,生存,才是人生的头等大事。

……

弹指一挥间,姜恩铭老了。

2001年秋天,这位一生以粉笔黑板作为谋生工具的老教师,从无锡第九中学教务主任的位子上退下来。 夕阳落山,盘点余生。 始感自脱胎母体,小人物个体命运之大不易。 特别是四年后,当他被查出罹患骨癌,自忖不久于人世,这位半生隐忍的老知识分子,毅然开启了他人生大戏的最后一幕:寻找。 是的,他要找回早年间失落的一切;找回先辈为了信仰抛洒头颅热血之后应得的荣誉;找回那些曾经被剥夺的尊严,更重要的,是找回一生缺失的父爱和亲情。 他放下了粉笔,却拿起手中的钢笔。 让笔尖去纸笺上反复滑落着。 时而奋起,时而无力，时而痛心疾首，时而伏案长叹……写好了，拿糨糊一点点封好，然后小心翼翼地贴上邮票。 有时候糨糊用完了，就用饭粒粘贴。 为了怕投进邮筒里丢失，就专程乘车，换站，跑到远在市区中心最大的邮局投递。 每寄出一次，都要兴奋半天。 仿佛心之所系，便有了希望。 心情很好地逛半天街，中午，会特地拐到旁边的小吃店里，吃一碗酒酿丸子配玉兰饼。 然后，便是随着时间的推移，心情开始慢慢冷却，由希望，到失望，再到绝望，直至喟然长叹一声。 落寞之余，他又重新拾起了丢失多年的写日记的习惯。

……

2005年4月5日抵上海西站。这天是清明节，下午和老伴去静安寺烧香，此行给所有去世的长辈及姜氏、徐氏、陈氏、时氏诸位列祖列宗。五十年一祭生母，这一次福建行了却一大心愿，不知何时能再亲往祭奠，人生苦短，可谓一叹！

……

5月9日晨，和老伴一起乘坐旅行社大巴，中午10点30分抵达南京中山码头。船名龙兴，是重庆游轮。下午1:20分穿过极其雄伟的长江大桥，大桥似在为我们壮行。

5月10日晨，乘车去九华山。道路崎岖，山雾弥漫。车行半小时，到了半山中的九华街，先游著名的化城寺，寺中有一巨大香池，香客鼎盛，游客众多。有不少珍贵的文物和书画。老伴烧香拜佛，虔诚之致……

在姜恩铭的日记中，曾经记载了一段他完整的福建祭母之旅。 并赋有一首当时插在供奉的鲜花中的四句诗：

一别慈颜五十春，弟兄无日不思亲，

今朝携手共相祭，一片丹心向白云。

遗憾的是，2005年福州之行回来后，姜恩铭就病倒了。 此后，便再也没有出行。 没有人知道，这位退休老教师在3月30日《长江行》

（南京—重庆）中写下的那首《满江红》，竟然是他一字一句，献给生父徐楚光最后的绝唱。

忍别胎儿六十载，杳无信息。苦寻父，天南海北，梦中难觅。一朝荧屏间忽相见，雨花台里忠魂集。青史正，英烈终留名，丰碑立。

……

入夜，姜恩铭从病榻上醒来，听到四壁皆静，惟有大女儿凌虹伏身在病榻旁边发出细微的梦呓声。老人想动弹一下身体，却感到心神涣散，全然没有了力气。整个身体像被架在烈焰之上，直烧得他咽干，喉痛，身如片羽，眼看就要化作一缕青烟，飘然离去。为此，他勉力忍捱着，生怕一不留神就扰醒了女儿。长女凌虹几乎通宵未眠，隔半天，就要跑出去给他弄些冰块放到身体上降温。时隔不久，冰块就融化了。女儿就这样不断跑进，跑出，做着无济于事的努力。"爸，你要是忍不住，就喊出来吧。"凌虹噙着泪说。姜恩铭用残存的气力，不易觉察地摇了摇头。他已经无力再作表达了。他一生不愿给别人添麻烦，惟盼早去，不想再让亲友，哪怕亲生女儿为自己操半点心。

窗外，冷月如钩。屋子里，父女俩都在静静地沉睡着。姜恩铭一息尚存，自知去日无多，可是一桩未了的心愿，却牵着他，让他迟迟不肯离去。生前身后之事，都逐一交待清楚了吗？他拼命地回想着，事业，家庭，子女，自感无愧于人……一会儿，脑子又混沌了。昨天晚上，他梦见生身父亲了。他在空中看着自己，目光明亮，欲言又止，似在召唤……姜恩铭正欲开口，父亲却微微一笑，转身离去了！他想跟在后面追赶，却迈不动步，想喊，亦张不开嘴巴，直至通身虚汗淋淋，从梦魇中再度惊醒过来。人活着太累了，他再也支撑不住了，眼看就要离去了。可是……能再找找看吗？几天前，女儿推着他在小公园里转悠的时候，他忍不住，又断断续续地吐了一句。似在自言自语，又似在朝着不知名的方向发问。"要能找着就好了……"女儿轻声说,"爸,等你病好了,我们一起出去找……"姜恩铭咧了咧嘴,轻轻地叹了一声。 他知道女儿是在安慰自己。 他再也走不出去了。 他知道自己的病,有些是早年落下的。 在青海,大漠边关,朔风刺骨,他和同伴们在野外劳动,草绳勒腰,热血满腔,根本不懂得如何去保护膝关节。 就算即便是知道,也没有更多御寒的衣服了……眼下,看着这满池子的花草,游动的金鲤,枝头啁啾的鸟儿,太阳的东升西落,也许都是最后一次了。 活着,其实很好啊。 活着还可以做许多事情呢。对了,那封没有寄出的信。 还没有来得及跟女儿交待,她会看到吗?老人张了张嘴,却没有发出任何声音。 也许,一切都回天无力了……

现在,这位叫姜恩铭的老人,正用生命最后的一丝气息支撑着。他想睡去,永久地睡去。 让尘世不再纷扰,眼睛一阖便是天堂。 可是,大女儿凌虹还在自己的脚边坐着。 这些日子,孩子为了照应他,已经太累了,倘一息了断,孩子知道该怎么办吗? 毕竟是夜静更深啊! 守着身体渐渐僵冷的父亲,她孤零零的一个人,会害怕吗? 再撑一会吧,哪怕是一小会……老人的生命体征,在一点点消遁。 手脚在渐渐冷却。 惟有他的心脏,还是顽强地,微弱地,一下下跳动着。 它迟迟不肯停歇,是为了自己的孩子,能够从容地面对他离去后的一切,包括继续完成他最后未竟的心愿……

上海黄浦江。 一艘轮船缓缓驶向东海。 音乐低回。 肖邦的《安魂曲》在空中隐约飘散着。 姜凌虹遍身缟素,手捧鲜花,静静地站在甲板上。 远望江水,心事浩茫。 母亲身体虚弱,只能由妹妹搀扶着,无言地站在那里。 这是一艘从上海殡仪馆开出的海葬船。 同行的许多人,都是按照亲人生前的遗愿,将骨灰撒向大海。 父亲初始提出,全家人都吃了一惊。 旋即什么都明白了。 父亲,无须再多说什么了。一切尽在无言之中。 作为后人,长女凌虹只有默默地执行。 母亲自父亲去世后,身体极度虚弱,家中事项都交给大女儿打理。 姜凌虹瞬间感到了自己的成熟。 她想人类就是这样子吧。 生老病死,四季轮回。 老树倒下了，一片片小树又在生根，发芽，直到蔚然成林……

　　船，依旧在缓缓行驶着。 海面越来越宽阔，天空越来越蓝。 波翻浪涌，鸥鸟飞翔。 一阵海风吹过来，很凉。 似在提醒船上每个送别的人，是时候了。 亲人啊，走好吧! 不知谁喊了一声。 众人的手臂纷纷扬了起来。 那一刻，音乐伴着人们的哭泣推向高潮。 而大海，此刻敞开了它宽阔的怀抱，接纳着地球上的一切。 无论喜怒，无论哀伤……

　　遥远的天际，太阳已经慢慢地升起来。 一抹彤云染红了半个天宇，转眼间，仿佛全世界都浸洇在一片夺目的璀灿里。

7. 世纪团圆

　　2009年， 对整个国家来说，是一个不算平常的年份。

　　这一年，中华人民共和国建国六十周年华诞。 天安门广场上铁流滚滚，车马萧萧。 在雄壮的进行曲中，全方位、多角度地展示了一个行进中的现代化国家所应有的威武之师、和平之师的气势与风范；

　　这一年，是改革开放三十年。 世道人心都发生了沧桑巨变。 一艘古老的航船终于从泥淖里挣脱出来，直挂云帆济沧海。 中华民族以前所未有的姿态重新屹立于世界民族之林。

　　这一年，历史走过150年后，中国终于对澳门恢复行使主权。

　　这一年的秋天，六朝古都南京秋意正浓，层林尽染。

　　10月6日，对大多数国人来说，只是一个庸常的日子。 人们吃过早餐，匆忙汇入上班的人流。 这时候，太阳已经高挂，抬头朝远处看去，天阔地远，林木扶疏。 一切都呈现出秋天特有的气韵。 上午九时许，通往雨花台烈士陵园的林荫道上，走来一群衣着朴素的人。 他们扶老携幼，操着外地的口音，一边走，一边低声交谈着，仿佛赶了很远的路，从不同的地方才聚拢过来。 他们就这样在山道上匆匆走着。 大都奔赴同一个方向。 少顷，来到正门前那组著名的烈士雕像下面，静静地，站下了。

眼前，是一组由花岗岩塑成的群雕。它是我国著名雕塑艺术家刘开渠大师设计的作品。整个塑像看上去，主题鲜明，虚实映衬，具有着一种强烈的视觉冲击力。九位烈士相互依偎。有戴着镣铐、目光凛然的知识分子，有体格健壮的工农群众，亦有身陷囹圄的短发女学生，更有挎着报兜的小报童……一瞬间，几乎所有人的气息都屏住了。这里面，也包括那位被苦苦寻觅六十载的亲人吧，他会是其中的哪一位呢？待要细辨时，人们却发现，所有的人都已融为一体，变成一块巨大的石头了。

抬头向上看过去，蓝天白云，松涛阵阵。似在向英烈们致意。

……

这是一次特殊的聚会，时空穿越了整整六十一年。从年龄看上去，这是一个有着明显差异的群体，有的满头银发，行将走向人生的暮年；有的额头光洁，正值青春年少；有的则正在牙牙学语，满地乱跑……但他们许多人的眉宇间，却有着某种共同的家族特征，即鼻梁高挺，目光明亮，唇角坚毅。这让我们似曾相识。是的，在这群人的身上，都涌流着先辈的热血；他们的脉搏里，正和着同样的节律跳动……他们拥有一个共同的先辈：革命英烈——红色特工徐楚光。徐氏家族的后人们，在经过漫长的流离颠沛，历尽种种坎坷与磨难后，经过半个多世纪的寻寻觅觅，终于在徐楚光烈士百年诞辰之际，在雨花台烈士陵园相聚了！

音乐在群山中低徊。人们在陵园里流连。烈士群雕、纪念碑，倒影池畔，五线谱衬底，分别用汉、蒙、藏、维、壮五种文字镌刻着《义勇军进行曲》《国际歌》的照壁；位于雨花台中心纪念区最南端的忠魂亭……一点点近了，更近了，离亲人越来越近了。所有人的心跳都在加快。往事纷至沓来。宛如过电影一般，撩开无数遮蔽的帏幕。

抚今追昔，感慨万千。

……

这是一次横跨两个世纪的寻找。亲人啊，在那些曾经的年月里，你究竟去了哪里！ 炮火连天，弹痕遍地。 一袭白鹤杳然去，纷纭世间便无踪。 生也茫茫，死也茫茫，从此生死两茫茫，不思量，自难忘……

这是一次穿越两个世纪的守望。 你没有走远。 你奉献你所奉献的，你牺牲你所牺牲的，你用自己的鲜血催开了夺目的信仰之花；却将一世的思念留给了你的后人。 他们为此一直在守候，在等待你的归来。 你是参天大树，是家族的精神支撑，守望你，就等于守住了后人的精神家园。

这是一次跨越两个世纪的团圆。 上个世纪的战火和硝烟，已然远去。 一个新兴的国家正在逐步走向富足，宁馨与和平。 而这些，都是你为之奔走呐喊，为之身心投入，并付出生命代价的。 他们历尽苦难之后的团圆，就是对你所有付出的呼应；你在天上，他们在地上。 天地人间，从此共一轮明月。

这是一次聚会，更是一次启程。 你将对人间和平，自由、爱的种子撒播在大地上，熬过了严寒冬季，熬过了风刀霜剑，待到草长莺飞之时，大地必将繁花似锦，绿遍四野。 而你的后人，将踏着这样的路径，继续前行……

那个叫徐云彬的少年来了。 他没有辜负你的期望。 他像鄂东的芭茅一般牢牢地扎根在故乡的大地上，任凭风吹雨打，坚韧、勤恳地工作，踏实做人，一直在国家的财政金融领域劳碌。 包括在最艰难的日子里，都没有做愧对于内心的事；八十年弹指一挥间，如今，长子徐建带着他的满堂儿孙，给您汇报来了。

女儿徐定生来了。 她长得像你吧。 所有人看她的第一眼，都说，像，这孩子真像！ 她的眉宇，就是你样貌的翻版。 如此逼真，明晰。 更重要的是，她全面传承了你的气质，凌厉，果敢，包括对世事的洞察和大境界。 她这大半生，上大学，下农场，到部队，直到从总后勤部以师职参谋的身份退休，无论在哪里，都是风吹不倒，宁折不弯，秉持着巾帼不让须眉的风范。 因为她知道，自己是徐楚光的女儿。 这样的称谓，既让她自豪，又让她感到压力。

长孙徐志钢来了。长子长孙，在徐家的晚辈里，一直担负着承上启下的重任。他在浠水的土地上出生并长大，既有徐氏家族不避劳苦的基因，又传承了先辈果断坚韧、运筹帷幄的智慧。作为革命英烈的后人，从上学，下乡，到穿起绿色的军装。他所走的每一步，都浸润着超出常人许多倍的艰辛。如今，在市政府部门供职多年，又担任着黄冈市城管局长的他，带着耗时八年，著述五十余万字的传记书稿，向您呈交答卷来了。那本书的每一行字，都寄托着他对爷爷的尊崇，每一句话，都表达了先辈的高风亮节对后人所产生的深远影响。

如今，他带着一本厚厚的大书，向你呈交答卷来了。

次子徐恩铭的女儿徐凌虹、徐凌帆也来了。她们面容悲戚，臂缠黑纱，带来了刚逝去的父亲的遗愿。徐恩铭，你的二儿子，自落娘胎就未曾与生身父亲一起生活过。一世寻父，抱憾终身。现在，爷爷找到了，一家人终于团圆了。团圆，如此简单的两个字，却承载了两代人多少欲说还休的故事……

更多的后人都来了。这里有儿媳，有孙子、孙媳妇，孙女，孙女婿，还有重孙，重外孙女……遗憾的是，九十高龄的朱晖老人处在赴美国探亲途中，因签证事宜未能如期赶回。但已通过无线电波将要表达的情愫一一传递。

……

秋高气爽，艳阳高照。这是收获的季节。徐氏家族全体后人的拜祭，更像是一次检阅。四代同堂，人丁兴旺。上代人华发老去，新的生命又在孕育生长。群山不沉，岁月为证。这是对先辈英烈的回报。英雄血流淌过的地方，大道通途，万物生长。

终于到了。这段路不算长，却走了整整六十一年。

穿越中华门，脚步轻些，再轻些，然后，缓缓地走进大厅。来到隐蔽战线上的英雄主题展厅前。

大家静静地伫立在那里。无声地与墙上的英烈对望着。无语凝噎。时间仿佛定格了。后人将所有的心声，万千的倾诉，尽皆化作一首长诗，共同奉献在先辈面前。

纪念亲人徐楚光烈士诞辰百年暨牺牲六十一周年祭

建国华诞六十年，盛世神州舞翩跹。
思源祭奠英烈魂，楚光诞辰正百年。
昔日鄂东白鹤垮，俊才展翅欲冲天。
弃笔从戎为革命，追随马列志尤坚。

潜伏敌营十八载，孤战谍海胜庭闲。
金陵虎穴斗日伪，智猎敌情传陕边。
策反伪师举义旗，密战两淮敌胆寒。
宁沪湘鄂战蒋匪，大江南北有遗篇。

天星阁前话明月，慈祥音容似昨天。
谍枭出征大别山，别妻离子未复还。
囹圄生死无足论，壮怀六十一年前。
血祭黎明雨花地，笑看红日照人间，

英灵在天总有灵，冥示儿孙今团圆。
大树有根枝叶茂。后人满堂尽开颜。
雨花陵园祭亲人，告慰英灵祝安眠。
楚光福荫照百世，励志后辈谱新篇。

徐楚光遗属 朱健平 率:长子徐建；长媳周锦文；次子［徐恩铭］，二媳陈丽芬；女儿徐定生，女婿［周东燕］；孙子徐志钢，徐志勇，徐志强；孙媳田丽华、杜美容，詹亚琦；孙女徐凌虹，徐凌帆；孙婿张健，季锡良；外孙周牧野，外孙媳伍立；重孙：徐瑞，徐鹏，徐杰璟；

重外孙：张敏杰，季凌峰，周子嫣拜奠。

——2009年10月6日祭于南京雨花台烈士陵园纪念馆

采访手记3

云淡风轻话当年

一

二月二龙抬头。这是莺飞草长的季节。经过六十年未遇的严寒，大地终于开始解冻了。抬眼朝窗外看去，灰白色的天宇下，赭色的田畴上，已经冒出点点新绿。萧疏的丛林间，白色楼群从眼前一晃而过。车轮在脚下平缓地滚动着。车厢里，几名乘客正在絮絮地交谈着。和平年代的宁馨弥漫在周围的空气里。

2016年3月11日下午，我乘5104列车北上，去拜访一位神秘的受访者。曾经卧底敌营十八年，具有浓烈传奇色彩的红色谍星徐楚光烈士的女儿。

数日前，站在办公楼七楼的阳台上，我曾试探着拨通了一串号码。电话响了几声，没人接。少顷，传过一串嘟嘟的蜂鸣音。我又弹出一条短信。言明江苏省委宣传部主编"雨花忠魂"丛书的采访事宜。然后到食堂吃饭去了。中午，再次拨通那串号码。没响三声，接了。"喂，请问您是徐定生大姐吗？"对面传过一个清朗的声音，"是呀，我就是徐定生，刚才回短信了，你还没看到吧。"我"哦"了一声。听到对方接着说，"母亲去三亚疗养了，你想了解些什么呢？"

我将来龙去脉又讲了一遍。

"你随时可以来，我就在北京。你可以住在我家里。"对方爽快地说。

我心里一块石头落了地。此前，对方没接手机是可以理解的。

对她来说，那是一串陌生的号码，一位红色特工的女儿，应该有着天然的警觉吧。但我没想到，她这么快就回了短信。原本只是想投石问路的。因为从年龄推算上去，她至少有七十多岁了。这个年龄段的老人，是否能像年轻人那样短信沟通，我不敢确定。事实证明我是多虑的。回复快得超出我的想象，上面有完整的地址，详尽到下了火车，转几路车到达目的地。

第一眼看到徐定生大姐。不禁吃了一惊！世上竟有如此相像的父女俩，简直就是徐楚光转世啊！一张嘴，一说话，更是非同了得。不禁让人慨叹，血缘和基因传承的神奇。她目光的凌厉，谈吐的掷地有声，行动上的果断和敏捷，让我对徐楚光本来模糊的感觉，变得生动和具象化了。

接下来的日子，采访很顺利。徐定生大姐提供了全套父亲的视频光盘。她说，"你大纲里提问的内容，这里面都有。"然后，就开始讲述起来。中途几次哽咽。她的叙述，是漫谈式的大全景。又花开几朵，各表一枝。这使得我的思维不停地跳跃着。有时候甚至跟不上思路。不得不承认，这是一位极出色的受访者。她对于父亲早年的革命履历，显然了如指掌，这使采访变得很轻松。中间，偶尔会停下来，穿插几句别的问话。渐渐地，我一开始无从切入的焦虑，开始进入了自如的对话情境。大密集量的讲述，使原本准备充分的采访提纲，不到半天就用完了。定生大姐转身进屋，又拿出了许多光谍。里面有2000年春央视一频道播出的《无名英雄》；2011年集中拍摄的有三张，分别是央视10频道播出的《长夜星空》；南京党史办和南京电视台拍摄的"风云百年"——《纵横敌营二十年》上下集；江苏卫视拍的《红旗飘扬——徐楚光》。最近的一张，是去年4月黄冈电视台拍摄的《大别山走出的红色谍星》。皆声像俱佳，极富感染力。这就是信息化时代的优势了。倘在以前，查阅一份资料，即使跑数百里路，盖多枚公章，仍旧踏破铁鞋无觅处呢。

徐大姐很忙碌。眼下，正在筹备北京101中学的七十周年同学聚会,她是牵头人。 此外正忙着办英国签证,准备出国旅游。 房间里布置简朴,却又每样摆设都颇具深意。 有许多稀奇古怪的石头,那是她在世界各地游览带回的。 有块矿石砂,金光灿灿,据说是当年在河南搞地质勘探的收获。 另外,屋角的高尔夫球杆,户外野游的帐篷,墙壁上的可折简易行李架,桌子上的手提电脑,台式宽频,都昭示着房间主人的兴趣之广泛。 让我吃惊的,还有她的运指如飞。 短信,微信,视频及图片互发,一样不落。 跟你交谈的时候,她声音的疏朗和目光的穿透力,都让人完全看不出,这是一位年逾七旬的老人。 晚上,徐大姐又带我去小区的另一处复制图片。 那是她跟儿子媳妇合住的地方。 刚进门,有个小女孩儿欢呼着从楼梯上跑下来,搂住她的脖子一迭声喊奶奶。 原来是小孙女子嫣,智力超凡,写画俱佳,是个小人精儿。 媳妇伍立很礼貌地下来打了招呼。 徐大姐打开电脑,兴致勃勃地捣腾半天,等将所有的图片拷好后,一看时钟,已经是深夜两点了。

  第二天吃过早饭,大姐说去逛街。 转来绕去,带着我走进一片硕大的花市。 到处都是花鸟虫鱼。 有种蝴蝶兰,花开正艳,淡紫色。满满撑开一大盆。 她探身嗅着。 笑着说,"可惜要出国了,不然端回去,满屋子都是芳香。"我忽然想起,在看那些历史图片的时候,她的母亲,朱晖老人许多时候都是坐在花丛里拍照的。 几乎每一张都面带笑容。 看得出,母女俩都很爱花。 也许,这跟从那个瓦砾遍地的战争年代走过来不无关系吧。 鲜花作为一种美的符号,象征着顽强的生命力,还有宁馨、安详的生活。 流连的时候,徐大姐反复跟卖花的师傅打听,有没有腊梅? 这个不经意的动作背后,未知可有别的深意……从花市出来,她信步在前面走着。 转过红薯坊。 饶有兴致地说,"咱们去吃烤红薯吧?"说话间,就来到一处古色古香的店铺里。 师傅从大肚子陶瓷烤炉中,掏出几只地瓜扔到秤盘子里。 每只都有斤把重。瞬间称好打包。 天爷! 这些地瓜足够吃三顿的。 我暗叹一声。 果然,中午吃饭时,各式配菜中就有了地瓜。 徐大姐胃口极好,目光炯炯地盯着我说，"还没吃完？ 剩下这只，咱俩一人半个吧。"我手里拿着小半只，正慢慢吃着。 听得此话，赶紧连连摇头。 暗忖大姐不惟军人气派，真乃铁胃也。

采访如期结束。 下一站，是去湖北黄冈寻访徐楚光的长子徐建。 由于时间甚紧，无心游玩。 必须马上弄清换车乘船的线路。 徐大姐去手机上一拨拉，哗啦拽出一片网页。 你看，从这里走，然后转道那里，再然后……一通解释。 我懵懵懂懂地点了点头，说，"好呵，我再琢磨一下……"徐大姐说，"哎，想起来了，对面酒店就有售票的，下午带你过去。"又是一通大踏步行进，果然小区对面有家售票点，奔武汉高铁，转赴黄冈城铁车票一应俱全。 隔日早上，徐定生大姐亲自驱车送我赴北京西站。 远远看到火车站的大楼矗立在那里。 车到大厅门口，停下了。 定生大姐说，"不再送你了。"

我突然感到眼睛有些湿润。 这就是徐楚光的女儿。 短短数日，经由这位英烈的后人，让我对徐楚光原本模糊的形象有了更多的勾勒。 这种认知，也许，将随着采访的逐步深入，变得愈加清晰。 车子再度开动的时候，我知道，那个叫徐楚光的人，正渐来渐近。 他的一举一动，一颦一笑，都将借助许多人的讲述，最终化作文字，倾注于笔端。 作为一位多维，立体，有血有肉，感情丰富的职业革命家，他最终将从发黄的资料典籍里走出来，走近普罗大众，让现代社会越来越多的人，特别是年轻人对上世纪的信仰持有者有所认知，并产生更多，更深层次的理解。

春日暖阳，车轮在继续朝前滚动着，很快驶进广袤的北方原野。

二

2016年3月16日下午3点钟，三亚凤凰机场。

一架南方航空公司的银鹰缓缓降落。 走下飞机舷梯，一阵巨大的热浪迎面扑来。 三亚，这座南中国的亚热带岛上城市，以其特有的暑热，迎接着来自天南海北的旅客。 出站口的时候，晃眼看到候机厅

"更衣室"三个大字。心想这里不是海滩,怎么还要换衣服? 打个恍惚,过去了。转眼间通身大汗,仿佛置身于一座宽敞的桑拿室里。直到毒热的阳光打在脑门上,始知刚才那几个字意味着什么。只好到洗手间换了衣服,重新走出来。

一轮明晃晃的太阳当空挂着。随众人上了摆渡车。一路拉着,风驰电掣去了公交车站。沿途,高大的椰子树遮天蔽日,衬着碧蓝的天宇,宛若过去常看的热带风景画。车过六七站路,沿着漫长的海岸线驶向目的地。远远地,看到有位身着沙滩裙的女子迎上来。原来是徐定生大姐同母异父的妹妹魏珈,来接站的。"你好,姐姐提前将照片发过来了。"她笑着说,"一眼就认出来了。"我心里一热,呵,这么细心。转眼走进一座椰树环绕的休闲度假村。一阵熟悉的旋律飘过来。"万泉河水清又清,我编斗笠送红军……"歌声悠扬,瞬息间,将七十年前弥漫着硝烟的岁月拉得很近。"附近就是假日海滩,你先休息,晚上可以出去转转。"魏珈说。

站在阳台上,望着远处一望无垠的大海,遍地的椰子树,还有缓缓下坠的夕阳,我似乎一时还没反应过来。三天前,还在乍暖还寒的北京街市上吃烤红薯呢。如若不是英烈的灵魂感召,怎么也想象不到自己会像孙行者似的,一个筋斗云又飞到天涯海角来了。生活,有时候真是一件奇妙的事情。

翌日早上九点钟,按时到达约定地点。才摁门铃,对面门已经开了。有位老太太迎出来。热情地打着招呼。"这就是我母亲。"魏珈在旁边介绍说。啊,朱晖老人! 我赶紧迎上去,搀住老人的手。顿感时空倒错,那张照片上的年轻女子,怎么转眼间,就满头银发了……

朱晖老人个不高,穿一件紫红花的短袖衫,口齿清晰。特别是她那双眼睛,依旧目光明澈,完全看不出已是年逾九旬。她笑眯眯的,热情地招呼吃水果。我注意到,老人脚上穿着一双簇新的休闲皮鞋,显然是为接待来访特地换的,我心里不禁涌起一阵感动。思忖先聊天吧，聊到哪儿算哪儿。孰料，老人从茶几上拿起手机，说，"都看过了，就照着这个给你回答吧？有不清楚的，你再问。"九十多岁的老人，竟然能用微信上传的文字接受采访，不免令人称奇。

采访话题，自然是从早年两人的相识切入的。朱晖老人说，她跟徐楚光是1944年5月在扬州认识的。那时候，他正在某家私人医院养伤。"当时他的模样吗？"老人用手在手机屏幕上飞快划动着，说，"你看，就是这张。大大的眼睛，面孔白皙，很瘦弱……他去苏北根据地安徽天长县汇报工作，回来时，坐了一辆日伪卡车，过游击区被我方人员伏击了。跟自己人对打也不行啊，只好冲天上放了几枪，跳车了，后来被送到医院抢救的。"

朱晖老人说着，慢慢陷入了回忆……原来，她出生于苏州，父亲早年曾经是扬州地方法院的院长，后遭人构陷入狱。家里有十三个兄弟姊妹，生活由此陷入困顿。她当时正在泰州师范学院高中部读二年级，只好辍了学，到当地的猪只税务局谋生。就是做抄抄写写的文书。刻好钢板，然后在油印机上拿墨油一滚，就印出来了。恰在此时，有人找到她。

"他们说，有亲戚负伤了，没人照顾，正躺在扬州医院里，想请我过去帮助照顾一下。后来才知道，来人是徐楚光发展的地下工作人员。我当时很犹豫，你想啊，我不认识人家，又是男的。我一个姑娘家，怎么好去呢。后来母亲说，外乡人在本地落难了，能帮上忙，还是要尽地主之谊的。我就去了。记得那天正好是端午节，还带了好多粽子过去呢。"

这是一幅让人无限遐想的画面。江南女子朱健平，剪着童花头，穿着布旗袍。婉约可人，浑然一副学生妹模样。拎着篾子篮，里面装着米粽和煮鸡蛋，推门而入。她的到来，对职业革命者徐楚光来说，宛若病房里吹进一股清丽的风。

"他对我很客气，说对不起，麻烦你来照顾我。大约觉得这姑娘不错啊，虽然是大小姐，人蛮朴实的。我们就在一起聊天，他问我，为什么不上学？我说父亲失业了，交不起学费。他又问对世道怎么看。我说对日本侵华烧杀恨透了。父亲又无端吃了冤枉官司，社会做事不公的。他就说，你还很年轻，可以做些对社会有益的事情。我那时懵懵懂懂的，觉得这人博学，道理又讲得浅显，就对他很尊敬，从此喊他徐老师……慢慢的，他就对我有好感了。"

后来，父亲被解去南京。朱健平必须跟去服侍。就跟徐楚光讲，不能再照顾他了。对方沉吟了一下，说，"我两天后就出院了，到时我们一起去吧。"到南京后，她临时住在同学李诚慧家里。中间频繁去探视父亲。徐楚光工作间隙，有时会带她出去转悠，玄武湖、中山陵、夫子庙……山间漫步，湖畔荡舟。话题渐渐有了更多的深入。两位年轻人的心开始走得越来越近了。

这一年青年学生朱健平二十一岁，革命者徐楚光三十五岁。

秋天的时候，朱健平穿着旗袍马甲去看徐楚光。对方向她明确提出来。她心如鹿撞，一时未置可否。徐楚光就拿出一封信，竟是组织上转给他的离婚书。原来，他在根据地工作的妻子时海峰，误以为他投敌了。话到此处，徐楚光显出了从未有过的感伤。朱健平听了，轻声安慰道，"别难过了，以后由我来照顾你……"话音才落，徐楚光攥住她的手说，"我们结婚好吧……"朱健平觉得还没想好，就摇了摇头。后来，随着双方交往的进一步深入，她渐渐觉得，这位兄长般的男人，有智慧，有担当，品行和修为都值得信赖，适才产生了依恋的情愫。后来终于答应了对方的请求。

"订婚仪式是在南京西餐馆进行的。洪侠是证婚人。徐楚光的朋友给他做了介绍人。我的同学李诚慧也去了，吃了一顿西餐。订婚人、介绍人都签了字。"

1945年1月，徐楚光和朱健平正式结婚。婚礼很简单。用朱晖老人的话说，就是找厨子做了一桌酒席。两人穿着普通的衣服。请了洪侠，朱亚雄，还有几位自己人吃了一顿饭。然后在结婚证上签字，盖章。就算完成了。

婚后，两人把家搬到夫子庙附近。这样朱健平就可以每天到看守所去探望父亲了。判刑收监后，还要每天去送两顿饭。为了照顾老人，她只好到私人钱庄做收银员。当时家里的生活状态，用朱晖老人的话说，时常没有隔夜之粮。实际上，丈夫任汪伪陆军部的上校科长，同时在感化院兼任教官，都是有薪水的。

"他对家里很抠，对自己也抠。为了工作需要，在上海住高级宾馆。在家里却啃冷馒头。经常家中的米缸空着，没有钱买米。结婚后，钱庄人员来往复杂，他就不让我出去做事了。但饭都吃不饱，这哪成啊，我还是要出去工作。后来，就介绍到南大图书馆，做管理员，负责编号，登记。挣一点钱补贴家用，还要照顾父亲。徐楚光那边的经费，黄金很多呢，他自己也有薪水。但他对家里非常苛刻。我对钱是看得很轻的，当时也没有多问他，就自己挣呗。记得当年住的房子地势低。每逢下雨的时候，屋里经常漏雨，特别是雨大的时候，锅碗瓢勺都会漂起来……后来，湖北老乡的房子廉价租给了我们，搬到总统府旁边，才算重新安顿下来。"

那段时间，朱健平觉得丈夫特别忙碌。经常彻夜无眠。总是来去匆匆。有次夜半方归，浑身湿透，衣服也不见了。还有一次，正睡着觉，听到邻舍有人敲门，便迅速跳过后墙走了。隔日凌晨才回到家里。此时，朱健平已经是丈夫的重要助手，知道对方在干着党的秘密事业，不该问也不多问，心里难免惴惴的，时常提着一颗心。

1945年8月13日。徐楚光成功策反汪伪警备三师起义。行动前夕，让人将已经怀孕六个月的朱健平，还有同样挺着大肚子的九团团长赵鸿学的爱人提前送到六合县的竹镇。走在路上，二人发现路两边正在过兵。从装束看上去，既有新四军，又有伪军。感到很奇怪。怎么双方没打起来？后来才知道，原来是起义部队，正在奔往钟家集的路上。

这年11月3日，女儿在扬州落生了。取名定生。同月，朱健平到独一军军部任秘书。

硝烟弥漫的战争年代，个人的家庭生活都是必须服从组织需要的。采访中，当被问及在一起的时间时，朱晖老人用了"聚少离多"四个字。然后，她掰起指头，精准地说了一组数字。"我算了一下，我与徐楚光是1944年秋订婚，1945年1月结婚。自1945年1月至1948年10月9日他牺牲，只有3年零9个月。我们共同生活，聚少离多。真正在一起的时间，全部加在一起共22个月。不到两年……"

这样一组繁复的数字，从一位九十二岁的耄耋老人口中如此清晰地说出来，真是显出别样的沉重！这组数字的背后，究竟遮蔽了多少付出，多少奔波，多少离别、相思之苦，离人之泪？一位二十几岁的江南小女子，嫁了一位以革命为职业生涯的人做丈夫，从此将对他游走刀刃的担忧也一并承揽下来。那样的负载，用语言是无法形容的。而这些，都在史志典籍之外，被光阴的尘霾遮蔽了……

"我到解放区后，到处想办法找人营救徐楚光，可有人说他叛变了。我不相信。心里压抑得厉害，夜里就躲在被子里，一个人偷偷地哭，想孩子，怎么办……跟你讲，这件事，我压抑了三十五年。"说到这里，朱晖老人的声音，突然有些颤抖。她将眼镜取下来，慢慢擦拭着。

我坐在那里，默默地倾听着。在这样的时候，任何语言的安慰都是苍白的。老人所说的三十五年，应该是从徐楚光被捕算起，截止到1983年这个时间段。1983年，是徐楚光被正式确认为烈士的年份。可在此之前呢？那么漫长的时间跨度。那位叫朱健平的青年学生，那位在丈夫生死未卜，无奈将两个孩子寄养当地，只身一人投奔解放区的江南小女子，后来是怎么熬过来的……

解放战争的炮火，依然在大江南北啸叫着。铁流浩荡，解放大军势如破竹。

听！风在呼啸军号响……
同志们，整齐步伐奔向解放的战场，
……
向前！向前！

我们的队伍向太阳，
向最后的胜利，
向全国的解放！

江南小女子朱健平被革命的洪流裹挟着，纵身投入到前进的大军中。这时候，个人的感伤已经被滚滚铁流湮没了。她只有工作，工作，用疯狂的工作来忘掉一切，忘掉过去，忘掉悲伤，忘掉曾经的自己。但她依然心存希望。

"浠水三四月份就解放了。武汉是六月份。一解放，要接管队伍，我坚决要去。我想早点过去，找我的孩子啊！她寄养在远房伯伯家里。当时心里急得不得了……但一切线索都断了。八月份，组织上告诉我，徐楚光、张冰都牺牲了。听人说，张冰是被装在麻袋里，用刺刀捅死后扔到长江里的。我愣在那里，没有眼泪，也说不出半句话。孩子们去哪了？组织上说，都送老家了。接管教育厅的人说，大孩子在家乡自立了，都工作了，将女儿接来吧……"

后来，在江汉军区，她遇到在交通厅工作的魏景昌。他是河南人，1935年毕业于北京大学物理专业，后投笔从戎参加革命，是位品行和修养都值得依赖的同志。经人介绍，成了朱健平的第二任丈夫。

"解放区女同志少。当时部队有条不成文的规定啊，叫'二五八团'，即二十五岁以上，八年的军龄，团级干部，首先解决这部分人的婚姻。这是那个特定年代的经历。也谈不上爱情，认识后，组织上批准就同意。桌子上摆点瓜子花生，将两人的行军被合到一起，就算结婚了……"

魏景昌后来做了北京钢铁学院的党委副书记。婚后，朱健平又生了两女一子，大都在部队工作，目前皆已退休。二女儿后来定居美国。

话题慢慢聊到建国以后，对那些曾经的磨难，老人似乎并不愿过多提及。但从片言之中，依然能让人感觉到历史的波诡云谲。

"……直到1979年，胡耀邦大规模平反冤假错案。组织部来找我。问现在有无档案。我说徐楚光原属于华中联络部，后来改成社会部，最后又归到国家安全部了。又问，有哪些材料？中央组织部便责成民族学院，到处去调查。材料送到中组部，再转到民政部。一切不实之词都推翻了。1983年，民政部让地方上发烈士证。黄冈和浠水都发了。以前已经给南京讲过。南京方面原先不知徐楚光的这些贡献。等我们拿到烈士证，事迹才登上雨花台。"

讲到这里，老人说，"现在一切都好了。2010年，徐楚光被评为对新中国成立做出突出贡献的30位南京英雄模范人物之一。"……

我望着眼前这位老人。语调平静，目光平和。在短短的几个小时内，将如此漫长的六十七年浓缩，讲述，她的内心一定波翻浪涌吧。经过半个多世纪的沧海桑田，究竟是欣慰多于感慨呢，还是别的什么？

朱晖老人似乎意识到我探询的目光，沉吟了一下，慢慢说道，"风风雨雨九十二年，悲欢离合我都见过，所幸现在安度晚年了。女儿定生跟我住在一起。孩子们都有自己的工作。每年到海南来住一段时间，生活安定详和，别无所求了。"

这时候，一阵飞机轰鸣的声音从窗外掠过。老人邀我到阳台上看花。遂起身走过去，果然看到许多花草，在艳阳下旺盛地生长着。老人摘了一些小西红柿，捧在手里说，"这是我自己种的，你尝尝，很好吃的。"我点了点头，顺手举起相机，帮老人拍了一张。

镜头里，九十二岁的朱晖老人笑靥如花，目光清澈，一如年轻的时候。

三

1940年秋天，十六岁的泰州女孩卢静正领着妹妹过马路，忽闻远处马蹄沓沓，只见一个纵马驰骋的身影从眼前一掠而过。正愣在那里，忽见那人勒转马头，又是一阵疾奔。复转回来，探身问道，"请问是卢家大小姐吗？你家住在哪里……"卢静先看到马镫里的长筒马靴，继而看到那人的模样，很英武，也很潇洒，正目光炯然盯着她。卢静心里怦怦跳着，觉得这人似曾相识，又一时想不起在哪里见过，就朝远处指了指，说，"就是那边……小巷里。"说完，拉着妹妹急急地跑开了，一路上没敢回头，生怕那人再追上来。

2016年3月20日上午，当我前往南京市鼓楼区山西路西流湾的某栋住宅楼里采访的时候，九十二岁的卢静老人，依然对上述画面记忆犹新。

日寇进犯中国后，卢静的外公被日本人的坦克压死，因家境贫寒，后被政府军某部医院的院长收养。这天，卢静正在院子里忙碌，突然看到前番那个骑马的人不期而至。"咦，你是怎么找到这里的？"那位年轻军官开心地说，"嘿，我问路口那个烧茶炉子的小伙子，他说，呶，前面巷口头一家！"言毕，哈哈大笑！

那一年，卢静十六岁。那位跃马扬鞭的年轻人，国民党第五战区李明扬部特务营营长赵鸿学，二十二岁。

七十六年后，卢静老人安详地坐在家里，面对采访者，饶有兴致地打开了话匣子。毕竟是年代久远了。老人的叙述，是片断式的，有点像散点透视，对某些情景印象深刻，但更多的东西，却为时光的雾霾所遮蔽，一时无法串缀起更清晰的思路。她的三儿子赵济生坐在旁边，不时进行背景方面的补充。

"徐楚光是个大英雄啊！"老人反复念叨着这样一句话，"当时策反起义可不容易，他们时常聊到深夜，都是说的悄悄话。赵鸿学专门负责钟健魂和徐楚光之间的联系……后来过江，是在夜里，刮着很大的风，河定桥那边有几个团要先渡过去。三千人的动静，太惊险了！我跟朱健平是提前过去的，当时都挺着大肚子。后来她生个女儿，叫定生。我生了儿子，叫赵英。起义成功后，徐楚光又回到敌战区，赵鸿学却跟着独一军转战其他地方了……"

"父亲后来参加了济南战役，淮海战役，张家口战役；抗美援朝时,曾任过作战处副处长。福建到厦门战都参加了……整个兵团,打巷战,后来攻打金门,都有他的计划参与……"赵济生在旁边解说道。

接着,他又讲了一个生动的细节。他说,父亲是个胸怀开阔的人,部队起义后,他的职务由团长升到师长。后来到抗大学习,任大队长。副大队长参加过长征,身份却只是团长。父亲便主动要求自降一级。

"有次打完仗后,我们跟着整个部队进行战地转移,夜行军,我和姐姐骑在马上,那马突然不走了,扬起蹄子咴咴直叫唤……后来才发现,脚底下就是悬崖,当时惊出一身冷汗啊……还有一次撤退,船在江上搁浅了,子弹在头上嗖嗖飞着……后来船总算渡过了。这样的画面,经常出现在梦里。"

一位十六岁结婚的泰州小女子,从此跟着丈夫转战南北,在马背上汇入铁血洪流。那份颠沛与流离,用任何语言都无法尽述。卢静后来跟赵团长连生六个孩子,大女儿叫静娴,老二赵英,就是和徐楚光的女儿定生同年降生的那位。老三赵济生,后面依次是赵闵、赵卫朝、赵平。从老人报出的名字里,能听出鲜明的时代或地域特征。有趣的是,在说起孩子的时候,卢静老人的思路,忽然变得特别清晰了。

赵鸿学解放后分到南京工程兵学校,后被任命为江苏省粮食厅副厅长。由于秉性耿直,又与徐楚光共过事,在过往岁月的运动里,自然备受冲击。但子女都很争气,有的在部门成为事业中坚,有的则远赴美国。遗憾的是,我们没能采访到身经百战的赵鸿学,老人已于1990年8月离世了。但他生前对徐楚光的评价,则折射出他对早年革命搭档的高度评价,夫妻俩曾赋诗为证:

忆惜魔窟斩奸贼,同生共死为祖国。
警卫三师举义旗,震撼中外敌胆裂。
数千战士跟党走,挥戈伐蒋声雷吼。
痛君壮哉一去兮!东方欲晓身先卒。
一人倒下千人怒,众志成城争自由。

雨花笑集群英烈，楚光青史耀千秋。

四

3月21日上午，南京市龙江小区芳草园。

我如约叩响了对面的房门。开门者是一位衣着朴素的女子，轻声说，"快请进来，父亲早就在等候了。"

智仁勇先生，祖籍山西。早年就读于盐城私立中学。十三岁入抗日军政大学，后被送到中华建设大学学习。曾先后在八路军敌工部、华中独立第一军宣传科任宣传干事，军报编辑。后随改编部队转战苏中根据地。解放后，长期从事教育工作，堪称著述等身，特别对汪伪警卫三师的策反过程有着严谨、翔实的史料研究。2011年，我们曾在江苏卫视建党九十周年献礼节目《红旗飘扬——革命英烈徐楚光》里，目睹过他的出镜讲述。

智仁勇老先生，眼下已经是年逾八十九岁的老人了。近年深居简出，但依然时有笔耕。当我们问及当年那段历史的时候，老人在作了简要回顾后说，他有很多回忆文章。并随口列了几本书，其中有他主编的《虎穴奇功》，还有《南京党史》杂志等史料，对汪伪警卫第三师反正的前前后后，都有着详尽的叙述。当问及他作为见证人，是如何评价上述历史时，老人条分缕析地答道，"三个方面，一是形势所逼。形势对敌人不利。警卫三师当时虽然是汪伪最精锐的部队，但三师师长钟健魂，内战时就是红军营长，经历和背景都很特殊。所以日本人花了钱，等于打了水漂。二是我方的策反工作做得扎实。前后衔接，在策划、时间地点、机会的把握上堪称天衣无缝；三是地利因素。粟裕的部队号称胜利之师，威震江南啊，对敌人形成很大的震慑。对方被成功策反后，轻机枪、高炮与全套日式装备都过来了，我军等于发了一笔洋财。大大地鼓舞了士气。另外，汪伪警卫第三师反正后拉到苏中，对他们的改造很成功，发挥了很大的战斗力……"

谈到徐楚光的红色特工生涯，老人说，他是一个样板。中央有关单位都有档案可查。当时从八路军情报部派过去，主要是由于他的黄埔背景，魄力，都很适合在敌占区从事策反和瓦解工作。加上警卫三师本来就有红色种子，给徐楚光提供了很大的活动余地。另外新四军敌工部也做了很多工作，加上帮会助力，所以能够完整地拉过来，确实是多种因素促成的。警卫三师作为汪伪的一个招牌，具有代表性，策反成功后，新四军军部当时都很重视。派了很多人过去从事改造工作，他就是从军部派过去的。

智仁勇后来跟着粟裕的部队参加了解放战争。有一次在海滩上打伏击，后有敌兵追赶。由于主要交通要道都被封堵，只好在混战中下到海里，从海滩蹚过去。当时是冬季，海滩上淤泥很厚，深没至膝盖。很多人都陷了下去。智仁勇九死一生，被送到部队医院治疗，后来转到管文蔚的部队，依然从事文宣工作。解放后，转业到南京第一中学任教，直至离休。老人桃李满天下，第三代在学业上多有建树，有的奔赴美洲、澳洲留学。

老人慢慢地叙述着。语调平缓，不徐不速。数次谈到史料考证的严谨性，他说，这一生别无所求，能就教学及史料等方面，留下五十三本书，也算无愧于心了。在翻阅有关资料的时候，我们看到一张他当年的戎装照。眉目清秀，青春逼人。但老人更引以为荣的，则是晚年挂着抗战七十周年功勋纪念章拍摄的照片。"算是给世人留作纪念吧。"他笑着说。

那张照片，记载着智仁勇老人一生的荣耀。

"你们的工作很重要，现在的年轻人，更多需要了解当年的历史。"智仁勇老人说。采访结束的时候，面对已近暮年的老人，我们问他对生活在当下的青年人，都有哪些希望和期许时，老人说，希望他们能正确地了解历史，这很难。一是历史原因，因时间跨度过长不够了解；二是讲述人的身份，有些人限于水平和角度，缺少全面性；三是历史原因。有的人误读历史，会有所曲解。这都需要有严谨的治学和考证态度。"我是从战争年代走过来的，深知和平的来之不易。

现在的年轻人读书，生活跟我们当年有天壤之别。希望他们好好努力，多做对国家有益的事情。"

临别的时候，老人拄起拐杖，执意将我送至门口。他站在那里，神态安详，仿佛身后的一切皆过尽沧桑，云淡风轻了。

五

3月21日中午。南京下关水关桥公交车站。一位骑着摩托车，戴着墨镜的人疾驰而至。"我就是骆中洋的儿子。"他开口道。"家就在附近，上车吧。"我坐到摩托车后座上，看着他油门一踩，车子在滚滚烟尘中蹿了出去。

骆维刚，骆中洋的小儿子。谈起当年的父亲，他吐出两个字，"好人！"他说，"你让我评价自己的父亲，我只能说，他是一个好人……"

这样的评价，似在情理之中。但话语的背后，似乎省略了太多内容。

骆中洋，当年的南京汪伪警备司令部上校参谋处长。日本侵华时期，其父亲和伯父均被日本人杀害，有着很深的国恨家仇。1937年就参加了抗战。后辗转到南京谋生。1944年4月与徐楚光结拜为兄弟后，成为"三工委"京锡特派员。利用他掌管南京军宪警的身份，为配合徐楚光开展工作，掩护地下人员穿越关卡，向抗日根据地输递情报等方面，发挥过很大的作用，还曾掩护过青年进步学生到抗日军政大学……解放后，却在历次运动中饱受冲击。六十余年倏然而过。遗憾的是，老人已于2014年离开人世了。

骆维刚思维敏捷，急人快语，能看出乃父在他身上留下的印记。他生于1963年。父亲早年的经历，并没带给他些许荣耀。兄弟姊妹四人，都是靠在百货公司工作的母亲，推车卖菜养大。骆维刚眼中的父亲，是个好人，却在社会转型后处于边缘位置。但正直为人，凭本事吃饭，是父亲留给他惟一的精神财富。

正说着话，骆中洋老人的长子骆东旭回来了。风尘仆仆，腋下夹着一只公文包，据说刚从工地上回来。他看上去温文尔雅，和弟弟性格截然不同。近些年，他时常陪着父亲出访，参加一些悼念南京大屠杀的研讨活动。当年参加南京保卫战时，骆中洋年仅十七岁。作为幸存于世最年长的抗战老兵，曾在许多国际公众场合发出揭露日本军国主义屠杀真相的声音。

"父亲曾穿着长袍大褂，化装成商人，利用到苏北探亲的名义，到淮阴码头镇传送情报。他说见过陈毅，陈老总下棋很厉害啊。"骆东旭笑着说。

"徐楚光往来南京，经过原下关区的老火车站，都是父亲掩护的。他们时常在一家旅馆见面。每次接头，都装作相互不认识。徐楚光在前面走，父亲跟在后面，看前后有无盯梢的人。徐楚光曾经叮嘱他，如果被捕了，不能马上组织营救。要向上级党组织及时汇报。1947年夏天，徐楚光说要南下了。因为父亲是广东人，准备让他到港粤一带开展工作。但一年后，他们便失去联系了。1949年4月23日，南京解放。父亲配合军管会，保护电厂，控制敌占区武装人员的枪枝弹药。后来就留在南京工作了。"

解放后，骆中洋转业到南京市公安局第六分局，在下关任第四科科长。直到一九八三年，徐楚光被认定为烈士，他才知道自己的良师加兄弟已经牺牲了。

"父亲说过，徐楚光是个出生入死，有着丰富敌战区经验的人，遇事冷静，虑事周全。他们两人之间有着很深厚的战友情，兄弟情。合作共事的时候，徐楚光的胆大心细，保护意识，都让父亲很感动。他是父亲革命的引路人。"

"父亲当年写回忆资料，很多都是我代笔的。几十年了，好多事情我都知道。他原先写的资料，曾经汇编成一个小册子……"

骆东洋于八十年代落实政策。从南京市公安局离休后，长期自学中医，对许多底层的病患者免费问诊，在民间有着良好的口碑。徐楚光亲友在2010年聚会的照片上有他的影像，老人鹤发童颜，精气神十足。孰料四年后,便驾鹤西去。

历史就这样一页页掀过,上个世纪的风云,也许只能在史料典籍的字里行间去寻找了。

六

1949年4月,六朝古都金陵解放。到处是旌旗猎猎,车马萧萧。一支面孔黝黑、衣着简朴的解放大军开进南京城。他们纪律严整,夜间在大街上和衣而卧,这让许多人既感到好奇,又觉得新鲜。

天明时分,一轮艳阳高挂。金陵女子中学的女学生陶兴英和闺蜜手牵着手,到大街上去瞧热闹。听着耳边传过一阵歌声,"挺进大西南,走,一二三!挺进大西南,走,一二三……"一队队士兵排着队,喊着口号,迈着沉实的步伐……天呐,好威风!两人一溜小跑,来到一辆停着的吉普车跟前。"首长,我要参军!"闺蜜涨着彤红的小脸,兴奋地喊着。坐在车上的那位中年人,笑呵呵的,顺手扯下一片香烟壳子,说,"好啊,我们欢迎,你们俩去华野医大吧,那里正缺人才!"言毕,龙飞凤舞,写下一张纸条。陶兴英注意到那人的衣服上打着补丁,一手字写得甚是难看。但闺蜜拿到纸条,开心得一声尖叫,又拉着她急急忙忙地朝前奔去……

半个多世纪后,南京市后宰门清溪路3号。八十六岁的老人陶兴英回溯往事,依然情不自禁,边说边打着节拍唱起来。"挺进大西南,走,一二三……"她看上去身体瘦弱,眉宇间依稀可见当年的清秀。

"后来南下,去华野医大上学了吗?"我好奇地问。

"没有啊……"老人说,当时到处炮火连天的,母亲年迈守寡,不愿放她远行。闺蜜自然也没去成了。但女学生的革命激情,已经被到处迎接解放的炮火点燃了,哪里还能在古都静听暮鼓晨钟?跺跺脚,转身去了福建。

时间一晃二十余年。再回宁时,陶兴英已经是三个孩子的母亲了。

中年回宁,原是为了一桩坎坷的姻缘。徐楚光早年的学生,后来成为职业革命者的乐伟平,妻子遭遇车祸,撇下三个孩子无人照顾。

自己亦拄着双拐在农场劳动。 离异后的陶兴英深表同情,遂与乐伟平合成一家,在苦难的日子里相互体恤,共度艰难岁月。

老人的回忆,显得很吃力。 早年的革命激情,中年的历尽沧桑,老伴乐伟平半世蹉跎,已于十几年前故世。 这一切,都给她带来太多欲说还休的感受。

乐伟平与徐楚光早年认识,是经由一幅漫画引起的。

1938年,徐楚光被秘密派驻河南宜阳三乡抗日游击队,任干部教导大队中校教育主任。 学校虽由孙殿英挂名,但实际领导权却由中共秘密党员和左派人士李锡九、靖立秋、徐楚光等人掌握。 当时,乐伟平在第一中队当学生兵。 有时政治教官缺课,就由徐楚光代课。 他教课的方法,明显与众不同。 不是填鸭式,而是让学生提问题,由他亲自解答。 这种现场互动的方法,深受学生欢迎。

这年冬天的一个晚上,乐伟平所在的第一中队八班开学习讨论会。 题目是"军事与政治的关系"。 当时的中队长性格跋扈,单纯强调训练的重要,轻视学员的思想分析。 乐伟平记录时,根据大家的发言,信手勾了一幅漫画。 画了一架倾斜的天平,高高翘起的一头,法码上是"政治",沉下去的一头,法码写着"军事"。 不知什么时候,记录本被送到徐教官那里。 几天后,乐伟平被找去了。 本以为会挨批评,但徐教官却态度和蔼,问了他的籍贯,家庭,入学缘由,又让他聊了一些队上的情况。 给他留下很深的印象。 转年春天,乐伟平调任幼年学兵连排长,报到后,才知道徐楚光兼任这个学兵连的连长。他住在学兵连,经常给学员上课。 两人接触的机会就更多了。 不久,学兵连移驻壶关县树掌镇以东十多里的一个村庄。 那里地处平城至合涧,是沟通晋豫两省的一条交通要道。

有一次,教导大队的学员从前方回来,相约去看患病发烧的徐楚光。 谈到日寇扫荡时,教导大队的同学不避生死的场面时,声泪俱下。 特别是有位叫杜长河的同学,一人面对两个鬼子拼刺刀,用手捂着肚子,仍然振臂高呼拼杀。 在场的同学听后都非常激动,徐楚光更是慷慨激昂。他的真性情流露，从不摆官架子，以及对教导大队那么多同学的关怀备至，都深得学员爱戴……

讲述中，陶兴英老人特地从屋子里拿出一些资料。有帧照片上，乐伟平头发偏分，风华正茂，一副典型的青年才俊模样。"他人当年很帅啊……"老人说，"那时候的许多年轻学生，都是这样的气质。"老人发出低声的慨叹。

"乐伟平跟他的同学都是在徐楚光的影响下走上革命道路的，他们既是师生，也是战友。"陶兴英老人从一只塑料袋子里掏出几份资料，说，"你拿去看吧。这上面都有很详尽的记录……"

对乐伟平影响至深的，还有"莲藕说"。徐楚光患病期间，有一次想吃莲藕。由于当地四面高山，主要以土豆，酸菜和小米为主。乐伟平找了半天，却空手而归。徐楚光不以为意，而是兴致勃勃地跟他谈起莲藕来。他说，莲藕在湖北很多啊，它满身是宝，莲米是补品，荷叶可以做中药，莲花则"出淤泥而不染"，是清廉的象征。乐伟平觉得，他谈的虽然是莲藕，但更多折射的却是做人的哲理。特别是"莲花出淤泥而不染"这句话，时隔五十余载，音犹在耳，成为他一生处世的座右铭。

乐伟平是从南京梅山冶金公司职工大学副校长的位置上离休的。他眼中的红色特工徐楚光，既是一把扎在敌人心脏的尖刀，又是一位有着高风亮节的职业革命者。只可惜，斯人已去，我们无缘聆听他的亲口讲述了。

参考书目

1. 《徐楚光纪念文集》,缪煜南编,华中师范大学出版社,1989年;
2. 《险境奇功》,中共浠水县委党史办公室编印,2008年;
3. 《我们所知道的汪伪警卫第三师起义经过》,载《南京党史》,2010年第六期;
4. 《南京通史》(民国卷),南京市地方志编纂委员会办公室,南京出版社,2011年。